Konrad Steger

Der Mann aus der Finsternis

Ein Südtirol-Krimi

www.tredition.de

© 2021 Konrad Steger
Coverfoto © Konrad Steger

Verlag und Druck:
tredition GmbH, Halenreie 40-44, 22359 Hamburg

ISBN Softcover: 978-3-347-47906-7
ISBN Hardcover: 978-3-347-47908-1
ISBN E-Book: 978-3-347-47911-1

Das Werk, einschließlich seiner Teile, ist urheberrechtlich geschützt. Jede Verwertung ist ohne Zustimmung des Verlages und des Autors unzulässig. Dies gilt insbesondere für die elektronische oder sonstige Vervielfältigung, Übersetzung, Verbreitung und öffentliche Zugänglichmachung.

Vorbemerkung

Die Handlung des vorliegenden Buches ist frei erfunden, ebenso wie die darin handelnden Personen. Etwaige Ähnlichkeiten mit tatsächlichen Begebenheiten, mit lebenden oder verstorbenen Personen wären rein zufällig.

Ich möchte außerdem ausdrücklich feststellen, dass es die Gruppierung „Wir zuerst" in Südtirol nicht gibt, und dass es sie nie gegeben hat.

Konrad Steger

Humorlos

Die Jungen
werfen
zum Spaß
mit Steinen
nach Fröschen

Die Frösche
sterben
im Ernst

Erich Fried (1921-88)

Schlanders, 12. März

Als Karl Brandis im Morgengrauen aus seinem Haus in der Schmiedgasse trat, hatte er noch genau drei Minuten lang zu leben.

Die Luft war grau und der Jahreszeit entsprechend kalt, und die Helligkeit hatte fast schon über die Finsternis gesiegt. Es war genau 6.55 Uhr. Von der nahen Bergkette stöberte Schnee herunter. Ein leichter Schneeflaum, etwa zwei, drei Zentimeter hoch, hatte das Dorf, welches in einem leicht ansteigenden Gelände inmitten von Apfelplantagen friedlich dalag, über Nacht in Weiß gehüllt. Karl Brandis fröstelte, als er im Freien stand. Er trug eine schwarze, enge Laufhose, eine blaue Windstopper-Jacke, weiße Turnschuhe und eine schwarze Wollmütze. Der Mann gähnte und reckte seine Arme. Wie jeden Morgen hob er, es war ihm zur Gewohnheit geworden, zuerst sein rechtes Bein auf das Eisengeländer der Terrasse. Er legte seine Hände auf das Knie und wippte auf und ab, anschließend war das linke Bein dran. Fünfmal das rechte Bein, fünf Mal das linke, abwechselnd, und dann ließ er seine Arme kreisen. Sein Atem wolkte in der kalten Morgenluft. Er war startbereit und wollte auf dem noch verlassenen Radweg hinauf ins benachbarte Dorf Laas laufen und wieder zurück, bevor er in sein Büro musste.

Als Karl Brandis seine Pulsuhr auf null stellte und dabei seinen Blick über das Dorf schweifen ließ, sah er auf der gegenüber liegenden Seite, am Rande des Wäldchens, einen Lichtblitz aufflammen. Doch noch bevor sein Gehirn diesen Eindruck verarbeiten konnte, fauchte ihm der Tod ins Gesicht, und sein Kopf explodierte. Der Körper, der einmal Karl Brandis gewesen war, fiel leblos auf die Terrasse, und ein Blutsee breitete sich aus.

Die Wagen der Carabinieri standen vor dem Haus, und das rotierende Blaulicht auf deren Dach warf im trüben Licht des grauen Tages blaue Lichtblitze auf die Hausmauer. Zwei Beamte, ein dicker Maresciallo und sein Adjutant standen breitbeinig vor der Absperrung aus rot-weiß gestreiften Plastikbändern.

Der Anruf aus dem Kabinettsbüro, der Koordinierungsstelle der Bozner Quästur, hatte Kommissar Fritz Permann um 7.35 Uhr in seiner Wohnung in Bozen erreicht. Seine Frau Christa hatte die Wohnung schon verlassen. Er hatte gerade im Bad vor dem Spiegel gestanden und hatte seine schwarzen, an den Schläfen schon ergrauten Haare in Form gebracht. Danach hatte er sich einen Moment lang im Spiegel betrachtet, und was er sah, ließ ihn nicht unzufrieden sein, wenn er vom leichten Bauchansatz einmal absah, den er missbilligend betrachtete. 182 groß, schmales, dunkles Gesicht, grüne Augen.

Permann stürmte aus der Wohnung und rief seine Assistentin Beatrice del Piero an, welche schon auf dem Weg zur Arbeit war. Sie waren dann, mitten im Berufsverkehr, eskortiert von einer Carabinieri-Streife im Alfa Romeo, über die MEBO, die Schnellstraße, hinauf gerast nach Meran, so schnell es eben ging. Am Eingang zum Vinschgau, am Nadelöhr Töll staute es wieder einmal. Berufsverkehr. Sie krochen weiter durch die Dörfer des Vinschgaus hinauf nach Partschins, Rabland, Naturns, Kastelbell, und endlich erreichten sie die Ortschaft Schlanders.

Es war genau 9.05 Uhr, als der Kommissar routinemäßig auf seine Uhr sah und ausstieg.

Ein dicker Maresciallo und sein Adjutant schlugen ihre Hacken zusammen und gingen auf Habt Acht.

„Maresciallo Federico Gelmini und mein Adjutant Saverio Truillo. Commandi!" Der rotgesichtige Carabiniere schüttelte Permann und Del Piero die Hand.

„Ich bin der Kommandant des Carabinieri-Bezirkskommandos Schlanders."

„Der müsste auch mal abspecken, der gute Maresciallo", ging es dem Kommissar durch den Kopf, und ärgerte sich sofort über seine eigenen Gedanken, die sich manchmal zu verselbständigen schienen. „Warum zum Teufel denke ich jetzt an meine Gewichtsprobleme, gerade in dieser Situation?" Er wusste keine Antwort darauf, wischte seine Gedanken ärgerlich beiseite und stellte sich ebenfalls vor.

„Hauptkommissar Fritz Permann und Inspektorin Del Piero, Quästur von Bozen".

„Da liegt er, oben auf der Terrasse". Der Maresciallo wendete seinen Blick ab und deutete mit seinem Daumen zum Haus hinauf. Seine Worte waren fast ein Flüstern gewesen.

„Es ist wie immer, im Angesicht des Todes werden alle ehrfürchtig." Permanns Blick traf sich mit dem von Beatrice. Meistens verstand er sich wortlos mit ihr.

Als die Beamten unter den Plastikbändern durchgeschlüpft und die fünf Stufen zur Terrasse hinaufgestiegen waren, bot sich dem Kommissar und seiner Assistentin ein entsetzliches Bild. Permann war in seiner über 27jährigen Karriere einiges an Grausamkeiten untergekommen, doch was er da sah, fing ihm für einen Moment den Atem, und ließ ihn schlucken. Auf der Terrasse lag, auf den Rücken hingeworfen in einer riesigen Blutlache, die Leiche. Ein Auge blickte den Kommissar starr und anklagend an. Das rechte Auge war nicht mehr da, und auch nicht mehr die rechte

Gesichtshälfte. Der größte Teil des Kopfes war weggerissen. In der rückwärtigen Wand klaffte ein Krater, in den offensichtlich ein Geschoss eingeschlagen war. Die Mauer war fast vollkommen mit Blutspritzern übergossen. Am Fuße der Hauswand lagen Gehirn- und Gewebefetzen, Mauerteile. Blut, überall war Blut. Eine Zeitlang schaute Permann stumm und ließ seinen Blick über die Szenerie schweifen. Der erste Eindruck von einem Tatort konnte entscheidend sein. Er registrierte die Fußabdrücke in der Blutlache. Die Haustür war nur angelehnt. Er drehte sich langsam zu seiner Assistentin um, die ziemlich blass im Gesicht war und ihm stumm zunickte. Ein Schuss hatte den Mann getötet, das war klar. Das Projektil musste, nach dem Einschlagskrater zu schließen, leicht schräg von oben gekommen sein.

„Es muss von einer erhöhten Position aus geschossen worden sein", murmelte der Kommissar und Beatrice nickte zustimmend. Mitten im Dorf hatte der Mörder den Schuss höchstwahrscheinlich nicht abgefeuert.

Permanns Blick schweifte über die Häuser und sah das Wäldchen in etwa 500, 600 Meter Entfernung. Von daher war der Schuss vielleicht gekommen. Eine gewaltige Entfernung. War das überhaupt möglich?

„Sind die Techniker schon da?" Der Maresciallo schüttelte den Kopf.

Lange konnte es nicht mehr dauern, bis sie da waren.

„Wenn sie kommen, schicke einen von ihnen hinüber ins Wäldchen, und auch zwei Carabinieri! Der Schuss muss von da drüben, aus dem Wäldchen gekommen sein."

Gelmini und Truillo nickten.

„Gibt es Angehörige?"

„Ja, das Opfer hatte zwei Kinder, zwei Mädchen, sie sind 18 und 22 Jahre alt."

„Eine Ehefrau auch?"

„Ja. Sie hat ihn gefunden, wohl, nachdem sie das Geräusch gehört hat, als er auf die Terrasse gefallen ist. Sie steht unter Schock. Ihr Bruder ist bei ihr im Haus. Die jungen Frauen sind bei einer Tante, ein paar Häuser weiter. Leider ist seine Ehefrau in die Blutlache gestiegen, als sie ihn gefunden hat. Und leider auch ihr Bruder, als er ins Haus gegangen ist."

Permann nickte Beatrice zu.

„Wir gehen rein. Gibt es einen Hintereingang?"

Der junge Carabiniere führte sie um das Gebäude herum, und sie betraten das Haus.

Im Hausgang empfing sie eine lange Reihe von Hirsch- und Gamsgeweihen an der Wand, und ein riesiger, ausgestopfter Auerhahn saß mit leicht geöffneten Flügeln auf einem obligatorischen Kiefernast.

„Aha, ein Trophäensammler." Permann kroch ein leichter Schauer über den Rücken. Das war immer so, wenn er Tierleichen an der Wand sah. „Ein strammer Tiroler war er also auch", ging ihm durch den Kopf, als sie in die Stube traten. Dort beherrschte eine riesige Reproduktion von Franz Defreggers „Andreas Hofer" in Passeirer Schützentracht und mit Säbel alles. Auf einer anderen Wand hing ein weiteres Bild des Tiroler Malers Franz Defregger, die „Heimkehr der Sieger". Die Tiroler Stube war mit Zirbelholz ausgetäfelt. Auf einer Kommode waren Mineralien ausgestellt, große Rauchquarzsäulen und eine dunkelrote Granatgruppe. Eine Kuckucksuhr und ein Holzkruzifix hingen an der Wand, darunter stand eine alte, bemalte Truhe. Auf ihr lagen geklöppelte Spitzen. Den Holzboden bedeckten schwere Teppiche.

„Keine armen Leute", registrierte Permann in Gedanken.

Auf einer Ledercouch saßen eine große, blonde Frau und ein Mann. Beide waren bleich und offensichtlich geschockt. Er hatte einen Arm um sie gelegt.

„Ziemlich hart, den eigenen Ehemann mit zerschossenem Kopf in einer Blutlache aufzufinden."

Als sich der Kommissar und Beatrice vorstellten, blickte die Frau mit rotgeränderten, leeren Augen erschrocken auf. Ihre Lippen zitterten. Sie hatte offensichtlich geweint.

„Das ist Sophie Eisath." Der Mann deutete auf die bleiche Frau. „Seine Frau. Sie ist total fertig, sie hat ihn gefunden. Und ich bin ihr Bruder Kurt."

„Sie haben ihn also gefunden?" Permanns Worte klangen vorsichtig. Die blonde Frau nickte und begann zu schluchzen.

„Oje", dachte Permann, „da ist wohl nichts mehr zu machen. Weitere Aussagen ihrerseits müssen wir heute wohl vergessen."

„Ruhen Sie sich aus." Der Kommissar blickte ihr fest in die Augen. „In den nächsten Tagen muss ich Ihnen dann einige Fragen stellen."

Die Frau nickte. Permann war sich aber nicht sicher, ob seine Worte sie überhaupt erreicht hatten.

Draußen arbeiteten die Techniker der Spurensicherung in ihren weißen Schutzanzügen.

„Ich gehe zum Wäldchen hinauf." Permann nickte seiner Assistentin zu. „Va bene, Chef", erwiderte diese, „dann höre ich mich inzwischen bei den Nachbarn um. Vielleicht haben ja die was gesehen oder gehört."

Die Nachricht musste sich inzwischen im Dorf herumgesprochen haben, denn als Permann durch die Straßen schritt, standen Gruppen von Menschen, vor allem Hausfrauen, beieinander. Sie redeten erregt durcheinander, und zeigten immer wieder auf Brandis' Haus. Andere Dorfbewohner waren auf ihre Terrassen getreten, reckten die Hälse und blickten in die Richtung, in der der blaue Lichtblitz kreiste, und eine Menschenansammlung zu sehen war.

Nahe einem Holzstapel am Rande des Wäldchens arbeiteten zwei Techniker. Auf einem der Holzstapel war auf der dünnen Schneeschicht ein Abdruck erkennbar. Als Permann genauer hinschaute, sah er einen leichten, grauen Film auf dem Schnee. War es verbranntes Schießpulver?

„Der Mörder hat sein Gewehr, oder was zum Teufel es war, hier aufgelegt und hat auf die Terrasse hinübergefeuert. Ja, so war es wohl."

Dann wandte sich der Kommissar seinen Männern zu.

Ein Techniker kratzte Schneeproben in ein Plastiksäckchen. Der andere, der Chef der Spurensicherung, Robert Gassmann, fotografierte die Fußspuren vor dem Holzstapel. Permann nickte ihm zu. „Gute Arbeit Gassmann, in spätestens einer Stunde ist da nichts mehr, denn bald wird die Sonne herauskommen." Gassmann nickte und arbeitete weiter.

Permanns Blick richtete sich auf Brandis' Haus. Ja, das waren gut 500 – 600 Meter. Eine gewaltige Entfernung für einen Schuss. Permann war kein Jäger, aber er wusste, ohne ein Zielfernrohr konnte man auf diese Entfernung nichts treffen. Die blauen

Lichtblitze zuckten noch immer, und vor dem Haus wuselten die Männer von der Spurensicherung und die Carabinieri hin und her.

„Den Fußspuren nach zu schließen war es ein einzelner Täter. Der wusste anscheinend genau was er wollte. Er hat auf ihn gewartet, hat ihn durch einen Feldstecher oder durch sein Zielfernrohr beobachtet, und hat dann abgedrückt. Verdammt. Der Mann muss Erfahrung mit Gewehren haben. Vielleicht ein Jäger?"

Beatrice hatte inzwischen mit den Nachbarn gesprochen und erstattete dem Kommissar Bericht. Niemand hatte anscheinend etwas gehört oder gesehen. Was denn für ein Mensch Karl Brandis gewesen sei, hatte sie gefragt. Ein ganz normaler, hatte sie stets zur Antwort bekommen. Ein besorgter Familienvater und ein guter Arbeitgeber als Inhaber einer florierenden Tischlerei sei er gewesen. Zudem war er Mitglied der Musikkapelle des Dorfes und aktiver Jäger.

Anscheinend war er gut im Dorf integriert gewesen. Ob er Feinde gehabt habe? Nein, das konnte sich niemand vorstellen.

„Gut", sagte Permann, „oder besser gesagt, weniger gut. Normalerweise geschehen die meisten Morde im Affekt, wie du weißt. Innerhalb der Familie, der Verwandtschaft. Das hier scheint mir auf den ersten Blick nicht danach auszusehen. Da war vielleicht irgendein Profi am Werk, einer der verdammt gut mit einem Gewehr umgehen konnte. Oder was meinst du, Beatrice?"

„Wie du sagst, Fritz. Das sieht mir nicht nach einem Mord im Affekt aus, aber wir sollten das nicht zu früh beurteilen. Auf jeden Fall müssen wir sein ganzes Familienumfeld auf den Kopf stellen, und von außen nach innen kehren. Wer weiß, ob dieser Brandis nicht eine Geliebte gehabt hat, die sich an ihm gerächt hat, weil er sie nicht heiraten wollte?" Beatrice lächelte entwaffnend, und ihre weißen Zähne blitzten in ihrem schmalen dunklen Gesicht, das glatte, pechschwarze, schulterlange Haare umrahmten.

„Vielleicht hat sich ja ein gehörnter Ehemann an ihm gerächt, oder es war ein Nebenbuhler, der ihn auf diese Weise entsorgt hat?"

„Da könntest du tatsächlich Recht haben, alles ist möglich, was man sich auch nur vorstellen kann." Auch Permann lächelte und zuckte die Schultern.

Der Kommissar räusperte sich und überblickte seine kleine Ermittler-Truppe in der Quästur von Bozen. Da saßen seine Assistentin Beatrice del Piero, der Chef der Kriminaltechnik Gassmann, der Chef der „squadra mobile", der mobilen Eingreiftruppe, und zugleich auch Waffenexperte, Gianni Trincanato. Baumlang und durchtrainiert. Mindestens 1,95 Meter Mensch saßen da. Da waren noch Kriminalassistent Ferrara und Rocco Sanvita von der Digos, der Staatspolizei. Auch im Bozner Polizeipräsidium gab es, wie in jedem größeren italienischen Präsidium, eine Digos- Einheit. Die DIGOS, die Divisione Investigazioni Generali e Operazioni Speciali, die „Abteilung für allgemeine Ermittlungen und Sonderoperationen" ist auf Terror- und Extremismus-Bekämpfung spezialisiert. Hauptaufgabe der Digos ist der Schutz des Staates vor politisch motivierten, staatsbedrohenden Aktivitäten wie beispielsweise Terrorismus und Landesverrat. Digos-Mann Rocco Sanvita hatte unbedingt bei dieser Fallbesprechung mit dabei sein wollen, so wie bei Allem, was vielleicht nach Verschwörung und Terror roch.

„Was haben wir und was wissen wir?"

Permann trat vor die weiße Tafel im Besprechungsraum. Der schwarze Filzstift quietschte erbärmlich auf, als er den Namen „Karl Brandis" auf die Mitte der weißen, abwischbaren Tafel malte und einkreiste. Beatrice zog ihre Augenbrauen hoch, runzelte scheinbar missbilligend die Stirn, und sah ihn neckisch an. Permann bemühte sich weiter ernst zu blicken, aber auch ihm huschte ein kleines Lächeln über das Gesicht. Er und sie verstanden sich oft ohne Worte.

„Kleinunternehmer, Tischlereibetrieb, 54 Jahre alt, Frau, zwei Kinder, wohnhaft in Schlanders. Er wurde aus großer Entfernung erschossen, gestern in der Frühe, um etwa sieben Uhr. Im Dorf hat anscheinend, so sieht es zumindest bis jetzt aus, niemand etwas gehört und gesehen. Geschossen wurde wahrscheinlich von einem Holzstapel. Vom Waldrand aus."

Permann drückte auf eine Taste des Laptops, der vor ihm stand. Der Beamer an der Decke warf eine Google-Maps-Grafik der Ortschaft Schlanders an die Wand. Brandis' Haus und das Wäldchen, von dessen Rand aus geschossen worden war, waren rot eingekreist.

„Weiß man schon aus welcher Entfernung geschossen wurde, Gianni?"

Gianni Trincanato, der Chef der squadra mobile, stand auf. Seine Stimme klang wie ein Reibeisen aus einem tiefen Brunnen. Sein italienischer Akzent war deutlich hörbar.

„Es waren exakt 562 Meter, mit dem Lasergerät nachgemessen. Die Flugparabel ist leicht von oben angesetzt. Ich habe auch das Blei des Geschosses aus der Hausmauer gekratzt. Es ist nicht wenig Material, total deformiert natürlich. Ein schweres Kaliber. Das

Geschoss kam wohl aus einem Scharfschützengewehr. Es kann zum Beispiel eine Steyr HS, eine Heckler & Koch PSG1, oder auch eine Dragunow gewesen sein. Die Steyr HS kommt aus Österreich, die Heckler & Koch aus Deutschland, die Dragunow aus Russland. Die Dragunow ist zuletzt aus dem Jugoslawienkrieg bekannt geworden. Allen Gewehren gemeinsam ist ihre enorme Reichweite, und dass sie vor allem in Kriegen und Krisensituationen eingesetzt wurden und immer noch werden."

Gianni Trincanato kam in Fahrt.

„Scharfschützengewehre werden seit dem Amerikanischen Bürgerkrieg verwendet. Im Frühjahr 1862 wurden zum Beispiel die Unionstruppen einheitlich mit Sharps-Hinterlade-Gewehren ausgerüstet. Das vermutlich prominenteste Scharfschützen-Opfer in diesem Krieg war John Sedgwick, ein US-General auf Seiten der Nordstaaten. Er starb durch einen Scharfschützen, weil er nicht rechtzeitig in Deckung ging. Seine letzten Worte sollen angeblich folgende gewesen sein: „Auf diese Entfernung können die Konföderierten selbst einen Elefanten nicht treffen. Das … "

Beatrice musste plötzlich über die unfreiwillige Komik kichern. Sie fand wohl das Bild mit dem Elefanten und dem amerikanischen Nordstaaten-General, der nicht rechtzeitig in Deckung gegangen war, etwas komisch.

„Seit wann gibt es in Amerika Elefanten?" Man sah ihr an, dass sie gleich losprusten musste.

Auch Permann musste grinsen. Er räusperte sich vernehmlich, um sich wieder unter Kontrolle zu bringen. Er konnte Trincanatos Vortrag zwar einiges abgewinnen, fand aber auch, dass der Chef der squadra mobile zu sehr vom eigentlichen Thema abschweifte. Er kannte ihn. Wenn es um das Schießen und um Gewehre ging, war der sonst eher wortkarge Mann oft nicht mehr zu bremsen.

„Sorry Gianni, aber das passt nicht mehr ganz zum Thema, ok? Aber deine vorherigen Äußerungen über die Scharfschützengewehre sind natürlich sehr wertvoll für uns."

Trincanato schaute verärgert in die Runde, und hob beschwichtigend seine Hände.

Dann fuhr er fort. „Etwas muss ich doch noch dazu sagen, cari colleghi. Der Schütze war sicher kein Anfänger. Um einen solchen Schuss zu setzen, einen Kopfschuss, und aus dieser Entfernung, braucht es einige Übung und Erfahrung. Zugute gekommen ist dem Schützen, dass es zur Tatzeit absolut windstill war."

Er ließ seine Worte eine Weile auf seine Zuhörer wirken.

„Und noch etwas. Niemand hat anscheinend den Schuss gehört. Ich nehme an, der Schütze hat einen Schalldämpfer benutzt, und einen solchen kann man nicht mir nichts, dir nichts irgendwo kaufen. Entweder ist der Schütze ein Profi, ein Killer, der ganz besondere Geschäftsbeziehungen hat, oder er hat den Schalldämpfer selbst gebaut. Aber ich nehme an, das passt nicht mehr zum Thema. Wie ich euch kenne, wollt ihr sicher nicht wissen, wie man einen solchen Schalldämpfer selbst bauen kann."

Der Waffenexperte konnte sich seinen beißenden Sarkasmus nicht verkneifen. „Das wird euch nicht mehr interessieren, denn es weicht auch zu sehr vom Thema ab. Basta per oggi."

Trincanato setzte sich demonstrativ, er war sichtlich eingeschnappt.

„Doch, das interessiert uns, Gianni, berichte uns bitte kurz darüber", bat Permann.

Trincanato machte sich gar nicht mehr die Mühe aufzustehen. Demonstrativ schnell spulte er die Angaben herunter. „Also gut. Dafür braucht es ein 30 cm langes Plastikrohr, in dem man innen eine Rohrisolation aus Schaumstoff anbringt. Vorne an dieses

Rohr klebt man eine gelochte Plexiglasscheibe auf. Das Ganze schiebt man zehn Zentimeter über das Ende des Gewehrlaufes, und fertig ist ein einfacher Schalldämpfer. Eine Bauanleitung dafür kann heutzutage jeder im Internet finden. Ich habe fertig."

Der Kommissar musste sich abwenden und lächelte. Natürlich wusste jeder im Raum wie Trincanato diesen letzten Satz gemeint hatte. Der Wutausbruch des italienischen Fußballtrainers Giovanni Trappattoni bei einer Pressekonferenz war inzwischen legendär. Einige Sätze daraus waren zum geflügelten Wort geworden. Trappattoni, der damalige Trainer von Bayern München, hatte in einer Brandrede in gebrochenem Deutsch mit seinen Kritikern und mit einigen seiner Spieler, welche ihm in den Rücken gefallen waren, abgerechnet, und er hatte seine Rede mit den legendären Worten „Ich habe fertig!" abgeschlossen.

„Danke, Gianni", sagte der Kommissar. „Was kannst du uns berichten, Gassmann?" Er wendete sich an den Chef der Kriminaltechnik.

„Nun ja." Gassmann räusperte sich und stand auf. „Der Täter hat das Gewehr auf den Holzstapel aufgelegt, gezielt und abgedrückt. Die Spuren sind eindeutig. Ich zeige euch gleich ein paar Bilder."

Gassmann setzte sich an den Laptop, und projizierte mit Hilfe des Beamers ein Bild an die Wand. Der Holzstapel am Waldrand, die Spuren im Schnee wurden sichtbar.

„Wahrscheinlich hat der Täter dünne Handschuhe getragen. Die gesicherten Spuren sind im Labor, sie sind aber noch nicht ausgewertet. Wir haben auch Schmauchspuren und Fußabdrücke gefunden." Wieder warf das Gerät einige Bilder an die Wand. Einige undeutliche Schuhabdrucke hinter dem Brennholzstapel waren zu sehen. Der Schütze hatte wahrscheinlich seine Füße bewegt, als er die beste Schussposition gesucht hatte. Ein zweites Foto zeigte einen klaren Fußabdruck einer groben Sohle.

„Das ist der Abdruck eines Bergschuhs, oder eines Winterschuhs mit einer groben, stark profilierten Sohle. Größe 43 oder 44, würde ich mal schätzen. Wahrscheinlich von einem Mann also. Ich kenne auf jeden Fall keine Dame, die auf so großem Fuß lebt", bemerkte Gassmann trocken, und Beatrice musste wieder kichern.

Permann betrachtete einen Augenblick seine Assistentin. „Wahrscheinlich kann man das ganze Elend nur mit ein bisschen schwarzem Humor und Ironie ertragen. Beatrice ist sonst ganz gewiss nicht eine naive, kichernde Göre, sondern eine seriöse, erfahrene Kriminalbeamtin."

Gassmann fuhr weiter fort. „Wir versuchten den Fußspuren zu folgen, aber das war nicht mehr gut möglich, denn die dünne Schneedecke ist leider im Nu abgeschmolzen. Auf jeden Fall ist der Mörder ein Stück hinunter in Richtung des Nachbardorfes Goldrain gelaufen, und dann verliert sich leider seine Spur."

Gassmann machte eine kleine Pause. Dann projizierte sein Beamer ein schauerliches Bild an die Wand. Jemand seufzte und sog hörbar die Luft ein. Der Körper des Opfers lag hingestreckt in einer Blutlache, überall lag Gehirnmasse verstreut. Ein zweites Bild zeigte einen tiefen Geschosskrater in der blutbespritzten Hauswand.

Gassmann ließ die Bilder eine Zeit lang auf die Anwesenden wirken.

„Zur Leiche. Die Kugel hat Brandis knapp oberhalb des rechten Auges getroffen, und beim Austritt wurde ihm der halbe Hinterkopf weggerissen. Er war wohl schon tot, als sein Körper auf der Terrasse aufgeschlagen ist. Hmm. Das wäre vorerst alles."

Gassmann drückte auf die Esc-Taste auf der Tastatur des PC, und das Bild an der Wand erlosch.

„Ich hoffe, dass uns der Autopsie-Bericht, den wir hoffentlich bald bekommen, mehr sagen wird."

Permann räusperte sich. „Ich sehe zurzeit nur zwei Möglichkeiten wie wir weiter ermitteln können." Er nahm seinen Stift und zweigte zwei Äste vom Namen Karl Brandis auf der Tafel ab. Auf einen Ast schrieb er „familiäres Umfeld" auf den anderen „politisches Motiv?".

„Gibt es möglicherweise ein politisches Motiv für den Mord? Ihr wisst ja alle, dass es erst vor kurzem einen Anschlag auf einen ausländischen Mitbürger in Meran gegeben hat. Ein möglicherweise etwas gestörter junger Mann hat damals von einem Fenster aus mit einem Luftgewehr auf eine Gruppe von Ausländern geschossen. Ich kann mich erinnern, dass Karl Brandis damals in einem Radio-Interview eine ziemlich unglückliche Bemerkung über Asylanten gemacht hat. Er sagte sinngemäß Folgendes: Ausländer würden sich auf Kosten der Südtiroler Bürger im Land breit machen, sie würden nicht arbeiten wollen, und ließen sich auf Kosten der Allgemeinheit erhalten und durchfüttern. Er habe ein gewisses Verständnis, dass da ein ehrlicher Bürger mal die Nerven verlieren könne. Ihr könnt euch sicher noch daran erinnern. Seine Aussagen haben damals einige Schlagzeilen gemacht."

Die meisten der Zuhörer nickten.

„Diese Spur müssen wir natürlich intensiv weiterverfolgen. Rocco, kümmere du dich darum", sagte der Kommissar zu Rocco Sanvita, dem Digos-Mann. Dieser nickte.

Permann schaute in die Runde.

„Hat sonst noch jemand eine Idee, wo wir noch ansetzen könnten?"

Beatrice meldete sich. „Ich glaube wir dürfen die ca. 5000 Mitglieder des Heimat- und Brauchtumsvereins 'Schützen' und die Jäger nicht vergessen. Karl Brandis war ja einer von dieser

Spezies. Jäger gibt es über 6.000 im Land, soweit ich weiß, und in ihren Reihen sind auch gut 250 Frauen. Die ballern doch ständig in der Gegend herum."

Permann lächelte, er mochte Beatrices direkte Art. Er nickte und ergänzte sein Schaubild um einen dritten Ast, und schrieb „Jäger und Schützen" dazu.

„Das übernehmt ihr, Ferrara und Beatrice. Recherchiert bei den Jägern im Revier Schlanders. Gab es vielleicht Feindschaften und Revierkämpfe unter ihnen? Gab es einen Anlass für Racheakte? Gab es Jagdgegner, die im Revier Schlanders in Erscheinung getreten sind? Die machen sich zwar sehr selten bemerkbar, aber es soll doch einige geben, so habe ich es zumindest gehört. Schaut euch Brandis' Handy an, checkt seine SMS und seinen E-Mail-Verkehr. Gab es anonyme Drohanrufe, Morddrohungen?"

Er machte eine kurze Pause.

„Hat jemand von euch noch eine Idee? Möchte jemand noch etwas sagen?" Wieder schaute Permann fragend in die Runde. Niemand meldete sich.

„Na gut, dann gehen wir an die Arbeit und sehen uns wieder morgen um zehn Uhr hier bei der Fallbesprechung und der Neuigkeiten."

Digos-Mann Rocco Sanvita machte sich an die Arbeit. Als Erstes gab er bei www.google.de den Namen „Karl Brandis" ein, und siehe da, innerhalb von Bruchteilen einer Sekunde spuckte die Suchmaschine etwa ein Dutzend Einträge aus, in denen der Name

„Karl Brandis" auftauchte. Die Webseite seines Betriebes in Schlanders wurde vorgestellt, einige Facebook-Beiträge und Einträge in Jäger-Foren wurden angezeigt, und dann stach Sanvita der Begriff „Wir zuerst" ins Auge. Er öffnete die betreffende Seite und las.

„Was haben wir denn da?"

Ungläubig starrte er auf den Bildschirm und schüttelte den Kopf. Und immer wieder schüttelte er den Kopf, während er las.

Schnellen Schrittes verließ er sein Zimmer, und klopfte und trat in das Zimmer von Kommissar Fritz Permann.

„Komm mit, Chef. Ich habe etwas gefunden, was interessant sein könnte."

Zurück im Büro von Sanvita fiel Permann sofort das Bild des glühenden Schlernmassivs in der Abendsonne auf, mit dem die Webseite, welche der Digos-Mann gefunden hatte, unterlegt war. Die wespengelben Lettern stachen den zwei Männern sofort aggressiv ins Auge. Permann überflog den Text der Webseite der Gruppierung mit dem Namen „Wir zuerst".

Wir fordern:

Südtirol den Aufrechten, WIR kommen ZUERST!!!

Reine Kindergärten, Schulen und Wohngebiete nur für uns!!!

#Sofortiger Einwanderungstopp ✋, besonders für Betrüger aller Art.

Sofortige Ausweisung aller Illegalen und all jener Ausländer, welche sich nicht an unser Recht und Gesetz halten!!!

Mehr Sicherheit: Wir haben das Recht uns angemessen zu verteidigen. Deshalb ist der Aufbau von landesweiten bewaffneten Bürgerwehren vonnöten. Wir wollen uns wehren!!!

#Sicherheit#: Unsere Frauen und Kinder müssen besser geschützt werden. ☠Wir wollen offen Waffen tragen und sie auch benützen dürfen, wenn es notwendig ist!!!

Permann warf einen Blick auf Rocco Sanvita. In seinem Blick war ungläubiges Staunen. Dann las er weiter.

Wie wir unsere Ziele erreichen wollen:

Aufbau eines Kameradschafts-Netzes in ganz Südtirol.

Stärkung unseres Selbstbewusstseins durch bestimmtes und selbstbewusstes Auftreten.

Pflege der Zusammengehörigkeit aller Aufrechten (gemeinsame Wanderungen, Gesangsabende, Brauchtumsabende)

Zurückdrängung des Einflusses der katholischen Kirche. Wir pfeifen auf Werte wie Nächstenliebe und Toleranz 💣 denn wir wollen UNS SELBST am nächsten sein!!!

Regelmäßige #Wehrsportübungen

Kampf der drohenden Islamisierung, erwacht, und macht dem Wahnsinn der islamistischen Unterwanderung ein Ende!!!

Geplant ist die spätere Umwandlung der Bewegung „WIR ZUERST" in eine politische Bewegung, denn wir fühlen uns von keiner gegenwärtigen Partei vertreten. Wir wollen politisch mitbestimmen!!!

Südtiroler wacht auf, wehrt euch, macht mit, leistet euren Beitrag zur Erhaltung und Stärkung der Aufrechten!!!

Schreibt euch ein bei "WIR ZUERST", denn unsere Zukunft steht auf dem Spiel!

Permann kniff die Augen zusammen. „Oh ja, das ist wirklich interessant, Rocco. Hast du etwa gewusst, dass es diese Gruppierung, diese Kameradschaft gibt?"

Rocco Sanvita schüttelte den Kopf.

„Zwick mich Rocco, das darf doch nicht wahr sein! Oh mein Gott, das sind ja verdammt aggressive Aussagen. Gesangsabende, Brauchtumsabende, gemeinsame Wehrsportübungen, bewaffnete Bürgerwehren, tss, tss. Verdammt noch mal! Die Rhetorik erinnert mich ganz stark an die dunkelsten Zeiten unserer Geschichte. Unglaublich. Und Karl Brandis war Vertrauensmann der Kameradschaft in Schlanders. Wir müssen den Machenschaften dieser Kameradschaften sofort nachgehen, Rocco. Vielleicht finden wir ja etwas, was uns in unseren Ermittlungen weiterhilft. Ich werde noch heute alles Notwendige in die Wege leiten.

Übrigens: Diesen Feldmeister möchte ich heute Abend noch besuchen. Wir zwei tun das, was hältst du davon?"

Permann zeigte auf die Website der Kameradschaft. Ganz unten auf der Seite waren unter „Bezirke und Kontakte" die Vertrauensmänner verschiedener größerer Ortschaften Südtirols aufgelistet. Unter dem Ortsnamen „Schlanders" tauchte Karl Brandis als Vertrauensmann auf. Als Chef der Kameradschaft „Wir zuerst" zeichnete ein gewisser Virgil Feldmeister, welcher täglich, laut den Angaben auf der Website, werktags von 16.00 bis 18.00 Uhr in seinem Büro in Bozen erreichbar war.

„Das machen wir, Chef. Das interessiert mich, sehr sogar." Der Digos-Mann kniff die Augen zusammen und nickte finster.

„Wir zuerst. Tja, Mister Trampeltier lässt grüßen." Der Kommissar grinste.

„Wie meinst du das?" Sanvita schaute fragend auf Permann. Er hatte die Anspielung und den Wortwitz anscheinend nicht sofort verstanden.

„Oh, ich meinte damit Mister president, Mister president of the United States of America. America first, you know?"

„Ah ja, natürlich, alles klar, jetzt hat's bei mir auch geklingelt", lachte der Digos-Mann grimmig.

Es war genau 17.30 Uhr, als der Kommissar und Rocco Sanvita vor dem Vereinsbüro der Kameradschaft „Wir zuerst" in Bozen standen.

„Kein allzu großer Publikumsandrang hier." Permann grinste. „Unser Meister, Herr Feldmeister wird sicherlich Zeit für uns haben. Na, dann wollen wir mal." Er klopfte an die Türe.

„Herein." Eine dumpfe Stimme erklang hinter der Eingangstüre zum Büro. Permann drückte die Türklinke nieder, und die zwei Polizisten traten ein.

Ein Schwall heißer, stickiger Luft strömte ihnen aus dem winzig kleinen Raum entgegen. Das Büro von „Wir zuerst" war höchstens sechs Quadratmeter groß. Es war fensterlos, und die Einrichtung bestand hauptsächlich aus einem kleinen Schreibtisch, auf welchem ein aufgeklappter Laptop und ein Aktenordner standen. Hinten an der Wand prangte ein Plakat mit dem Schlernmassiv in der untergehenden Sonne, welches Permann und Sanvita bereits von der Webseite der Kameradschaft her kannten. Vor dem Laptop saß ein etwa 40jähriger, blonder, schnauzbärtiger Mann. Vor dem Schreibtisch standen zwei klapprige Besucherstühle.

Der Mann sprang auf und streckte ihnen sofort servil die Hand entgegen. Begrüßte sie mit einer schnarrenden Stimme. Permann fiel sofort sein unruhiger, stechender Blick aus seinen wässrig blauen Augen auf.

„Mein Name ist Virgil Feldmeister. Wir zuerst! Was kann ich für Sie tun?"

„Fritz Permann und Rocco Sanvita, Kripo Bozen." Der Kommissar zeigte auf seinen Kollegen.

Sie sahen wie das schiefe Lächeln des blonden Mannes augenblicklich zu einer finsteren Maske gefror.

Seine Stimme war ein heiseres, forderndes Schnarren. „Weisen Sie sich zuerst aus, bevor ich mit Ihnen rede!" Er streckte ihnen fordernd seine Rechte entgegen.

Permann und Sanvita zückten ihren Ausweis und hielten ihn vor das Gesicht des blonden Mannes. Minutenlang herrschte drückende Stille im engen Raum, während Virgil Feldmeister die Polizeiausweise ausgiebig studierte.

„Was wollen Sie von uns?" Seine Stimme war eisig.

„Wir möchten uns mit Ihnen über Ihren Vertrauensmann Karl Brandis aus Schlanders unterhalten", antwortete Permann. „Ich nehme an, dass Sie Bescheid darüber wissen, dass Brandis gestern vor seinem Haus aus dem Hinterhalt erschossen worden ist."

Feldmeister nickte widerwillig. „Und was hat das mit mir zu tun? Wie kann ich Ihnen helfen?"

„Nun ja, helfen, das können Sie. Erzählen Sie uns über Ihren Vertrauensmann Karl Brandis. Wir möchten alles über ihn wissen."

„Was kann ich Ihnen über ihn erzählen? Was wissen Sie noch nicht?" Seine Stimme klang plötzlich frech und herausfordernd und er feuerte seinen blauen, kalten Blick auf die Polizisten.

„Tja, Sie wissen ja, dass die Äußerungen des Mordopfers Karl Brandis damals über die Asylanten in Südtirol einiges Aufsehen erregt haben. Gab es da Reaktionen, die an Sie oder Ihre, nun ja, wie soll ich sagen, Bewegung, Kameradschaft, gerichtet waren?"

„Und wer sollte Ihrer Meinung nach darauf reagiert haben? Was habe ich damit zu tun?" Feldmeisters Gesichtsausdruck wurde noch abweisender.

„Nun, es hätte Reaktionen von Flüchtlingsgruppen geben können, von Ausländern zum Beispiel. Von Menschen, die mit seinen Äußerungen nicht einverstanden waren, ja gekränkt waren, nur um eine Möglichkeit zu nennen. Racheandrohungen an das spätere Opfer Karl Brandis vielleicht, von denen nur Sie und Ihre Kameradschaft wissen."

Permann sah, wie Feldmeister kurz schluckte, dann fing er sich wieder und antwortete mürrisch: „Nein, da gibt es nichts. Gar nichts. Karl Brandis hat damals ja klargestellt, was er wirklich mit seinen Aussagen gemeint hat. Die Medien haben die Suppe heißer aufgekocht, als sie wirklich war. So ist es ja immer. Die verdammten Schmierfinken drehen einem ja ständig das Wort im Mund herum, wenn man nicht aufpasst! Nichts ist passiert. Gar nichts. Brandis hat sich damals für seine vielleicht etwas unbedachten Worte entschuldigt. Da gab es dann keine weiteren Reaktionen mehr."

Der Kommissar nickte, schaute seinen Kollegen Rocco Sanvita an und fuhr dann fort. „Wann haben Sie das letzte Mal, ich meine vor seinem Tod, von Karl Brandis gehört? Wann haben Sie ihn das letzte Mal getroffen?"

„Das muss vor etwa einer Woche gewesen sein", antwortete Feldmeister patzig. „Wir haben damals über nichts Besonderes gesprochen. Nur über die Situation im Dorf Schlanders, soweit ich mich erinnere. Wir waren ja immer in telefonischem Kontakt, und wir haben uns auch E-Mails geschrieben."

Rocco Sanvita meldete sich nun schärfer zu Wort, als er eigentlich beabsichtigt hatte. „Wir brauchen Ihre Korrespondenz, wir möchten alles einsehen was Sie haben, und zwar sofort."

Seine Abneigung gegenüber Feldmeister klang in seiner Stimme unüberhörbar mit.

Die Reaktion des blonden Mannes folgte auf dem Fuße. Seine Stimme erinnerte an das Fauchen einer zornigen Katze, und aus seinen Augen schossen eisige blaue Blitze. „Werden Sie nicht unverschämt, Sie haben mir gar nichts zu befehlen!

Und wenn Sie etwas von mir wollen, kommen Sie mit einem richterlichen Beschluss wieder."

„Langsam, Herr Feldmeister, langsam, bleiben Sie ruhig", sagte Permann bedächtig.

Er zog ein Stück Papier aus seiner Tasche, faltete es langsam auseinander und hielt es dem blonden Mann unter das Gesicht.

„Und jetzt schauen Sie mal, was wir hier haben."

Feldmeister warf einen Blick auf das Papier, und erkannte sofort was es war.

Permann erklärte ruhig: „Das ist ein Durchsuchungsbeschluss des Staatsanwalts. Das Papier ist frisch. Ganz frisch ausgedruckt, erst heute Nachmittag hat der Staatsanwalt es unterschrieben. Das Schreiben erlaubt uns die Durchsuchung Ihres Büros, und es erlaubt uns alles mitzunehmen, was wir für die Mordermittlungen benötigen. Wir werden zum Beispiel Ihren Laptop und den Aktenordner mitnehmen. Haben Sie das verstanden?"

Das Gesicht von Virgil Feldmeister war fahl geworden. Seine Stimme bebte vor Zorn. „Das werdet Ihr irgendwann bereuen! Ich bin ein ehrbarer Staatsbürger, der sich noch nie etwas zuschulden hat kommen lassen", stieß er gepresst hervor.

„Bereuen? Wer? Wir zuerst etwa?"

Sanvitas Stimme klang harmlos und unschuldig wie die eines Kindes im Gegensatz zu seinem provozierenden Lächeln, das ihm im Gesicht stand. Dann wurde seine Stimme schlagartig kalt wie Eis. „War das eine Drohung Kamerad Feldmeister? Passen Sie auf, was Sie sagen. Mein Kollege, Hauptkommissar Fritz Permann hat alles gehört und registriert, was sie gesagt haben."

Nun sagte Feldmeister ein Weilchen nichts mehr.

Plötzlich aber sprang er von seinem Stuhl auf und wandte sich schnell zum Gehen. Sein Gesicht war vor Zorn verzerrt. Im Vorbeigehen zischte er leise: „Wir sind dabei stark und mächtig zu werden, überall in Europa, ja überall auf der Welt. Nehmen Sie sich in Acht. Bald wird es so weit sein, und dann werden andere Zeiten anbrechen und andere Sitten werden einziehen."

Dann stürmte er aus dem Zimmer, und schlug die Türe mit einem Knall zu.

Die dunkle Drohung stand noch eine Weile wie eine Gewitterwolke über den zwei Polizisten. Stumm sahen sie sich eine Weile sprachlos an.

„Oh mein Gott, das war aber harter Tobak. Puuuh. Der verdammte Hampelmann! Was glaubt der denn überhaupt." Permann fuhr sich über die Stirn, seufzte und schüttelte den Kopf. Dann zog er sein Handy aus der Tasche und tätigte einen Anruf.

„Gassmann? Spurensicherung, ihr könnt kommen. Nehmt alles Wichtige mit, sichert die Spuren und versiegelt den Laden hier!"

Die fette Schlagzeile auf der ersten Seite der größten Tageszeitung des Landes sprang ihnen sofort ins Auge. „Feiger Mord an Familienvater. Schlanders. 54jähriger Familienvater auf der Terrasse seines Hauses aus dem Hinterhalt ermordet. Rätselraten über den Todesschützen"

Gemeinsam überflogen Hauptkommissar Fritz Permann und seine Assistentin Beatrice del Piero den Bericht:

„Gestern verbreitete sich in Südtirol wie ein Lauffeuer die Nachricht von einem unfassbaren Verbrechen. Es war etwa sieben Uhr morgens, als der 54jährige K.B. zu seinem täglichen Jogging-Lauf aufbrechen wollte. Da traf ihn auf der Terrasse vor seinem Haus eine Gewehrkugel aus großer Entfernung tödlich in den Kopf. Niemand kann sich dieses grausame Verbrechen erklären. K.B. war ein guter Familienvater und ein vorbildlicher Unternehmer. Er war beliebt und fest ins Dorfleben integriert. Er engagierte sich in der Musikkapelle von Schlanders und zudem im Jägerverein. Er hinterlässt eine Frau und zwei erwachsene Töchter. Die ermittelnde Polizei tappt über das Tatmotiv noch völlig im Dunkeln."

„Mit dem letzten Satz haben sie leider vollkommen Recht." Permann brummte grimmig, faltete das Blatt zusammen, und warf es beiseite.

„So ist es leider." Beatrice nickte und seufzte.

Sie saßen auf einem Hocker im „Stadtcafè" und schauten auf den morgendlichen, noch ziemlich verlassenen Waltherplatz hinaus. Der Waltherplatz, das Zentrum von Bozen. In der Mitte des Platzes erhob sich das Marmordenkmal des bekanntesten

Minnesängers Walther von der Vogelweide, von dem die Südtiroler nur allzu gerne gehabt hätten, dass er ganz sicher in ihrem Land geboren worden wäre. Immerhin gab es in der Nähe von Bozen das Dorf Lajen, in welchem ein „Vogelweider"-Hof stand. Aber die Ehre um den Geburtsort Walthers machte ihnen unter anderem auch die Stadt Würzburg streitig. Auf jeden Fall stand das Walther-Denkmal schon seit dem Jahre 1889 auf dem Platz, und der stolze Minnesänger mit seiner Leier in der Hand, von zwei Löwen flankiert, schaute hinüber zum Dom.

Überall in der Stadt regte sich schon neues Leben, so wie jedes Jahr aufs Neue. Die Stadtgärtner hatten Herrn Walther blühende Blumen zu Füßen gepflanzt, und die Magnolienbäume waren mit schneeweißen Blüten übergossen.

Die Stadt Bozen liegt in einem von Bergen umgebenen Kessel, und ist deshalb klimatisch begünstigt. Während in vielen Seitentälern noch tiefer Winter war, hatte in Bozen die wärmere Jahreszeit Einzug gehalten. Der Frühling war trotz gelegentlicher Rückschläge nicht mehr aufzuhalten.

Permann und Beatrice trafen sich öfters zu einem morgendlichen Macchiato, zu einem Kaffee im „Stadtcafè" oder im „Cafè am Dom". Diese Treffen waren schon fast zu einem Ritual geworden. Beiden tat es gut, sich für die tägliche Arbeit zu sammeln, und anschließend radelten sie gemeinsam der Quästur zu.

Der Kommissar war seit zwanzig Jahren verheiratet, und war noch immer ziemlich glücklich mit seiner Frau Christa und mit seiner Tochter Nadja. Am Anfang hatte Christa eifersüchtig reagiert, als sie von Permanns schöner Kollegin erfuhr, die ihm der Zufall zugeführt hatte, und mit der er sich von Anfang an gut verstanden hatte. Er und Christa hatten in einem Gespräch die Situation geklärt. Sie vertrauten einander, und sie hatten beschlossen, dass ihre Beziehung die Freundschaft zu seiner Kollegin aushielt, ja aushalten musste.

Auch Beatrice war liiert, wie der Kommissar wusste, und außerdem wohl gut 15 Jahre jünger als er. Aber Permann war durch und durch Mann, wenn auch kein Macho, wie er fand. Aber er musste es sich immer wieder eingestehen, dass er es genoss, mit ihr durch die Stadt zu gehen. Etwas von ihrem Glanz fiel dann auch auf ihn zurück. Beatrice, die mit ihren langen schwarzen Haaren, der schlanken, wohlgeformten Figur und dem anmutigen Gang bewundernde männliche Blicke auf sich zog-, und neidvolle von Frauen.

„Dieser Fall wird uns noch lange beschäftigen, fürchte ich, Monsieur Fritz." Beatrice sprach ein perfektes Deutsch, in dem auch eine leise Melodie ihrer italienischen Muttersprache mitschwang.

„Ja, das denke ich auch. Leider", sagte Permann als sie die Treppe zum Eingang der Quästur hinaufstiegen.

Der Kommissar überblickte seine versammelte Mannschaft und begann. „Rocco Sanvita und ich waren beim Chef der Kameradschaft mit dem Namen `Wir zuerst`. Rocco hat ihre Webseite gefunden. Diese Truppe ist offensichtlich eine populistisch-nationalistische Gruppierung, die sich später in eine Partei umwandeln möchte. Sie tritt aggressiv gegenüber Ausländern auf. Der Besuch bei diesem Möchtegern-Führer…" Permann hielt inne und lächelte leise. Er hatte erkannt, dass seine Aussage wohl zu ironisch ausgefallen war. „Sorry", fuhr er fort, „der Besuch bei

Kameradschafts-Chef Virgil Feldmeister war recht interessant, um es mal so auszudrücken. Er gab zu, regelmäßige Telefon- und auch Email-Kontakte zu Karl Brandis gehabt zu haben. Brandis war sein Vertrauensmann in Schlanders. Anscheinend, so sagte er, besprachen sie dabei nur Kameradschafts- und Dorfklatsch. Rocco, hast du schon seine E-Mails oder seinen Telefonverkehr analysiert?"

„Erstmal habe ich mich mit seinem E-Mail-Verkehr befasst." Rocco Sanvita, der Digos-Mann nahm den Faden auf. „Nach der Lektüre seiner elektronischen Post habe ich den Eindruck von Karl Brandis als einem ziemlich durchtriebenen, rücksichtslosen Mann gewonnen. Wenn ihr mich fragt, war er durchaus kein angenehmer Zeitgenosse. So viel steht fest. Neben den üblichen Tiraden gegen die Ausländer, war in seinen E-Mails oft von Anwürfen und Verleumdungen seinen Kameradschaftsfreunden gegenüber zu lesen. Chef Feldmeister war in seinen Äußerungen sehr viel vorsichtiger, während Brandis oft seinem Ärger und seinem Frust freien Lauf gelassen hat. Ich hätte mit Brandis nicht gern etwas zu tun gehabt, um es einmal so auszudrücken. Ein unangenehmer Zeitgenosse, übrigens auch sein Boss Feldmeister von dieser Kameradschaft nicht." Rocco Sanvita verzog kurz sein Gesicht.

„Sonst aber habe ich noch nichts Konkretes gefunden. Die Telefon-Daten muss ich erst noch näher auswerten. Leider wissen diese Leute, dass sie sich am Telefon besser vorsichtig ausdrücken und nicht allzu viel preisgeben. Aber vielleicht finde ich ja noch etwas."

„Danke Rocco."

Permann fuhr fort. „Ich selbst bin dann gestern noch zur Familie des Opfers nach Schlanders gefahren, um mit ihr zu sprechen. Die Ehefrau wirkte etwas gefasster. Sie hat mir ihren Mann als liebevollen Ehemann beschrieben, und auch ihr Bruder war voll des Lobes über Brandis. Seine Töchter haben anscheinend regelmäßigen Kontakt mit ihm gepflegt. Auch sie beschrieben ihn als guten, zuverlässigen Vater. Aber ihre Aussagen müssen wir natürlich mit Vorsicht genießen, Angehörige sind halt Angehörige, die der Wahrheit halt nicht immer verpflichtet sind.

Beatrice und Ferrara, ihr seid ja mit nach Schlanders gefahren und habt mit Jägerkollegen, Freunden aus dem Schützenverein und anderen Menschen aus seinem Umfeld gesprochen. Was sagen diese Leute über Karl Brandis aus?"

Beatrice übernahm das Wort.

„Ich habe mit dem Leiter des Jagdreviers von Schlanders gesprochen. Sein Urteil über Karl Brandis: Er war ein guter, zuverlässiger, treuer Jagdkamerad. Er ließ kein schlechtes Wort über ihn verlauten. Er wurde als zuverlässig, spendabel, feierfreudig und kommunikativ beschrieben.

Danach habe ich mit dem Vizechef der Kameradschaft 'Wir zuerst' gesprochen. Dieser hat sich über seinen Kameraden Karl Brandis eher vorsichtig geäußert, hat aber im Grunde auch nichts Schlechtes über ihn ausgesagt. Aber man merkte, dass die Chemie zwischen den Beiden wohl nicht so gestimmt hat. Aber nichts Konkretes."

Permann nickte und Kriminalassistent Ferrara übernahm. „Ich habe mich mit dem erweiterten Umfeld des Opfers befasst. Zuerst versuchte ich mit einigen Arbeitern seines Tischlereibetriebes zu sprechen. Doch die haben sich sehr wortkarg und vorsichtig verhalten. Sie blockten ab, und wollten sich nicht dazu äußern wie Brandis als Chef war. Davon kann man meiner Meinung nach auch Einiges ableiten. Einer rollte zum Beispiel nur vielsagend die Augen und verzog seinen Mund. Ich wage zu behaupten, dass Brandis als Chef bei seinen Arbeitern nicht gerade beliebt war. Ich versuchte auch noch mit einigen anderen Leuten aus dem Dorf zu sprechen, und da war der Eindruck ziemlich widersprüchlich. Brandis scheint nicht bei allen beliebt gewesen zu sein."

Bruno Ferrara hielt einen Moment inne und fuhr dann mit seinem Bericht fort.

„Außerdem habe mich auch schon mit dem Handy des Opfers beschäftigt. Chats, SMS, Emails und so. Brandis hat besonders mit seinen Kollegen aus dem Jägerverein und der Kameradschaft via SMS und WhatsApp kommuniziert. Da habe ich allerdings nichts von Bedeutung gefunden.

Danach habe ich mich auf die Frauenbekanntschaften konzentriert, die das Opfer gepflegt hat. Da gab es einige. Auch da konnte ich nichts Auffälliges finden, was seine Kommunikation mit Frauen via Smartphone betrifft. Vielleicht war er ja bei diesen Aktivitäten auch besonders vorsichtig, und er hat seine Mitteilungen und Fotos fleißig gelöscht." Er grinste. „Auf jeden Fall konnte ich nichts finden, was für uns von Bedeutung wäre."

Permann nickte. Er blickte den Chef der Kriminaltechnik, Gassmann an. Dieser winkte ab. „Leider gibt es noch keine Ergebnisse aus dem Labor. Außerdem haben wir keine Fingerabdrücke und keine Patronenhülse gefunden."

„Ja, das ist alles noch nicht sehr ermutigend für uns. Ich meine den Fortgang unserer Ermittlungen. Ich versuche jetzt die ersten Eindrücke über das Opfer zusammenzufassen", fuhr Permann fort. „Diese sind recht widersprüchlich, wie ich finde. Anscheinend war Karl Brandis seinen nächsten Angehörigen ein liebevoller und zuverlässiger Partner und ein guter Freund und Kamerad gegenüber seinen Vereinsmitgliedern vom Kameradschafts- und Jägerverein. Andererseits scheint er auch seine dunklen Seiten gehabt zu haben. Er war anscheinend Ausländerhasser und nicht besonders nett zu seinen Arbeitern im Betrieb. Leider haben wir aber noch keinerlei Spur, der wir konkret nachgehen könnten. Also, ich würde vorschlagen, dass jeder von uns in seinem Bereich weiterarbeitet. Den Termin der nächsten Arbeitssitzung werde ich noch mitteilen. Ich wünsche uns allen eine gute Arbeit."

Fritz Permann drückte auf den Knopf des Aufnahmegerätes und begann mit der Vernehmung. „Quästur von Bozen, 09.35 Uhr. Anwesend sind Kommissar Fritz Permann, Inspektorin Beatrice Del Piero und die Zeugin Adea Palokaj, geboren am 25. Jänner 1985 in Priština, im heutigen Kosovo. Wir zeichnen das Gespräch auf."

Adea Palokaj hatte in der vergangenen Nacht nicht schlafen können. Ihre Aussage würde Konsequenzen sowohl für den jungen Mann als auch für sie selbst haben, und zwar ernste Konsequenzen. Was, wenn er erfuhr, dass sie gegen ihn ausgesagt hatte? Irgendwann. Sie wagte nicht daran zu denken.

Sie war aber zum Entschluss gekommen, dass sie aussagen musste. Andernfalls würde sie die Geschichte wahrscheinlich ein Leben lang mit sich herumtragen, und sich Vorwürfe machen müssen. Sie hatte sich entschieden. Am Morgen. Sie musste zur Polizei. Sie musste es tun. Jetzt saß sie im Präsidium vor Kommissar Fritz Permann.

„Beginnen wir. Sie möchten im Zusammenhang mit dem Mordfall Karl Brandis aussagen."

„Ja", sagte die schlanke, dunkelhaarige Frau vor ihm. „Das will ich." Sie sog tief Luft in ihre Lungen und schien sich innerlich einen Ruck zu geben. Es gab kein Zurück mehr.

„Es war vor etwa einem halben Jahr. Es war ein Freitag, kurz vor Weihnachten. Das weiß ich noch genau. Ich bin mit zwei Freundinnen ausgegangen. Wir kehrten noch gegen 23 Uhr in der Diskothek „Juwel Club" im Dorf Eppan an der Weinstraße ein. Das ist nicht weit von hier, in etwa 20 Minuten ist man mit dem Auto dort. An dem Abend war nicht sehr viel los, und wir fanden einen Tisch in der Nähe der Tanzfläche. Die Musik war ziemlich laut, und wir haben uns deshalb untereinander nicht gut unterhalten können. Da hörte ich plötzlich, dass am Nebentisch Albanisch gesprochen wurde. Deshalb wurde ich hellhörig, und ich hörte etwas genauer hin. Am Nebentisch saßen vier junge Kosovo-Albaner. Die jüngsten waren wohl so zwischen 25 und 28, die zwei älteren etwa 40 Jahre alt. Sie schienen ziemlich viel getrunken zu haben, und sie redeten ziemlich laut gegen die Musik an. Ich bekam mit, dass sie über diesen Mann aus Schlanders, Karl Brandis sprachen. Über den Mann, der vor ein paar Tagen erschossen worden ist. Der hatte doch ein paar Tage vorher diese schlimme Aussage über Ausländer gemacht. Eben, dass diese nur auf Kosten des Landes leben würden, dass sie nicht arbeiten wollten und dass alle Schmarotzer seien. Sie seien kriminell und so weiter. Seine Aussage hat mich übrigens auch sehr verletzt, wissen sie das? Ich bin auch Kosovo-Albanerin."

Permann und Beatrice nickten, unterbrachen sie aber nicht.

„Die Männer haben lauthals geschimpft, ja sie haben geflucht über diesen Karl Brandis aus Schlanders. Wie gesagt, die Vier schienen ziemlich viel getrunken zu haben. Sie waren ungeheuer aufgebracht über seine Aussagen, und redeten sich ziemlich in Rage. Er müsste abgepasst und zusammengeschlagen werden. Man müsste ihm eine Abreibung verpassen, und so weiter. Weiters sagte dann einer: ‚Enis, du warst doch Sniper, Heckenschütze im Kosovo–Krieg. Du hast reihenweise Serben niedergemacht, das stimmt doch, oder?' Und der besagte Enis antwortete: ‚Ja, habe ich. Was willst du damit sagen?' Der andere: ‚Wie, was willst du damit sagen? Du könntest ihn ganz leicht umnieten, oder etwa nicht?' Enis hat dann gelacht und hat gesagt: „Ja, das könnte ich. Ich überlege es mir. Ich überlege es mir wirklich. Es wäre mir ein Leichtes diesen Hund abzuknallen.' Ja, das habe ich gehört. Es ist mir wieder eingefallen, als ich vom Mord an Karl Brandis gehört habe. Er wurde doch erschossen, nicht?"

„Ja, das wurde er." Permann nickte.

Beatrice warf einen Seitenblick auf den Kommissar. Dieser nickte leicht.

„Hatten Sie den Eindruck, dass es dieser Enis ernst gemeint hat, was er da gesagt hat?", fragte sie.

„Daran habe ich natürlich oft gedacht. Ich weiß es nicht. Ich weiß es wirklich nicht. Die Männer waren auf jeden Fall sehr aufgebracht und zornig. Und außerdem ziemlich betrunken, wie schon gesagt."

„Können Ihre Freundinnen Ihre Aussagen bezeugen?" Permann blickte sie direkt an.

„Wohl kaum", antwortete Adea. „Meine Freundinnen sprechen kein Albanisch. Sie sind geborene Südtirolerinnen."

„Und Sie? Sie sprechen gut Albanisch?"

„Ja, natürlich", antwortete die Kosovarin, „es ist meine Muttersprache, und ich bin im heutigen Kosovo mit dieser Sprache aufgewachsen. Hier in Bozen spreche ich auch heute noch Albanisch mit meiner Mutter."

Wieder hakte sich Beatrice ein. „Können Sie diesen Enis beschreiben, Frau Palokaj? Wie sah er aus?"

„Nicht genau. Er ist etwa 40 Jahre alt, groß, hat schwarze Haare", antwortete die Frau. „Aber so genau konnte ich nicht hinschauen."

„Dieser Mann heißt also Enis. Sind noch andere Namen, vielleicht Familiennamen gefallen?", fragte Beatrice.

„Nein, nur der Name Enis. Übrigens, ich könnte die anderen Männer überhaupt nicht beschreiben. Nur diesen Enis habe ich kurz angeschaut, weil mich seine Aussage so erschreckt hat."

„Haben Sie diesen Enis noch einmal gesehen?"

„Nein."

„Könnten Sie den Mann identifizieren, wenn Sie ihn vor sich hätten?", fragte Permann.

„Ich weiß es nicht. Vielleicht."

„Gut. Wie lange sind Sie schon in Südtirol, Frau Palokaj? Was arbeiten Sie?"

„Ich bin seit zwölf Jahren hier. Ich arbeite als interkulturelle Mediatorin, vor allem in Sprachkursen und in Schulen."

„Vielen Dank für Ihre Aussage." Permann nickte ihr zu. „Vielleicht haben wir später noch Fragen an Sie. Bitte stehen Sie weiterhin zu unserer Verfügung. Und danke. Es war sehr, sehr wichtig, dass Sie zu uns gekommen sind, Frau Palokaj."

Ihr Blick schien ins Leere, in weite Ferne zu gehen. Nach einer Pause nickte sie schließlich. Ihre Stimme war fast zu einem Flüstern geworden. „Ich weiß es nicht, ob es richtig war zu Ihnen zu kommen, aber ich musste es tun. Ich hätte nicht für immer schweigen können. Darüber was ich zufällig gehört habe. Ich sah es als meine Pflicht an, diese Aussage zu machen."

Enis Jashari wurde direkt an seinem Arbeitsplatz, einem Stand auf dem Obstmarkt in Bozen, festgenommen.

Die Ausländerbehörde führte drei Kosovaren mit dem Vornamen „Enis". Zwei waren laut der Zeugin zu jung gewesen, und der Dritte war Enis Jashari, 40 Jahre alt. Das konnte der gesuchte Enis sein, meinte das Ermittlerteam, und der Kommissar leitete daraufhin seine Verhaftung in die Wege.

Der junge, schwarzhaarige Mann, der vor Permann und Beatrice im Verhörraum der Quästur saß, war ziemlich groß und untersetzt. Sein Gesichtsausdruck wirkte verschlossen und abweisend. Widerwillig hatte er ihnen bestätigt, dass er seit dem Jahre 2002 in Südtirol lebte, und auf dem Obstmarkt in Bozen als Verkäufer arbeitete. Sein Deutsch war gut, wenn auch nicht akzentfrei. Nachdem sie seine Personalien überprüft und ihn über seine Rechte belehrt hatten, begann Permann.

„Sie wissen, warum Sie hier sind?"

„Nein. Keine Ahnung."

„Ihre Wohnung wird gerade durchsucht."

„Wieso? Weil ich Ausländer bin?", brauste der Kosovo-Albaner plötzlich auf. Sein Gesicht war zu einer zornigen Grimasse verzerrt. „Nur, dass ihr es wisst, ich habe nichts zu verbergen. Ich bin gemeldet, ich arbeite regelmäßig, und ich bezahle meine Steuern und Sozialabgaben."

„Herr Jashari, wo waren Sie am Morgen des 12. März, um sieben Uhr? Das war vor zwei Tagen."

Er schluckte, und in seinem Gesicht begann es zu arbeiten. Schließlich antwortete er widerwillig.

„Ich war zuhause, in der Schlachthofstraße, wo ich wohne, denke ich. Ich beginne mit meiner Arbeit auf dem Obstmarkt erst um 9.00 Uhr."

„Kann jemand bezeugen, dass Sie zuhause waren?"

„Nein."

Der Kommissar beschloss jetzt in die Offensive zu gehen.

„Herr Jashari, der Name ‚Karl Brandis' ist Ihnen bekannt." Permanns Aussage war mehr Feststellung als Frage. Er sah das leichte Zucken in den Mundwinkeln des Albaners. Schnell fuhr der Kommissar fort. „Herr Jashari, Sie werden beschuldigt vor etwa einem halben Jahr in der Diskothek mit dem Namen ‚Juwel Club' im Dorf Eppan an der Weinstraße gegen Herrn Karl Brandis Morddrohungen ausgesprochen zu haben. Sie sagten, Sie wollten ihn erschießen." Permann sah, wie ein kleines Zucken über Enis Jasharis Gesicht lief.

„Wir haben einen Zeugen."

Permann schwieg und wartete auf die Reaktion des jungen Kosovo-Albaners. Dessen Gesicht war zu einer Maske erstarrt. Seine Augen waren schmale Schlitze. Hinter seiner Maske arbeitete es.

Die Stille lastete wie ein drohendes Gewitter über dem Raum. Keiner redete. Schließlich fuhr Permann fort.

„Und jetzt ist Karl Brandis tot. Erschossen. Was sagen Sie dazu?"

Eine Weile sagte Enis Jashari gar nichts, und dann entfuhr ihm ein gequältes Stöhnen.

„Verdammte Scheiße. Das war doch nicht ernst gemeint, was ich damals gesagt habe. Nein, Sie können mir keinen Mord anhängen." Er senkte seinen Kopf und schüttelte ihn immer wieder.

„Herr Jashari, wir haben folgende Aussage vorliegen: Ein Freund, ein Kollege hat zu Ihnen gesagt, dass Sie ihn erschießen könnten. Das sei ein Leichtes für Sie, weil Sie ja im Kosovo-Krieg Sniper, also Scharfschütze gewesen sind, nicht? Sie haben dann gelacht und haben gesagt: „Ja, das könnte ich. Ich überlege es mir tatsächlich. Es wäre ein Leichtes diesen Hund abzuknallen.' So lautet fast wortwörtlich die Aussage unseres Zeugen. Was haben Sie dazu zu sagen?"

Wieder lastete die Stille über dem Raum. Permann wusste, eine längere Stille konnte in Verhören bohrender sein als tausend Fragen. Und unerträglicher für den Verhörten. Wieder und wieder schüttelte Enis Jashari fassungslos seinen Kopf, und verbarg dann sein Gesicht in den Händen. Der Ermittler wartete.

Schließlich begann der Kosovo-Albaner leise zu reden. Wie zu sich selbst. Er schaute dabei keinen der Ermittler an.

„Ich gebe zu, dass wir, das heißt meine drei Freunde und ich an dem Abend in dieser Diskothek waren. Wir waren an dem Abend alle ziemlich betrunken. Karl Brandis hatte ein paar Tage vorher uns Ausländer in der Presse beschimpft und beleidigt. Wissen Sie, wir waren an diesem Abend sehr aufgebracht und zornig. Seine Vorwürfe waren grundlos und beleidigend. Wissen Sie, wir alle arbeiten regelmäßig und bezahlen Steuern und Abgaben. Keiner von uns vier lebt von Sozialhilfe. Niemand von uns. Wir haben uns in Wut geredet, und der Hass gegen ihn war groß. Ja, ich gebe es zu. Mir ist diese Aussage herausgerutscht. Ich habe es im selben Moment bereut, aber da war es zu spät. Diese Sätze waren nicht ernst gemeint. Wie gesagt, wir waren alle betrunken und voller Zorn an diesem Abend."

„Haben Sie eine Waffe, Herr Jashari?" Die Frage von Beatrice kam unvermittelt.

„Nein." Seine Stimme war leise, aber bestimmt. Wieder schüttelte er fassungslos den Kopf.

„Sie waren Sniper, also Scharfschütze im Kosovokrieg."

Der Verhörte überlegte eine Weile, ob er auf diese Frage antworten sollte. Dann kam seine Antwort.

„Ja, das war ich. Aber das ist jetzt über 23 Jahre her. Sie alle haben keine Ahnung was damals bei uns im Kosovo los war. Wenn man nicht dabei war, kann man das nicht verstehen. Ich war damals 17 Jahre alt und voller Hass auf die Serben. Ich sage es noch einmal. Sie haben ja keine Ahnung, was damals im Kosovo geschehen ist. Was da alles los war. Wer nicht dabei war weiß so was nicht. Ich will damit nichts mehr zu tun haben. Ich habe dann das Land verlassen, alles zurückgelassen. Hinter mir gelassen. Ich hatte die Nase voll vom Krieg und der Gewalt. Mehr will ich dazu nicht mehr sagen."

Permann nickte. Schwieg eine Weile. Dann kam unvermittelt seine Frage: „Herr Jashari, haben Sie Karl Brandis erschossen?"

„Nein." Der Kosovare antwortete mit fester Stimme.

Beatrice beschloss das Verhör.

„Wir müssen Sie weiterhin in U-Haft behalten, Herr Jashari. Zumindest für den Moment. Wir ermitteln gegen Sie. Und wir werden die Wahrheit herausfinden. Wir werden auch Ihre drei Freunde befragen."

„Was denkst du?"

Beatrices Frage war an Permann gerichtet, als sie wieder alleine waren.

„Hmmm, ich weiß es nicht. Ich weiß es wirklich nicht." Permann schwieg eine Weile. Dann fuhr der Kommissar fort.

„Ich weiß nur, dass Kränkung und Hass ein starkes Motiv für einen Mord sein können. Und außerdem, Kriege können aus

Menschen kalte Monster machen. Übrigens glaube ich, dass die Zeit zwischen sieben Uhr und neun Uhr ausgereicht hätte, um vom Tatort Schlanders wieder nach Bozen zurückzukommen. Mit dem Bus, mit der Bahn, was weiß ich. Apropos Verkehrsmittel, wir müssen noch herausfinden, ob Jashari ein Auto fährt."

„Dieser Jugoslawien-Krieg, Fritz. Kannst du mir bitte kurz von diesem Konflikt erzählen? Unser Verdächtiger, Enis Jashari, hat im Kosovo-Krieg mitgekämpft. Ich weiß, du kennst dich aus mit Geschichte. Ich bräuchte einige Hintergrundinformationen. Über diesen Jugoslawien-Krieg weiß ich nur noch, dass damals alle Balkanvölker aufeinander losgegangen und übereinander hergefallen sind. Slowenen, Kroaten, Serben, Bosnier, Kosovo-Albaner."

„Ja, das stimmt. Im Grunde weißt du dann eh schon viel, Beatrice."

„Oh, nein, Chief Fritz, ich weiß nur wenig darüber. Zu wenig." Sie schüttelte den Kopf.

„Ok, dann werde ich probieren dir eine Kurzfassung über den Ablauf dieses Konfliktes zu geben. Und ich bitte dich in meinem Kurzbericht nicht die absolute Wahrheit zu sehen. Und was ich jetzt versuche zu erklären soll beim besten Willen keine Belehrung sein, ok? Ich möchte nicht dein Lehrer sein." Permann grinste und Beatrice ermutigte ihn lächelnd weiterzusprechen.

„Es ist die Sicht eines Mitteleuropäers, der den Jugoslawien-Krieg durch die Medien vermittelt bekommen hat. Ein Kroate, ein Serbe, ein Bosnier oder ein Kosovo-Albaner würde die Ereignisse in diesem Krieg wahrscheinlich ganz anders beurteilen."

„Bitte, Herr Lehrer, Commander Fritz, legen Sie los!" Wieder lächelte Beatrice.

„Dann will ich es mal versuchen." Permann schnaubte. „Aber es ist nicht leicht das zu erklären, denn die Gründe für diesen Krieg sind vielfältig. Vor dem Ausbruch der Kriege im Jahre 1991 haben die Balkanvölker lange Zeit relativ friedlich im Staate Jugoslawien zusammengelebt. Das waren die Teilrepubliken Slowenien, Kroatien, Serbien, Montenegro, Mazedonien und Bosnien-Herzegowina, sowie der Kosovo und die Vojvodina. Die letzten zwei waren zwei autonome Provinzen innerhalb Serbiens. Nach dem Tode von Staatschef Tito, ich glaube das war im Jahre 1980 und dem Zusammenbruch des Sozialismus in der Sowjetunion, wurden die nationalistischen Strömungen unter den Balkan-Völkern stärker. Sie fühlten sich von den Serben bevormundet, und begannen sich gegen die angeblichen oder tatsächlichen Ungerechtigkeiten zu wehren. Verhandlungen zur Neuordnung Jugoslawiens scheiterten. Die ersten Staaten, welche im Sommer 1991 ihre Unabhängigkeit erklärten, waren Slowenien und Kroatien. Dies wollten die Serben nicht hinnehmen, und der serbische Präsident Slobodan Milošević gab den Befehl zum Einmarsch der Jugoslawischen Volksarmee in Slowenien. Dieser Krieg endete aber bald, ich glaube nach zehn Tagen schon. Dies auch deshalb, weil Europa die Unabhängigkeit von Slowenien und Kroatien unterstützte und anerkannte. Die Bevölkerung in diesen Staaten ist relativ einheitlich. Nur wenige Prozent der Bevölkerung Sloweniens sind Serben. Das war aber in den anderen Teilrepubliken, besonders in Kroatien und Bosnien Herzegowina ganz anders. Dort lebten Kroaten, Serben, Bosnier und Albaner vielfach miteinander und nebeneinander. Als sich auch Kroatien und Bosnien-Herzegowina von Jugoslawien lossagten, wurde der Konflikt zu einem Flächenbrand. Die Serben beanspruchten die von ihnen bewohnten Gebiete, genauso wie die Kroaten ihre in Serbien und in Bosnien. Daraufhin kam es zu Vertreibungen, sogenannten `ethnischen Säuberungen`. Auf allen Seiten. Die Bevölkerung der eroberten Gebiete wurde ermordet oder vertrieben. In Lagern kam es zu unvorstellbaren Grausamkeiten. Im Sommer 1992 griff die Internationale Gemeinschaft, die UN, ein und schickte Schutztruppen nach Kroatien und Bosnien-Herzegowina. Diese Friedenssoldaten hatten die Aufgabe die

Zivilbevölkerung zu schützen und zu versorgen. Diese Truppen waren aber zur Neutralität verpflichtet, und durften bei Kämpfen nicht eingreifen. Aber trotz der Anwesenheit der Friedenssoldaten ging der Krieg in vielen Gebieten weiter. Im Jahre 1995 startete Kroatien eine Großoffensive, und eroberte die serbischen Gebiete in Kroatien und West-Bosnien zurück. Hunderttausende Serben mussten fliehen. Wieder kam es zu unglaublichen Grausamkeiten und Vergeltungsaktionen."

Fritz Permann hielt einen Moment inne.

„Dieses schreckliche Massaker von Srebrenica, nicht wahr?", fragte Beatrice.

„Ja, das ist leider wahr."

Permann fuhr fort.

„Damals, im Juli 1995, wurden in der Gegend von Srebrenica ungefähr 8.000 Bosniaken, fast ausschließlich Männer und Jungen zwischen 13 und 78 Jahren, getötet. Das Massaker wurde unter der Führung von Ratko Mladić von der Armee der Republika Srpska, der Armee der bosnischen Serben, der Polizei und serbischen Paramilitärs trotz Anwesenheit von Blauhelmsoldaten verübt. Diese durften nicht eingreifen und hatten Angst. Später begann die NATO-Luftangriffe gegen serbische Stellungen zu fliegen. Endlich kam es zu Friedensverhandlungen im amerikanischen Dayton, und im Dezember 1995 endeten offiziell die Kriege in Kroatien und Bosnien-Herzegowina."

„Aber das war noch nicht das Ende der bewaffneten Konflikte im ehemaligen Jugoslawien, stimmt's Fritz? Ein paar Jahre darauf ging der Krieg im Kosovo weiter. Daran kann ich mich noch dunkel erinnern."

Beatrice schaute Permann gespannt an.

„Ja, so war das." Der Kommissar fuhr fort.

„Der Kosovo war damals eine serbische Provinz im Süden Serbiens, die zu über 80% von Albanern bewohnt wird. Auch dort wurden damals die Rufe nach Unabhängigkeit laut. Am Anfang wurde gewaltfrei protestiert, aber dann radikalisierten sich die Kosovaren immer mehr. Im Frühsommer 1998 besetzte die UÇK, das war eine kosovarische Befreiungsarmee, ein Drittel der Provinz. Daraufhin marschierte die serbische Armee ein. Wieder kam es zu Morden und grausamen Vertreibungen. Hunderttausende von Menschen waren damals wieder auf der Flucht. In diesem Kosovo-Krieg hat wohl auch unser Verdächtiger Enis Jashari auf Seiten der UÇK mitgekämpft."

„Hat dann nicht noch einmal die NATO eingegriffen?"

„Ja." Permann stimmte zu.

„Als die Kosovo-Konferenz in Rambouillet, in Frankreich, scheiterte, startete die Nato im Frühjahr 1999 Luftangriffe gegen serbische Militäreinrichtungen und die Infrastruktur des Landes. Schließlich musste Serbien aufgeben und musste den Friedensplan akzeptieren. Serbien musste seine Truppen aus dem Kosovo zurückziehen. Seitdem wurde die Region unter UN-Verwaltung gestellt. Im Jahre 2008 erklärte der Kosovo seine Unabhängigkeit, und seitdem ist er ein eigener kleiner Staat."

„Das war gut, Professore Fritz." Sie klatschte in die Hände und sah wie sich der Kommissar darüber freute. Sie setzte noch einen drauf.

„Du bist ja ein wandelndes Lexikon! Vielen Dank, Herr Lehrer." Beatrice lächelte entwaffnend.

„Aber bitte, gerne, du warst ja auch eine sehr interessierte, aufmerksame Schülerin." Permann grinste. „So macht Unterrichten Spaß! Aber bitte bedenke, das war nur eine ungenaue, sicher unvollständige Kurzfassung der Geschichte der Jugoslawien-Kriege. Im Grunde war das ein ungeheuer komplizierter Konflikt."

Beatrice nickte. „Ist jetzt eigentlich Ruhe in den einzelnen Staaten, die da neu entstanden sind?"

„Naja, mehr oder weniger. Die einzelnen Volksgruppen leben heute nebeneinanderher. Die innerstaatliche Landkarte von Bosnien-Herzegowina zum Beispiel sieht aus wie ein ethnischer Flickenteppich. Unterschwellig schwelt der Konflikt weiter, denn viele Menschen sind noch immer schwer traumatisiert und voller Hass aufeinander."

Beatrice schaute ernst. „So wie unser Verdächtiger Enis Jashari!".

„Ja, er ist sicher immer noch voller Hass und schwer traumatisiert. Aber ob er unser Mörder ist, steht in den Sternen." Permann zuckte mit den Schultern.

Die Untersuchungshaft und das Verhör hatten längst vergessen Geglaubtes und Verdrängtes wieder in ihm hochgespült. Verdammte Kommissare, fluchte Enis Jashari.

Und am Abend und in der Nacht stiegen die Bilder wieder in ihm hoch und trieben an der Oberfläche seines Bewusstseins, wie so oft damals nach dem verfluchten Krieg. Sie brannten unerbittlich vor Enis Jasharis Augen. Ja, er hatte getötet! Und er durchlebte alles noch einmal, den Schmerz, den Hass und das Blut und das unerbittliche, grausame Töten.

Enis Jashari sieht den Mann gestochen scharf im Fadenkreuz durch das Zielfernrohr seines Dragunow-Scharfschützengewehres. „Rache! Endlich, Rache!" Er atmet aus und spürt, wie er ruhig wird. „Dreimal durchatmen und dann ist es so weit! Dann wird dein Schädel zerbersten, und du wirst nie mehr wieder einem Albaner etwas zuleide tun!" Dann krümmt er den Finger und er sucht langsam den Druckpunkt seiner Waffe. „Jetzt" denkt er und zieht durch. Er weiß genau, dass er getroffen hat.

Enis Jashari sieht die Bilder von damals ganz klar vor seinen Augen. Und dann denkt er an den Anfang. So hat alles begonnen. So hat sein Hass angefangen.

Die „Schakale" fallen in das Dorf Lubeniq ein, als die Sonne als glühender Ball im Osten aus der Ebene steigt. Die Moschee des Ortes ist in blutrotes Licht getaucht. Sie jagen die Bewohner aus den Häusern, trennen die Frauen und Kinder von den Männern und prügeln sie mit brutaler Gewalt aus dem Dorf. Die Männer und die Jungen treiben sie auf dem Zentralplatz nahe der Moschee zusammen. Jetzt stehen sie da. An die 60 Menschen, verängstigt und stumm wie eine Schafherde, die von schwarzen, rasenden Wölfen mit Gewehren im Anschlag eingekreist worden ist. Unter ihnen steht er, Enis Jashari, 17 Jahre alt, eingeschüchtert, verängstigt, zitternd. Neben ihm stehen sein Vater und seine älteren Brüder Luan und Altin. Zunächst passiert nichts.

Schließlich tritt der Bürgermeister des Dorfes vor. Steht da und ruft: „Wir haben euch nichts getan! Wieso geht ihr wie Banditen gegen uns vor? Warum behandelt ihr uns nicht wie Menschen?"

Da rennt der Führer der „Schakale" auf ihn zu, zieht seine Pistole und schießt ihm aus nächster Nähe in den Kopf. Dann steht er schweinisch grinsend da und ruft: „Jeder, der versucht uns, die serbische Polizei, zu beleidigen wird so enden!"

Er tritt in die Reihe seiner Männer zurück und dann bricht auf sein Zeichen hin die Hölle los. Drei Männer der Einheit beginnen wahllos in die Menge zu feuern. Ein brennender Schmerz im Oberschenkel, und dann stürzt über Enis die Welt zusammen. Sein Vater, seine Brüder stürzen über ihn. Schreie. Blut. Überall ist Blut. Menschen wälzen sich im Staub und werden von Kugeln zerrissen. Dann wird es dunkel in seinem Bewusstsein.

Enis Jashari erwacht aus seiner Bewusstlosigkeit, als er das klagende Schreien der Frauen hört und das Prasseln des Feuers im brennenden Dorf.

Rache! Die Dragunow spuckt Feuer und Rauch. Rache! Der Kolben prellt gegen seine Schulter, und die gelben Kürbisse mit den aufgemalten Gesichtern zerspringen im Sekundentakt in tausend Stücke. Es sind die Gesichter der serbischen Soldaten!

„Das waren 500 Meter Entfernung! Kompliment! Du bist gut, Enis!", lobt ein Kommandant der UÇK, und klopft ihm auf die Schulter. „Ich sehe, du bist ein Naturtalent! Gleich schießen wir noch auf die beweglichen Ziele, und dann können wir auf Serbenjagd gehen!" Er lacht.

Enis Jashari fröstelt und ist zugleich in freudiger Erwartung. Rache! Endlich Rache für seine zwei Brüder, für seinen Vater! Rache für das gequälte albanische Volk!

Die „Schakale" haben das Dorf Bajgorë ausgelöscht. Jetzt sitzen sie am Rande des Dorfes, und braten ein erschossenes Schwein über dem Lagerfeuer. Die Sonne steht tief im Westen. Sie lassen die Schnapsflasche kreisen. Es sind acht schwarzgekleidete Männer. Raues Lachen.

Die fünf Kämpfer der UÇK, unter ihnen ist Enis Jashari, sind auf Schleichwegen über die Berge gekommen. Sie sind der Spur der Verwüstung, welche die „Schakale" hinterlassen haben, gefolgt. Von weitem ist das Grölen und Lachen der Serben zu hören.

Ein Zischen des Kommandanten, und die fünf UÇK-Männer huschen hinter Felsblöcken in Deckung. Der Duft des gebratenen Schweines zieht über den Berghang herauf. „Komisch" wundert sich Enis Jashari, „mein Hunger meldet sich. Wie kann ich jetzt nur daran denken? Ich bin völlig ruhig. Ich will nur noch Rache, ich will sie töten." Er erschrickt über seine eigene Kälte. Was hat der Hass nur aus ihm gemacht?

Es wird leicht sein. Er schaut durch das Zielfernrohr der Dragunow. Sie sitzen im Kreis um das Lagerfeuer. Einige Serben blicken in ihre Richtung, ohne sie zu sehen, andere wenden ihnen den Rücken zu. Er schraubt vorsichtig am Visier. Das Bild im Fernglas des Gewehres wird gestochen scharf. Es sind etwa 400 Meter. Plötzlich sieht Enis Jashari das Gesicht des Anführers der „Schakale". Er ist es! Hass flackert in Enis' Blick. Er hat dieses Gesicht niemals vergessen. In dieses Gesicht will er schießen. Es auslöschen. „Ich nehme den zweiten von rechts. Der gehört mir!", zischt er. „Okay", flüstert der Kommandant. „Arben, du nimmst den Ersten von rechts. Enis, du den Zweiten. Fran den Dritten, Pal den Vierten von rechts. Ich erledige den Fünften. Anschließend Feuer frei auf die Übrigen. Dreimal atmen, und dann drückt ab. Auf mein Kommando!"

Enis Jashari ist kalt wie Eis, als er den Finger um den Abzug legt und durchatmet. Drei Mal.

„Jetzt" zischt der Kommandant.

Der Gewehrkolben prellt gegen seine Schulter und Enis sieht wie der Kopf des Anführers in einer Wolke aus Gewebefetzen und Blut zerspringt. Der Donner der fünf Dragunow-Gewehre rollt durch das Tal. Die drei Männer, die noch nicht getroffen worden sind, haben ebenfalls keine Chance. Als sie aufspringen und zu ihren Gewehren stürzen wollen, werden ihre Leiber von den schweren Kugeln zerrissen. Weitere Schüsse bellen durch das Tal, und hallen in den Felsen wider. Nun liegen alle Männer ausgestreckt oder in sich zusammengesunken da.

„Los! Wir gehen." Der Kommandant ist vollkommen ruhig. Die Kämpfer schultern die schweren Gewehre und verschwinden in den Bergen.

Wilde Freude erfüllt den jungen Kosovo-Albaner. Er hat seine erste Bewährungsprobe bestanden. Rache! Rache für seinen toten Vater, für seine toten Brüder Luan und Altin. Rache für das geknechtete albanische Volk im Kosovo!

Und er schwört sich, es wird nicht sein letzter Rachefeldzug gewesen sein!

Enis Jashari fuhr sich über seine Augen, als sich die albtraumhaften Bilder endlich wieder aufzulösen begannen. Er hatte nicht gedacht, dass sie wieder auftauchen würden. Er hatte gedacht, er hätte alles hinter sich gelassen. Jetzt merkte er, dass das nicht so war, die schrecklichen Bilder gärten in seinem Unterbewusstsein und würden wiederkehren. Diese verdammten Polizisten hatten sie aus ihrem Schlummer erweckt! Er merkte, dass er vollkommen nass geschwitzt war. Und er spürte es, er hatte Angst vor der Wiederkehr dieser Bilder.

Bozen, Quästur.

Der Druck der Öffentlichkeit und der Medien wuchs. Man wollte Ergebnisse, Fortschritte sehen und über den Fortgang der Ermittlungen Bescheid wissen. Die Medien forderten vehement eine Pressekonferenz. Deshalb hatte sich der „Alte", Polizeidirektor Ventimiglia, selbst zu der Arbeitsbesprechung eingeladen.

Der „Alte" wurde in der Quästur hinter vorgehaltener Hand auch „die Mumie" genannt, und dieser Name schien sich in letzter Zeit immer mehr durchzusetzen. Wer die Mumie mit seinem verschrumpelten Gesicht regungslos in seinem Büro sitzen und offensichtlich seiner Pensionierung entgegenträumen sah, stellte immer wieder fest, wie treffend sein Spitzname gewählt war. Niemand wusste genau, was er eigentlich den ganzen Tag lang machte. Wahrscheinlich produzierte er irgendwelchen Schreibkram für die Schublade. Der Polizeidirektor begann erst zum Leben zu erwachen, wenn die Quästur in den Fokus der Öffentlichkeit rückte. Kritik mochte er gar nicht, die konnte er nicht ertragen. Wenn er nervös wurde, begann er auf seine Mitarbeiter Druck auszuüben, und forderte schnelle Ergebnisse. So war es immer schon gewesen.

Die Mumie saß also da und wartete regungslos auf den Beginn der Besprechung.

Permann begann und berichtete, dass sie in Karl Brandis' Leben gewühlt, es auf den Kopf gestellt und abgeklopft hatten, wieder und immer wieder aufs Neue. Beatrice und Permann hatten seine Verwandtschaft, seine Freunde befragt, die Nachbarn. Sie hatten Alibis überprüft, seine Vereinstätigkeiten und seine politische Arbeit durchleuchtet. Nichts, keine Spur führte weiter. Karl Brandis war anscheinend ein guter Arbeitgeber und ein braver Familienvater gewesen, er schien keine außerehelichen Affären gehabt zu haben.

Anschließend berichtete Rocco Sanvita, der Digos-Mann über seine Arbeit. Er hatte Brandis' Korrespondenz überprüft, seine E-Mails, die SMS, die politische Korrespondenz und die Telefonate mit dem Chef der Kameradschaft „Wir zuerst", Virgil Feldmeister. Dabei war nichts herausgekommen. Er hatte ein Bewegungsprofil anhand seiner Handy-Daten erstellen lassen und die Bankbewegungen kontrolliert. Er hatte keine Unregelmäßigkeiten gefunden.

Der Chef der Spurensicherung, Gassmann fuhr fort.

„Die Laboranalyse hat ergeben, dass das Geschoss, welches durch Brandis' Schädel gefahren und in die Hausmauer eingeschlagen ist, ein schweres Kaliber war. Es stammt wahrscheinlich aus einer Steyr HS, Heckler & Koch, oder aus einer Dragunow. Mehr lässt sich noch nicht feststellen. Es ist aber sicher, dass die Kugel aus einem schweren Gewehr mit großem Kaliber gekommen ist."

Beatrice hatte mit den Jagdkollegen des Mordopfers gesprochen. Es gab ein paar Mitglieder im Verein, die mit Brandis nicht so gut konnten, doch hatte sie keine auffallenden Feinde ausmachen können. Nichts. Keine Spur führte sie weiter, gestand sich Permann ein. Stillstand. Mit den Worten „Wir ermitteln noch in alle Richtungen", schloss er die Pressekonferenz.

Im Anschluss daran begann sich die Mumie zu regen. „Ist der Täter ein Verrückter, einer der sich willkürlich ein Opfer ausgesucht und auch gefunden hat? Ein Verrückter mit einem Scharfschützengewehr?" So bohrte er und nagelte Permann mit seinem Blick fest.

„Wir wissen es nicht", bestätigte dieser, „wie gesagt, wir kommen noch nicht weiter. Die Erfahrung zeigt aber, dass sich ein Täter irgendwann wieder bemerkbar macht. Irgendwann macht er einen Fehler, darauf müssen wir hoffen", versuchte ihn der Kommissar zu beschwichtigen. Die Mumie bohrte weiter.

„Und was ist mit diesem Kosovo-Albaner, Enis Jashari?"

„Er schweigt eisern. Auch mit ihm kommen wir nicht weiter. Wir können ihn daher sicher nicht mehr lange in Untersuchungshaft halten. In seiner Wohnung haben wir nichts gefunden. Es gibt keinen Computer, nicht einmal ein Handy scheint er benutzt zu haben. Vielleicht nutzt er ein Prepaid-Handy, von dem wir noch nichts wissen. Wir haben keine Tatwaffe gefunden. Wir können ihm nichts nachweisen. Zumindest noch nicht."

„Wir brauchen etwas, wir brauchen irgendetwas, was uns endlich weiterbringt", maulte die Mumie und schaute den Kommissar anklagend an.

Permann fühlte, wie kalter Zorn in ihm aufstieg. Er blickte die Mumie ruhig an und sagte gereizt: „Wir geben unser Bestes und ermitteln auf Hochtouren. Wenn Sie nicht zufrieden sind, dann sagen Sie uns bitte, wie wir weiter ermitteln sollen. Zündende Ideen sind immer gefragt. Vorgesetzte haben ja oft welche."

Damit wandte er seinem Vorgesetzten demonstrativ den Rücken zu und ging.

Inzwischen war es Juni geworden. Die Hitze lag brütend wie eine schwere Glocke über dem Talkessel von Bozen. Die abgasschwangere Luft flirrte in den Straßenzügen und brannte in den Lungen. Kein Lüftchen regte sich. Das Thermometer war auf über 37 Grad gestiegen. Die Hitze lastete wie ein schweres Federbett über den Menschen und lähmte ihre Aktivitäten. Bozen war zu einer der heißesten Städte Italiens geworden. Der Bürgermeister hatte für die alten Menschen, welche besonders unter der Hitze litten, klimatisierte Räume einrichten lassen, in denen sie etwas Kühlung und die Gesellschaft von anderen Geplagten finden konnten. Etliche waren allerdings schon am Hitzeschock verstorben.

Permann und seine Mitarbeiter saßen in den Büros der Quästur und schwitzten an ihren Schreibtischen. Dem Kommissar machte die Hitze mehr zu schaffen, als er zugeben wollte.

Sie steckten immer noch fest, sie kamen keinen Schritt mehr weiter. Enis Jashari hatte weiterhin geschwiegen und sie hatten ihn aus der Untersuchungshaft entlassen müssen. Auch seine Freunde hatten nichts von Bedeutung ausgesagt.

Die Zeugin Adea Palokaj hatte ihn bei einer Gegenüberstellung eindeutig als den Kosovo-Albaner in der Diskothek von Eppan an der Weinstraße identifiziert, welcher die fatale Aussage über die Mordabsicht an Karl Brandis getätigt hatte. Jashari aber schwieg eisern, er äußerte sich zu keiner einzigen Frage mehr. Er schien mehr und mehr in seiner eigenen Gedankenwelt gefangen zu sein. Sie konnten ihm nichts nachweisen. Seine Morddrohung allein reichte nicht mehr aus, um ihn weiterhin in Untersuchungshaft zu halten.

Auch die politische Spur hatte sich im Sande verlaufen. Dem Chef der Kameradschaft „Wir zuerst", Virgil Feldmeister war offensichtlich bewusst gewesen, dass seine Telefonate abgehört wurden. Deshalb war er in seinen Telefonaten und Emails äußerst vorsichtig geworden. Es gab nichts, was man ihm und seiner „Kameradschaft" hätte anlasten können.

Nachmittags steckte Beatrice ihren Kopf zur Tür in Permanns Büro herein. „Pause, Chief Fritz! Es herrscht Eis-Zeit! Ich lade dich auf ein gelato ein. Die Arbeit bringt heute sowieso nicht mehr viel."

„Gute Idee, und ein Eis in Ehren kann schließlich niemand verwehren." Der Kommissar lächelte und erhob sich von seinem Schreibtisch. Gemeinsam verließen sie die Quästur.

Nahe dem Stadttheater gab es einen Eisstand. Als der Kommissar und seine Assistentin eine Eistüte in der Hand hielten, vibrierte sein Handy in der Tasche und die Rolling Stones begannen den Song „Start me up" zu intonieren.

„Cooler Klingelton, und so passend zu unserem Elan heute." Beatrice lächelte schelmisch und nahm Permann die Eiswaffel ab.

Dieser nahm den Anruf an. Die Stimme von Kriminalassistent Ferrara klang aufgeregt.

„Ich glaube ich habe etwas! Bitte kommt sofort in mein Büro."

„Ich habe mich in Anti-Jagd-Blogs umgesehen, und habe einige ziemlich interessante Einträge gefunden." Ferrara wies auf den Bildschirm seines Laptops.

Beatrice und der Kommissar lasen:

„Ich habe selber die Jäger-Idioten kennengelernt: besoffen, schussgeil, Tiere anschießen, und sie dann elendig verrecken lassen! Pfui!

Ich konnte aber meinen Partner bekehren: Er jagt jetzt nimmermehr.

Noch ein paar Witze für euch: Das Motto des Jagdvereins: Lernen Sie schießen, und treffen ☺ sie Freunde.

Treffen sich zwei Jäger im Wald – beide tot!

Silke_23_05"

Die Polizisten sahen sich grinsend an und lasen weiter.

„Ich habe auch ein paar Witze: Ein Jäger zeigt stolz seine Jagdtrophäen an den Wänden. „Sagen Sie mal, da hängt ja auch der Kopf eines Jägers! Warum lacht der noch?", entsetzt sich der Besucher. „Ja, ja, das ist mein Revierleiter gewesen, er hat bis zum letzten Moment geglaubt, er wird fotografiert!"

Zwei Jäger auf dem Hochsitz: "Alois, hast Du zufällig dein Glas mit?"

"Nein, ich trinke immer direkt aus der Flasche."

Zwei Jäger unterhalten sich. Sagt der eine: „Gestern habe ich Ihre Frau getroffen." Erwidert der andere: „Weidmanns Dank!"

Viel Spaß! Eure Gudrun

Beatrice kicherte.

„Naja", brummte Ferrara etwas beschämt und wurde leicht rot, „das wollte ich euch eigentlich nicht zeigen. Wartet, ich finde es gleich wieder. Es kommt noch viel härter."

Beatrice und Permann grinsten sich erneut zu, und konzentrierten sich dann wieder auf die Einträge.

„Habt ihr auch schon mal an der besonderen Naturerfahrung der Jäger, von der sie ständig reden, Anteil genommen? Morden als Erfahrung der Natur? Ja, Jäger verfügen wirklich über eine besondere Naturerfahrung. Im Fallenaufstellen, im Quälen von Füchsen in engen Fallen, durch den Abschuss von Millionen von Wildtieren, durch das Abknallen von Zigtausenden von Haustieren. Ihre besondere Naturerfahrung zeigt sich im Verbreiten von Angst, Panik, Schmerzen und dem Tod. Nein, danke! - Ich möchte an dieser Art von Naturerfahrung wirklich nicht teilhaben. A.H.A.B. (all hunters are bastards)"

„Alle Jäger sind Bastarde, heißt das wohl, das ist ja ein toller Nick-Name", erklärte Beatrice. Permann brummte etwas Unverständliches und las den nächsten Eintrag.

„Die Hobbytöter, die Jäger sind erfahren im Ermorden von Wildtieren, Haustieren und Mordgenossen (um sie ist's nicht schade!) und im Autokarossen-Zerschießen. Sie können ein Pony nicht von einem Wildschwein unterscheiden, benutzen todbringende Fallen, knallen in Afrika geschützte Tiere ab und saufen wie die Löcher. Aha, das ist also naturnahes Jagen? Was für eine Sprache sprechen diese Mörder? Die Sprache des gemeinen Monsters, das in unserer Gesellschaft keinen Platz mehr hat. Weg mit diesem Antiksport!!! Feuer und Flamme dem Mordmannshobby! Friede den Tieren, Krieg den Jägern! Han_Ne_Lo_Re."

„Verdammt rabiate Sprüche!" brummte Permann. Ferrara zeigte ihnen einen weiteren Eintrag.

„Nicht zu vergessen, ihr großes Interesse gilt der Erhaltung der Natur. Diese wird besonders geschont, wenn die Jäger mit ihren großen Geländewagen durch die Wälder preschen und hinauf auf die Almen, in einem solchem Tempo, dass die Fußgänger in den Matsch springen müssen. Sie schützen die Natur, indem sie leere Schnapsflaschen *unter die Hochstände werfen. Ob friedlich oder militant – wichtig ist der Widerstand. Keine Amnestie für Jäger! Weidmanns heul!"*

„Hahaa, Weidmanns heul." Beatrice lachte. „Schöner Nickname, der hat wirklich Sinn für Humor."

Auch der Kommissar schmunzelte. Er wurde aber schnell wieder ernst, und in seiner Stimme schwang Enttäuschung und Ärger mit. Er atmete tief durch.

„Schön und gut, Ferrara, die Leute, die diese Einträge geschrieben haben, sind Jagd-Gegner. Das ist uns klar geworden. Wir wussten, dass es sie gibt, wenn auch nur sehr selten hier in Südtirol. Aber das bringt uns alles nicht weiter. Hast du wirklich nichts Interessanteres als das hier gefunden, Ferrara? Etwas, was uns wirklich weiterbringt?"

„Moment mal, ich habe es wieder gefunden. Lest das da."

Ferrara hatte anscheinend viel Sinn für Dramatik. Er hatte sich den interessantesten Eintrag, den Knüller sozusagen, für zuletzt aufgehoben.

Ferrara scrollte weiter nach unten, und Beatrice und Permann starrten gespannt auf den Bildschirm. Es war ein neuer Eintrag, vom 20. März des Jahres.

„Einer der schlimmsten Jäger hat am 12. März in Schlanders, Südtirol, das Zeitliche gesegnet, so wie Hunderte von Rehen, Gämsen, Hirschen und Murmeltieren vor ihm und durch ihn. Er hat sogar in Afrika Elefanten, Springböcke und Nashörner erlegt, die er sich durch Einheimische hat vor die Flinte treiben lassen. Nun hat K. B. endlich das gleiche Schicksal ereilt wie die armen, unschuldigen Tiere vor ihm. Möge der Satan bei seinesgleichen in der Hölle schmoren! Inschallah, Gottes Wege sind unergründlich. Mein ist die Rache, spricht Gott.

Jäger wir kriegen euch, wir kriegen euch alle! Keine Schonzeit für Lustmörder! The Punisher."

„Dem müssen wir sofort nachgehen", rief Beatrice aufgeregt. „Mit den Initialen des Jägers K.B. aus Schlanders kann nur das Opfer Karl Brandis gemeint sein. Und dann noch: 'Mein ist die Rache, spricht Gott', das klingt fast wie ein Eingeständnis. Was meint ihr?"

Kommissar Permann nickte. „Punisher heißt Rächer, nicht? Aber wer ist dieser Punisher? Kann man herausfinden, wer das hier geschrieben hat? Kann man seine digitale Spur rückverfolgen?"

„Mein Kollege von der Postpolizei hat mir bereits weitergeholfen, und er hat gerade eben die IP-Adresse des PCs oder Smartphones ermittelt, von dem aus der Eintrag gepostet worden ist. Der Besitzer des Gerätes ist ein Mann namens Günther Brenner. Er ist 45 Jahre alt.

Besonders interessant ist meiner Meinung auch noch, dass er in Naturns wohnt, und das ist ein Dorf, das nicht sehr weit entfernt von Schlanders ist. Es sind ziemlich genau 21 Kilometer, ich habe es eben überprüft."

Ferrara machte eine kleine Pause.

„Günther Brenner ist schon einmal als rabiater Jagd-Gegner aufgefallen, indem er anlässlich einer Hegeschau vor zwei Jahren in eine Rauferei mit einem Jäger verwickelt war. Bei Hegeschauen werden übrigens die schönsten Trophäen von erlegten Tieren öffentlich vorgezeigt. Das alles habe ich gerade eben vom Kollegen erfahren, kurz bevor ihr gekommen seid."

„Gute Arbeit." Permann nickte anerkennend, und legte Ferrara kurz eine Hand auf die Schulter. Er merkte, wie sich sein junger Kollege über sein Lob freute, und nahm sich vor, seine Mitarbeiter öfters zu loben.

„Wir besorgen uns schnellstens einen Hausdurchsuchungsbefehl des Staatsanwalts. Den muss er uns in dieser Situation doch geben. Der Eintrag riecht ganz gewaltig nach einem Racheakt. Obwohl im Internet, ich meine besonders in den sogenannten Sozialen Netzwerken, natürlich viel sinnloser Mist zusammengeschrieben wird. Aber diesem Eintrag müssen wir sofort nachgehen. Knöpfen wir uns seinen Verfasser vor!"

Beatrice und Ferrara nickten bejahend.

„Spätestens morgen früh starten wir die Aktion." Permann sah seine Kollegen entschlossen an.

Naturns, 17. Juni, 06.10 Uhr

Der Morgen graute und schüttete sein silbernes Licht über den Fluss, von dem dünne Nebelschwaden aufstiegen. Schwarze Gestalten huschten vermummt durch den Wald, und näherten sich der Hütte.

In der Nacht war endlich ein Gewitter losgebrochen und hatte die Luft gereinigt. Permann atmete freier. Nicht nur wegen der reinen, kühlen Luft, nein, er wusste, dieser Tag würde vielleicht entscheidend sein. An diesem Tag würde ihr Fall eine Wendung nehmen. Endlich!

Die Behausung von Günther Brenner lag abseits von Naturns, am Waldrand, hinter einem Fichtenwäldchen verborgen. Sie hatten ihre Autos auf dem Parkplatz am Dorfrand stehen lassen,

Kommissar Permann und Beatrice, sowie Gianni Trincanato vom Mobilen Einsatzkommando und seine zwei Männer, schwarz vermummt, mit Maschinenpistolen und in schusssicheren Westen. Trincanato wollte kein Risiko eingehen. Wenn Brenner der Mörder war, dann war er sicher bewaffnet und überaus gefährlich. Sie wollten kein Aufsehen erregen, es war noch sehr früh, und niemand aus dem Dorf begegnete ihnen. Der Kommissar und Beatrice zogen ihre Beretta-Dienstwaffen und luden sie durch, als sie sich der Hütte näherten. Alles war abgestimmt und besprochen. Lautlos arbeiteten sie sich durch das Fichtenwäldchen voran, und sahen schließlich Brenners „Haus". Permanns Herz hämmerte gegen die Brust, und als der Kommissar einen Blick zur Seite warf, sah er die Anspannung auch in Beatrices Gesicht. Solche Einsätze waren keine Routine, und sie durften es auch niemals werden, wenn sie auf die Gefahren angemessen reagieren wollten. Die Augen hinter der Maske der Männer des Mobilen Einsatzkommandos leuchteten weiß und schienen ausdruckslos.

Brenners Behausung war eine armselige Hütte; sie stand, grob aus Brettern zusammengezimmert, auf der kleinen Waldlichtung. Permann lief ein Schauer über den Rücken, als er zur Bretterbude blickte. Das hatte er nicht erwartet. Vor der Hütte erhoben sich drei riesige, aus Baumstämmen geschnitzte, bunt bemalte Totempfähle. Sie waren wohl an die sechs Meter hoch. Tier saß, in den Stamm geschnitzt, über Tier. Raben mit spitz zulaufenden Schnäbeln und riesigen gelben Augen, Bären- und Wolfsköpfe mit gefletschten Gebissen und Biber mit riesigen Schneidezähnen. Ganz oben thronten Adler mit gekrümmten Schnäbeln und ausgebreiteten Schwingen. Die Holzfratzen sahen alles andere als einladend aus. Einen Besucher hießen sie ganz bestimmt nicht willkommen. Von einem der Flügel hing etwas Unförmiges, Schwarzes herab. Permann sah in der Dämmerung nicht genau was es war.

Auf ein Zeichen Trincanatos huschten seine zwei vermummten Männer hinter dicken Fichten in Deckung, und richteten ihre Maschinenpistolen auf die Hütte. Der Schemen des großen Mannes verschwand im Wald. Er würde die Hütte umgehen und auf der Rückseite im Wald lauern, um eine eventuelle Flucht Brenners durch ein rückseitiges Fenster zu verhindern. So war es abgemacht und besprochen. Permann nickte Beatrice zu, und sie huschten zur Hütte. Als sie sich den Totempfählen näherten, schlug ihnen ein beißender, fauliger Geruch entgegen. Der Kommissar schaute an den Pfählen hinauf und sah, dass das Schwarze, das sie aus der Entfernung nicht hatten ausmachen können, eine tote schwarze Katze war, die am Schwanz aufgehängt herunterhing. Ihr Kopf war zerfetzt, und Permann glaubte darin Maden wimmeln zu sehen. Er fühlte wie sich seine Nackenhaare sträubten. Nun waren sie am Eingang des Bretterverschlages angelangt. Der Kommissar steckte seine Beretta griffbereit in den Gürtel und nickte Beatrice zu, die mit entsicherter Waffe an die Bretterwand gelehnt lauerte. Der Kommissar hob die Rechte und klopfte an die Hüttentür. In diesem Augenblick hörten sie den klagenden Ruf eines Waldkauzes. „Der Totenvogel", schoss es Permann durch den Kopf, und neuerlich kroch ihm ein Schauer über den Rücken.

Im gleichen Augenblick wurde die Hüttentüre nach innen aufgerissen. Permanns Herzschlag setzte für einen Moment aus. Instinktiv sprang er einen Schritt zurück, und seine Hand zuckte zur Waffe. Beatrice riss ihre Beretta hoch und zielte beidhändig auf den Mann in der Hüttentür. Dessen bärtiges Gesicht war zu einer

Fratze verzerrt. Seine Augen waren weit aufgerissen und blutunterlaufen.

„Haut ab", zischte er, „haut bloß ab, oder ich steche euch ab!"

Das lange, schartige Küchenmesser in seiner Hand stieß vor. In diesem Augenblick durchschnitten zwei blutrote Lichtbahnen vom Waldrand her die Dämmerung und zauberten rote Lichtpunkte auf die Brust des Mannes. Es waren die Laser-Pointer der automatischen Waffen der Männer des Mobilen Einsatzkommandos. „Waffe weg!" Beatrices Stimme klang schrill, „via l'arma, fallen lassen und Hände hoch!" Der bärtige Mann vor ihnen fletschte die Zähne. Ein kleines Zeichen, ein Ruf von Permann und die Männer würden schießen.

„Lass das Messer fallen! Es hat alles keinen Sinn mehr. Gib auf!"

Die Stimme des Kommissars klang ruhig. Die Augen des Mannes glitzerten gefährlich. Der Wahnsinn blickte aus ihnen, und Permann wusste, er würde sie im nächsten Augenblick attackieren, mit dem Messer zustoßen. Und er würde schießen müssen.

In diesem Moment sah der Kommissar die Bewegung im Rücken des Mannes, und dann sauste eine riesige Faust herunter, und traf den Arm des Mannes. Der schrie auf, und das Messer bohrte sich mit einem dumpfen Laut in den Boden. Schon war Gianni Trincanatos riesige Gestalt über ihm. Seine Arme umklammerten den Mann wie ein Schraubstock. Die Arme des Mannes wurden nach hinten gerissen, und Handschellen klickten.

Die Gefahr war vorbei. Trincanato hob die Hand, und die blutroten Lichtbahnen aus dem Wald erloschen abrupt. Beatrice stieß mit einem Seufzer die Luft aus und ließ ihre Beretta sinken. Auch Permann sicherte seine Waffe, steckte sie weg und fuhr sich mit dem Handrücken über die Stirn.

„Danke, Gianni. Gut gemacht. Sehr gut. Alles ok da drin?"

Trincanato nickte. „Da ist nur ein Raum, ich bin durch das Fenster an der Rückseite eingestiegen, und bin wohl gerade noch rechtzeitig gekommen." Er grinste.

Da brüllte plötzlich der auf der Erde liegende Mann auf.

„Ihr Schweine, ihr gottverdammten Schweine! Was wollt ihr von mir?" „Sie sind festgenommen, Mordverdacht und Bedrohung und Behinderung der Staatsgewalt", sagte Permann ruhig. „Bringt ihn aufs Präsidium."

Dann zog er sein Handy heraus und wählte Gassmanns Nummer. „Spurensicherung? Gassmann, ihr könnt kommen. Bitte sucht auch den Wald in der Umgebung ab, besonders nach Waffen. Sucht nach Verstecken, Erdlöchern, Baumhöhlen."

Permann und Beatrice mussten sich bücken, als sie die Hütte betraten. Abgestandene, nach Schimmel und verdorbenem Essen riechende Luft schlug ihnen entgegen. Ein dreckiger Bretterboden. Anscheinend nur ein einziger Raum. Auf einem Holztischchen befand sich ein aufgeklappter Laptop, rechts stand ein grob aus Brettern zusammengenageltes Bett. Darin lag zerwühltes Bettzeug. Von der Decke hing über dem Tisch eine nackte, brennende Glühbirne herunter. An der Rückwand, rechts und links neben dem von Trincanato eingedrückten Fenster, zogen sich Regale an der Wand entlang. Darauf lagen aufgestapelt Konserven und andere unverderbliche Essenswaren. In Gläsern Nudeln, Reis, Polentagries. In einer Ecke standen ein kleiner Kühlschrank und ein Gasherd. Rechts neben dem Eingang hing ein großformatiger Kalender der Raiffeisenbank mit dem Bild eines Buntspechtes, der an einem Baumstamm hing und ein Insekt an den zweiten Specht in der Nisthöhle übergab.

Permann und Beatrice ließen den kleinen, niederen Raum auf sich wirken, und sahen dann einander stumm an. Sie standen in der Behausung eines Einsiedlers.

Kommissar Permann drückte im Verhörzimmer der Quästur auf den Knopf des Aufnahmegerätes.

„17. Juni, 11.35 Uhr. Anwesend sind Kommissar Fritz Permann und Herr Günther Brenner. Bestätigen Sie bitte, wie Sie heißen."

„Günther Brenner."

„Alter und Wohnort?"

„45 Jahre alt, wohnhaft in Naturns", antwortete Brenner.

„Sie wissen, warum Sie hier sind, warum wir Sie festgenommen haben."

„Nein, keine Ahnung", sagte der bärtige Mann in den verschlissenen Kleidern vor ihm. Die langen Haare hingen ihm in fettigen Strähnen in die Augen. Permann lehnte sich zurück. Dennoch konnte er dem fauligen Atem und dem Gestank nach Schimmel, altem Holz und verdorbenem Essen, der an den Kleidern des Mannes hing wie eine Klette, nicht entgehen. Der beißende Geruch umhüllte den Mann wie eine Wolke.

„Sagen Sie uns am besten gleich die Wahrheit. Das bringt Ihnen nur Vorteile. Wir werden Ihre Behausung, den Laptop und die Umgebung der Hütte genauestens durchsuchen. Alles was wir finden, kann gegen Sie verwendet werden, das wissen Sie. Also kooperieren Sie besser gleich und verschlimmern Sie Ihre Lage nicht noch mehr. Verstanden?"

Brenner nickte. „Ich habe nichts zu verbergen, gar nichts", stieß er heraus.

„Wo waren Sie am 15. März dieses Jahres, um sieben Uhr morgens? Das war vor fast genau drei Monaten."

„Keine Ahnung, wieso sollte ich das noch wissen? Wieso sollte ich noch wissen, wo ich vor drei Monaten war?"

Brenner schaute den Kommissar entrüstet an. Dann fuhr er fort. „Wahrscheinlich war ich in meinem Haus. Ich bin immer dort, wenn ich nicht arbeite."

„Kann das jemand bezeugen?"

Brenner wirkte einen Moment verloren und hilflos.

„Mein Kater Gabriel war bei mir." Das sagte er vollkommen im Ernst, und der Ermittler sah an seinem Blick, dass er keine Späße machen wollte. Der Mann wirkte in diesem Moment sehr einsam. Der Kommissar war eine Weile sprachlos und musste schlucken.

„Und was arbeiten Sie?"

„Im Sommer arbeite ich für das Gemeindeamt, auf Stundenlohn-Basis. Gras mähen, Hecken schneiden, alles was eben anfällt. Im Herbst gehe ich Wimmen und Äpfel klauben. Im Winter räume ich Schnee von öffentlichen Plätzen und Gehsteigen, ebenfalls für die Gemeinde."

„Herr Brenner, was halten Sie von Tierschutz und von der Jagd?"

„Von Tierschutz sehr viel", erwiderte Brenner nach einer Weile. „Tiere sind für mich die besseren Menschen. Sozusagen. Sie haben Gefühle, sie empfinden Trauer und Schmerz, mehr als wir Menschen. Und sie sind treu. Absolut und bedingungslos treu. Sie kennen keine Falschheit. Keine Lüge und kein Berechnen". Seine Stimme wurde scharf. „Von den Jägern halte ich nichts. Die meisten sind Tierquäler und Sadisten. Es geht ihnen um Macht, um die Macht über Leben und Tod. Sie sind kalt und herzlos. Die meisten zumindest. Viele töten zum Spaß, und weil sie Macht ausüben wollen. So erkläre ich mir das."

„Und was ist mit der Katze, die an einem Ihrer Totempfähle hängt? Haben Sie die getötet?"

„Ich habe ihn im Wald gefunden. Erschossen. Eine Ladung Schrot hat ihm den Kopf zerfetzt. Die Jäger schießen gerne zum Spaß Katzen ab, und geben dann vor, die Katzen seien schädlich und Räuber. Sie würden die Nester der Singvögel ausplündern." Brenners Stimme wurde eindringlicher. „Das ist eine Ausrede. Ich habe ihn da aufgehängt, damit man sieht, was Jäger anrichten. Die Totems beschützen seinen Geist, der irgendwo weiterlebt. Es war Max, mein Kater. Ich hätte ihn am heutigen Tag drei Jahre lang gehabt." Brenner schluckte.

„Sie hassen Jäger. Hass richtet oft Unheil an. Schauen Sie sich das an. Es ist von Ihnen. Lesen Sie es nochmals!"

Mit diesen Worten legte der Kommissar dem bärtigen Mann den Computer-Ausdruck aus dem Anti-Jagd-Blog vor. Während Brenner das Blatt entgegennahm und zu lesen begann, beobachtete Permann seine Reaktion. Brenner zog kurz die Augenbrauen hoch. Ein Mundwinkel zuckte kaum merklich.

„Dieser Eintrag wurde von Ihrem Computer aus gepostet." Permann ließ sich einen Moment Zeit. Dann kam unvermittelt seine Frage. „Haben Sie Karl Brandis erschossen?" Permann beobachtete die Reaktion Brenners.

Der bärtige Mann zuckte zusammen und sagte eine Weile lang gar nichts. Permann ließ sich Zeit. Brenner schluckte und sagte schließlich leise: „Ja, das habe ich geschrieben, und ich sehe es ein, dass das wohl eine Riesendummheit von mir gewesen ist. Aber ihr könnt mir keinen Mord anhängen. Nein, das könnt ihr nicht. Das war ich nicht! Ich habe Karl Brandis gekannt, und ich weine ihm gewiss keine Träne nach. Das gebe ich ja zu. Er war einer der arrogantesten und widerwärtigsten Menschen, die ich gekannt habe. Er war ein Schwein, und er hat mich behandelt wie ein Stück Dreck."

Der Verhörte schluckte und fuhr dann fort. „Für ihn war ich kein Mensch, wissen Sie, nur Abfall. Ja, nur Abfall."

„Woher haben Sie ihn denn gekannt?"

„Seine Tischlerei hat einmal, das war vor Jahren, einen ungelernten Gehilfen gesucht, und da habe ich mich gemeldet. Ich habe mich bei ihm vorgestellt, aber er hat mich fortgejagt wie einen räudigen Hund. Er hieß mich einen Schmarotzer und einen Asozialen. Er hat mich beleidigt und erniedrigt wie noch niemand zuvor in meinem Leben."

Wieder schluckte Brenner. Er wirkte sehr aufgebracht.

„Danach habe ich versucht ein bisschen zu verfolgen was er so tat. Ich kenne ein paar Leute oben in Schlanders, und die haben mir allerhand über ihn erzählt."

„Was haben sie Ihnen erzählt?"

„Dass er ein schweinischer Mensch war. Ein arroganter Hund. Dass er sich wie ein Sklaventreiber aufspielt."

„Und warum machen Sie solche Einträge in dieses Anti-Jagd-Forum?", fragte Permann und deutete auf den Computerausdruck. „The punisher, der Rächer? Warum? Was sollte das?"

Brenner zuckte die Schultern. „Ja, ich gebe es ja zu, ich hätte mich manchmal gerne an ihm gerächt. Aber das habe ich nur in meiner Fantasie getan. Ich habe ihm Tod und Teufel an den Kragen gewünscht. Aber ich könnte nie einen Menschen töten. Das müssen Sie mir glauben. Ich kann doch keiner Maus was zuleide tun." Brenners Stimme war wieder lauter geworden.

„Sie können sich beim Schreiben recht gut ausdrücken, und Sie können Englisch. Woher?"

„Ich habe zwei Jahre lang eine Oberschule besucht, und ich lese viel", erwiderte Brenner. „Als ich 16 wurde, ist mein Vater gestorben, und ich musste arbeiten gehen. Wissen Sie meine Mutter war nie gesund, und sie konnte oft nicht arbeiten. Und so konnte ich die Schule nicht abschließen."

„Besitzen Sie eine Waffe?" Wieder kam Kommissar Permanns Frage ganz unvermittelt.

Brenner schüttelte den Kopf. „Nein, ich hasse Waffen."

„Und die Sache mit dem anderen Jäger? Sie sind doch schon einmal gewalttätig geworden. So friedlich wie sie jetzt vorgeben zu sein sind sie anscheinend nicht."

„Ach das." Brenner winkte ab. „Der hat mich angegriffen, auf einer Hegeschau, so nennen sie das. Wissen Sie, da stellen die Jäger die Geweihe der von ihnen ermordeten Tiere zur Schau und sind auch noch stolz darauf. Wirklich stolz." Brenner schüttelte sich und verzog angewidert das Gesicht. „Da habe ich damals in Schlanders eine Tafel mit der Aufschrift 'Keine Schonzeit für Lustmörder!' hochgehalten. Und dann hat mich einer von ihnen angegriffen. Nicht etwa ich ihn. Ich musste mich wehren. Ich wollte mich ganz einfach nicht von ihm zusammenschlagen lassen. Die Schuld habe dann *ich* bekommen. Der Jäger hatte wohl irgendwelche Beziehungen zu einflussreichen Personen oder Politikern. So ist das oft in diesem verdammten Land. Wer Beziehungen hat, kommt weiter, und wer keine hat, verliert immer. Ich hatte die schlechteren Karten. Natürlich. So wie immer." Permann hörte die Resignation in seiner Stimme.

„Noch eine Frage Herr Brenner. Wenn Sie angeblich so friedlich sind, warum haben Sie uns mit einem Küchenmesser attackiert, als wir Sie in Ihrer Hütte festnehmen wollten?"

„Verdammt!" Brenner fluchte plötzlich erregt. „Wie würden wohl Sie in so einer Situation reagieren? Wissen Sie, ich werde so oft belästigt. Kinder werfen mir öfters die Fensterscheiben ein, und besoffene Jugendliche versuchen mich immer wieder zu provozieren. Das ist fast zu einer Art Sport für sie geworden. Oder eine Art Mutprobe. Oder was weiß ich? Ihnen ist langweilig, und sie gehen immer wieder auf mich los. Sollte ich mir etwa alles gefallen lassen?"

Brenners Stimme klang anklagend. „Als Sie gekommen sind, dachte ich es wären wieder irgendwelche Krawallmacher, die mich da schon in aller Frühe belästigen wollen. Denen wollte ich halt mal mit dem Messer einen ordentlichen Schrecken einjagen. Das war alles was ich wollte. Ja alles."

„Hmmm, aha. Nun ja." Permann brummte und fuhr dann fort. „Sind Sie mit anderen Jagdgegnern in Verbindung?"

„Nein", antwortete Brenner. „Ich kenne von diesen Leuten, die auf diesem Blog schreiben niemand persönlich. Ich glaube, viele von denen schreiben halt in diesem Forum, weil sie einfach einmal Dampf ablassen wollen. So wie ich es eben auch getan habe. Wie gesagt, ich hatte einen Riesenzorn auf diesen Brandis."

„Möchten Sie mir sonst noch etwas mitteilen? Können Sie sich vorstellen wer und warum da jemand Karl Brandis erschossen hat?" Der Ermittler schaute dem bärtigen Mann vor ihm direkt in die Augen. Brenner schüttelte den Kopf.

„Dann wäre das vorläufig alles", schloss Permann. „Sie bleiben vorläufig noch in Untersuchungshaft. Warten wir ab, was die Spurensicherung alles bei Ihnen, und auch auf Ihrem Computer, findet."

„Sperrt mir Gabriel nicht ein, wenn ihr mein Haus durchwühlt!"

Brenner klang plötzlich flehentlich und beschwörend.

„Er braucht doch etwas zum Fressen und zum Trinken. Ihr braucht ihn ja nicht zu füttern. Das verlangt niemand. Lasst ihn raus, und er holt sich selber sein Fressen im Wald. Es ist ja Sommer."

Der Kommissar versprach ihm das und beendete das Verhör.

„Kannst du dir vorstellen, dass ein Mann, der seine Katzen Max und Gabriel tauft, einen Mann kaltblütig erschießen kann?" Beatrice schaute ihrem Kollegen in die Augen. Sie hatte das Ganze außerhalb des Verhörraumes über die Lautsprecheranlage mitgehört.

„Deine empathischen Fähigkeiten ehren dich, Beatrice, und machen dich, ehrlich gesagt auch sehr authentisch und sympathisch. Nur ist es aber so, dass uns Empathie in der Polizeiarbeit leider nicht immer weiterhilft. Lass dich von seiner Tierliebe nicht zu sehr beeindrucken, nicht einlullen. Seine Liebe zu seinen Katzen ist für mich kein Beweis für seine Unschuld. Leider."

„Aber ja, doch Chief Fritz. Ich wollte damit ja nicht sagen, dass Brenner unschuldig sein muss. Ich wollte dir nur mein Bauchgefühl mitteilen."

Permann lächelte. „Er hatte einen Riesenhass auf diesen Brandis, der anscheinend ein übler Kerl war. Und die Erfahrung sagt uns: Wer hasst, ist zu allem fähig. Menschen haben schon aus Motiven, die viel weniger einleuchtend waren, gemordet. Möglich ist grundsätzlich alles, was sich der Mensch auch nur vorstellen kann. Und jetzt sag du mal, was denkst du über diesen Brenner?"

„Nun ja, er ist sicher ein komischer Kauz und ein Außenseiter. Ein Einsiedler. Das ist sicher. Ich bin auch keine Freundin der Jagd. Aber was dieser Brenner auf dem Anti-Jagd-Blog vorgebracht hat, ist schon ziemlich harter Tobak. Das war ein vernichtendes Urteil über Brandis. Er hasste ihn ja nicht nur deswegen, weil er Jäger war. Er hatte noch andere Gründe wie wir gehört haben. Ja, sein Blog-Eintrag klingt nach einem Schuldeingeständnis. Sein Hass auf die Jäger scheint krankhaft zu sein. Aber nun mal im Ernst. Ich denke, die meisten Jäger sind doch wohl vernünftige Leute, die nicht zum Spaß töten und Tiere quälen."

„Ja, das denke ich auch. Nicht alle Jäger sind Lustmörder und Sadisten." Er lächelte. „Aber es gibt auch genug schwarze Schafe unter ihnen. Es gibt Jäger, die die größten Wilderer sind, und die sich nicht an die Regeln halten. Kannst du dich erinnern? Vor einigen Jahren ist eine Weile ein Filmchen durchs Internet gegeistert, den ein Jagdgegner heimlich aufgenommen hat. Ein russischer Jagdgast hat in Tirol eine Gämse geschossen, und hat sie dann minutenlang halbtot und noch zuckend ganz brutal über das Geröll zu Tal geschleift. Dabei hat ihr Blut auf den Steinen eine grausige Spur hinterlassen, bis endlich ein anderer Jäger die Gämse von ihrem Leiden erlöst hat. Grauenhaft! Hast du es gesehen Beatrice?"

„Nein, zum Glück nicht." Sie schüttelte angewidert den Kopf.

„Besser so. Ich glaube aber, dass sich die meisten Jäger schon in der Verantwortung für die Hege und Pflege der Natur und der Wildtiere sehen. Ohne die Jagd, so sagen sie zumindest, würden die Wildbestände Überhand nehmen, und somit den Wald und die Wiesen schädigen. Ich nehme an, dass für die meisten Jäger doch wohl das intensive Naturerlebnis und der Sport im Vordergrund stehen, und nicht die Lust am Töten."

„Hmmm, nun ja. Ok, so wird's wohl sein, Fritz, aber aus mir wirst du bestimmt keine Jägerin mehr machen. Da kommst du zu spät." Beatrice lachte.

„Nun, das habe ich auch wirklich nicht vor." Permann grinste zurück. „Und was diesen Brenner betrifft, so müssen wir einfach mal abwarten, was die Spurensicherung alles bei ihm findet. Ich weiß wirklich nicht, was ich von ihm halten soll."

„Nichts."

Gassmann von der Spurensicherung zuckte die Schultern. Er stand vor der Ermittler-Truppe, die sich nachmittags um fünf zur Besprechung eingefunden hatte.

„Nichts. Absolut nichts. Wir haben Brenners Hütte durchsucht, und zwar gründlich durchsucht. Wir haben die Wände nach Hohlräumen abgeklopft, die Bretter des Fußbodens herausgerissen, die Brennholzstapel vor und hinter der Hütte auseinandergenommen. Wir haben nichts gefunden, was mit dem Fall zu tun haben könnte. Wir haben die Umgebung der Hütte in einem Radius von einem Kilometer abgesucht. Nach Verstecken, nach verborgenen Waffendepots. Nichts. Auch der Spürhund hat nichts gefunden. Natürlich können Menschen, Wilderer zum Beispiel, sehr geschickt im Anlegen von verborgenen Waffen- und Munitionslagern sein. Das weiß ich, und ich kann euch noch nicht versichern, dass wir nicht etwas übersehen haben. Morgen werden wir uns noch einen erweiterten Suchradius vornehmen und alles genauestens absuchen." Gassmann hob resigniert seine Schultern. „Und das war schon alles, was ich zu berichten habe, zumindest für heute. Tut mir leid."

Permann nickte. „Und sein Laptop? Was hat die Durchsuchung seines Computers ergeben?"

Der junge IT-Experte von der Spurensicherung meldete sich. „Sein PC ist ziemlich in die Jahre gekommen, aber er hat irgendwie noch funktioniert. Brenner hat diese Anti-Jagd-Seite aufgerufen, das ist sicher. Von seinem PC aus wurde der besagte Eintrag gepostet. Daneben hat er noch einige andere Seiten von Jagd-Gegnern besucht. Ah ja, und auch einige Indianer- und Naturschutzseiten. Und auch die Homepage der Firma von Karl Brandis.

Brenner ist durch einen Stick der Telefongesellschaft Vodafone ins Netz gelangt. Ansonsten habe ich auf seinem PC keine Emails, keine anderen Texte gefunden, die er geschrieben hat. Er scheint mit niemand anderem in Verbindung gewesen zu sein. Da ist nicht viel drauf. Einige alte Spiele, die er gespielt hat. Solitär, Tetris und noch ein paar andere. Andere Spiele hat er online gespielt. Ich habe also nichts gefunden, was für uns von Bedeutung wäre und uns irgendwie weiterhelfen könnte."

„Hat jemand eine Idee wie wir jetzt weitermachen?"

Der Kommissar verbarg seine Enttäuschung nicht.

Niemand meldete sich. Sie hingen wohl wieder fest, das war allen klar.

„Und am Morgen hatte ich noch das verdammte Gefühl, dass der Fall eine Wendung nehmen könnte. Ich werde wohl alt, nicht einmal auf mein Gefühl kann ich mich noch verlassen." Fritz Permann war müde und missmutig.

Bruneck, 17. Juni, abends

Kaspar Benedikt war mit sich und der Welt im Reinen. Er hatte einen zufriedenstellenden Tag hinter sich gebracht. Seine Rechtsanwaltskanzlei im Stadtteil Oberragen lief überaus gut. Er hatte sich inzwischen als Anwalt einen guten Namen gemacht, und er konnte sich jetzt den Luxus leisten, sich seine Klienten selbst auszusuchen. Das war überhaupt nicht selbstverständlich, das war ihm bewusst.

Um fünf Uhr hatte er die Kanzlei geschlossen, und hatte sich auf viertel nach fünf seine Geliebte kommen lassen. Nach fast zehn Jahren der Bekanntschaft mit ihr hatte er immer noch Lust auf sie. Lust auf ihren knabenhaften, schlanken Körper, die kleinen spitzen Brüste, die so schön vor seinen Augen auf und ab wippten, wenn sie auf ihm ritt. Oder wenn er ihr das Höschen herunterriss und auf der Besuchercouch von hinten in sie eindrang. Schon allein der Gedanke daran erregte ihn jedes Mal wieder. Außerdem hatte sie nie Probleme gemacht. Hatte von ihm nie etwas verlangt, keine Scheidung von seiner Frau, keine Geschenke, kein Geld, gar nichts. Sie verlangte von ihm nicht einmal, dass er mit ihr den jährlichen Urlaub verbrachte, oder sich mit ihr in der Öffentlichkeit zeigte. Ganz, ganz selten nur, wenn seine Frau nicht da war, durfte sie bei ihm übernachten. Sie beklagte sich nicht, und nahm in ihrer stillen Art einfach alles hin. Das fand er ungeheuer praktisch. Am Anfang hatte er einmal so etwas wie Gewissensbisse verspürt, denn er wusste, er würde sich für sie niemals von seiner Frau trennen. Eine Trennung von seiner Frau kam nicht in Frage, denn das würde nur seinem Ansehen in der Öffentlichkeit schaden. Er wusste, dass er sich die besten Jahre von ihr nahm.

Er hatte damals ihr Verhältnis beenden wollen, aber sie hatte immer wieder angerufen, und so hatten sie eben weitergemacht. Zehn Jahre waren es wohl inzwischen. In letzter Zeit hatte er allerdings das ungute Gefühl, dass sie womöglich bald mehr von ihm fordern könnte. Mehr Beziehung und mehr Nähe. Das war ihm klar. Er hatte an ihrem Blick erkannt, dass sie ihm etwas sagen wollte, jedes Mal, bevor sie ging. In letzter Zeit war ihr Gesicht dunkel und traurig gewesen. Mit ihm reden, ihre Wünsche und Gefühle benennen konnte sie nicht. Es war für ihn klar, wenn sie lästig wurde, musste er sich von ihr trennen, und sich nach etwas anderem umschauen. Das nahm er sich fest vor. Aber heute, an diesem schönen Abend, wollte er nicht weiter über eventuell aufkeimende Probleme nachdenken. Nicht an diesem wunderschönen Sommerabend. Er wischte seine Gedanken an sie wie eine lästige Fliege beiseite.

Kaspar Benedikt ging also nach seinem Vergnügen auf der Couch im Büro um sechs Uhr abends zufrieden durch die Stadtgasse nach Hause. Unterwegs aß er ein belegtes Brot, ging weiter nach Hause und betrat seine Wohnung. Auf dem Flur lief ihm seine Frau über den Weg. Sie grüßten sich mit einem Nicken. Sie hatten sich schon längst nichts mehr zu sagen. Er forderte auch nichts mehr von ihr, schon gar nicht, dass sie ein Abendessen für ihn kochte. Er ging seine Wege, und sie ihre. Jeder hatte sein eigenes Schlafzimmer. Es war eine Art stillschweigende Übereinkunft. Manchmal glaubte er, sie wüsste über seine Affäre genau Bescheid, aber das war ihm nun auch egal.

„Nur nicht nachdenken an diesem wunderbaren Abend." Wiederum wischte Kaspar Benedikt seine kurz aufkeimenden Gedanken zur Seite. Er duschte sich, und dachte dabei an den Hintern seiner Geliebten und an den Sex auf der Couch zurück. Manchmal fand er, die Erinnerung an diese Momente war das Beste an ihrer Beziehung, und er merkte, wie ihn der Gedanke an das nachmittägliche Vergnügen wieder erregte. Nach dem Duschen schlüpfte er in eine Badehose, holte sich ein Bier aus dem Kühlschrank, und stieg auf die Dachterrasse hinauf, so wie schon an den Abenden in den vergangenen Tagen zuvor.

Die Sonne war untergegangen, aber die Steinplatten der Terrasse hatten die Wärme des Tages aufgenommen, und gaben sie nun langsam wieder an die Umgebung frei. Er ließ sich auf seine Designer-Liege fallen, und streckte die Beine aus. Über dem Schlossberg glühte der Himmel blutrot, und eine kleine Brise ließ die Bambuspflanzen in den Steintrögen leise rascheln. Ein angenehmer Schauer rieselte über seine Haut. Solche Abende gab es in den kühlen Sommern des Pustertales nicht viele.

Seit zwei Jahren wohnte er nun schon in seiner wunderschönen, großen Wohnung am Rainweg hinter der Stadtgasse von Bruneck. Das war beste Lage. Sauteuer war die Luxuswohnung gewesen, aber er hatte sie damals bar bezahlen können. „C´est la vie! So ist das Leben. Ich bin da hingekommen, wohin ich immer wollte. Endlich!" Kaspar Benedikt seufzte wohlig. „Und ich bin sicher, ich kann die Karriereleiter noch ein weiteres Stück hinaufsteigen." Er grunzte zufrieden, trank sein Bier aus, und schlief friedlich ein.

Bruneck, 17. Juni, 21.35 Uhr

Das Messner Mountain Museum oben auf dem Schlossberg von Bruneck hatte längst schon seine Tore für das Publikum geschlossen. Es war still geworden und das Schloss lag in der kommenden Dämmerung wie ein riesiger, grauer Drache schlafend da. Die Gäste in den Bars der Stadt am Graben von Bruneck und in den Hotels im nahe gelegenen Dorf Reischach saßen vor den Lokalen, speisten, tranken und genossen den wunderbaren Abend.

Der Mann hatte, von Reischach herkommend, das Fahrrad im Gebüsch auf dem Fuße des Schlossberges liegen lassen, und stieg nun ruhig durch den Lärchenwald zum Schloss hinauf, das von einer haushohen Ringmauer umfasst auf dem Hügel über der Stadt thronte. Er trug einen Trainingsanzug, und hatte eine große Sporttasche geschultert. Er kannte seinen Weg genau. Vermutlich würde er auch an diesem Abend niemanden sehen und niemandem begegnen.

ER würde da sein, dessen war er sich sicher. Zielsicher ging er ein Stück an der Schlossmauer entlang, und fand die Metallleiter mit deren Hilfe man mühelos über das Gerüst hinaufklettern konnte. Dieses war errichtet worden, um einen Teil der Ringmauer sanieren zu können. Die Leiter führte auf die Krone der Ringmauer, die er mit Leichtigkeit überstieg. Er stand auf einem Podest, das um einen Teil der Ringmauer lief. Er war die letzte Woche schon drei Mal da gewesen und hatte die ideale Position auf dem Gerüst ausgekundschaftet. Nun war er bereit. Bereit sein Werk zu vollenden. Heute war der perfekte Abend. Das Wetter hatte gehalten, was die Meteorologen versprochen hatten. Der längste Tag des Jahres nahte, und das Licht war noch gut genug für sein Vorhaben. Er fand die Stelle sofort. Die Mauer vor ihm war brusthoch. Ruhig stellte er die Tasche ab, und öffnete den Reißverschluss.

Mit sicheren Handgriffen nahm er die Teile des Gewehres, eins nach dem anderen aus der Tasche, und steckte sie mit geübten Handgriffen zusammen. Mit einem satten, metallischen Klicken rasteten die Teile mühelos ein. Er klappte das Zweibein aus, schob den Schalldämpfer über den Lauf des Gewehres, und legte die Waffe auf der Mauer auf. Als er an der Einstellschraube drehte, wurde der Blick durch das Zielfernrohr gestochen scharf.

„Distanz etwa 250 Meter", dachte er, „perfekt."

Der liegende Mann unten auf der Dachterrasse erschien scharf im Fadenkreuz. Er hielt mitten auf seinen Bauch. Unvermittelt glühten die Augen des Mannes vor Hass auf. „Beruhige dich, und bringe es hinter dich!" Seine Stimme war ein leises Flüstern. Er setzte noch einmal ab, atmete tief durch. Spürte, wie er wieder ruhig wurde. Suchte erneut durch das Zielfernrohr. Der Bauchnabel des Mannes erschien gestochen scharf im Fadenkreuz. Er sah, wie sich die Bauchdecke von **Kaspar Benedikt** im Schlaf hob und senkte.

„Wie ein Schwein liegt er da. Wie ein sattes, zufriedenes Schwein. Eigentlich stirbt er viel zu schnell und zu friedlich", dachte er.

Sein Finger krümmte sich, er suchte den Druckpunkt, und zog dann den Abzug entschlossen durch.

Gewohnheitsmäßig repetierte er das Gewehr, und im selben Augenblick wurde ihm siedend heiß bewusst, dass er einen Fehler gemacht hatte. Die leere Patronenhülse wurde ausgeworfen, und fiel klingelnd auf die Mauerbrüstung. Zweimal tanzte sie noch über die Steine, fiel über die hohe Schlossmauer hinunter, und verschwand im hohen Gras, das am Fuß der Mauer wucherte.

Der Mann fluchte leise.

Dann feuerte er den zweiten Schuss ab.

Bozen, 17. Juni, abends

Seine Frau Christa spürte seine Niedergeschlagenheit. Sie spürte Fritz Permanns Frustration.

Der Kommissar fluchte innerlich. Sie steckten wieder in den Ermittlungen fest. Er hatte sich getäuscht. Der Fall würde nicht die Wendung nehmen, welche er am Morgen noch erhofft hatte. Es ärgerte ihn, dass er seine Fälle immer mit in seine Familie schleppte. Schwierige Ermittlungen ließen ihn nicht mehr los, sie ließen ihn nicht durchatmen, abschalten.

„Was ist los, Fritzchen?" Christa schaute ihm direkt in die Augen und strich ihm über sein Haar.

„Ja, was wird schon los sein? Verdammt noch mal! Wir hängen seit drei Monaten fest, in diesem verfluchten Fall. Alle Spuren lösen sich in Nichts auf. Wir kommen einfach nicht weiter. Auch mein Gespür scheint mich verlassen zu haben. Allmählich verliere ich auch noch mein Selbstvertrauen!" Wieder fluchte er leise, blies seine Wangen auf und ließ die Luft langsam zischend entweichen.

Christa lächelte. „Ach, mein Herr Kommissar, lass doch bitte das Lamentieren. Du weißt doch selbst, dass du gut bist. Sehr gut sogar. Und irgendwann kommt ihr weiter, das weißt du. Du bist wieder mal zu ungeduldig."

Wieder blickte sie ihm eindringlich in die Augen. „Wie viele Fälle hast du eigentlich bisher nicht aufklären können?" Sie wartete.

Er brummte. „Naja. Nicht sehr viele, aber dieser Fall könnte der erste sein, den wir nicht aufklären können. Er ist so anders, so verdammt anders. Das war kein Mord, der mit dem familiären Umfeld des Opfers zu tun hat. Wo sollen wir noch ansetzen? Wir haben viele Spuren verfolgt, aber nichts, wir kommen einfach nicht weiter, verdammt."

Seine Frau lächelte. „Ich habe dir schon gesagt, du bist zu ungeduldig. Du weißt es selbst. Irgendwann werden sich neue Wege auftun. Unverhoffte Dinge passieren oft. Irgendwann werdet ihr weiterkommen. Also, Geduld, mein Bär!" Wieder lächelte sie entwaffnend und endlich lächelte Permann zurück.

„Na also! Und jetzt komm mit in die Küche zum Essen!"

Auch seine Tochter Nadja war da, was inzwischen selten genug vorkam. Sie war 20 Jahre alt, und steckte mitten in ihrer Ausbildung zur Logopädin. Sie hatte einen festen Freund, und war auf dem Sprung, das elterliche Nest zu verlassen.

Dieser Umstand machte dem Kommissar auch zu schaffen, mehr als er zugeben wollte.

„Meinst du sie schafft das, Christa? Meinst du, sie wird glücklich? Kommt sie allein zurecht? Und dieser Piero, ist er der Richtige? Wird er sie gut behandeln?", hatte er sie erst neulich gefragt.

„Mon dieu, Fritzchen, mein Bärchen, das fragst dich gerade du? Die gleichen Fragen haben sich meine Eltern auch gestellt, als ich bei dir eingezogen bin! Du hast ihnen auch keine Garantie geben können, dass alles gut geht!"

„Nun ja." Permann hatte gelächelt. „Das war ja ganz etwas anderes, das war ja immerhin ich, bei dem du eingezogen bist! Aber dieser Piero… Wie gut glaubst du ihn denn eigentlich zu kennen?"

„Hör mal zu, mein lieber Kommissar Fritz", Christa hatte bis über beide Ohren gelacht, „wenn ich damals gewusst hätte, dass du einmal ein alter Nörgler und Pessimist wirst, dann wäre ich damals wohl besser zuhause geblieben! Und zu Piero: Wenn man die Beiden miteinander sieht, dann merkt man, wie verliebt sie sind. Und das ist schon mal die Grundvoraussetzung, dass es funktioniert. Niemand hat eine Garantie, ich habe ein gutes Gefühl dabei. Aber du hast da einfach keine Augen dafür, du alter unromantischer Büffel!"

Der Schalk hatte in ihren Augen geblitzt, und wieder hatte sie strahlend gelächelt. Permann war warm ums Herz geworden. Er hatte es gut getroffen mit Christa. Es ging ihnen immer noch gut miteinander. Er hatte Glück gehabt. Auch wenn sie im Verlauf ihrer gut 20jährigen Ehe von Krisen und Erschütterungen nicht verschont geblieben waren, hatten sie doch immer wieder ihre Probleme gemeinsam besprochen und gemeinsam gemeistert. Zumindest bis heute. Er stellte fest, dass er noch immer gerne nach Hause kam, weil er wusste, dass Christa auf ihn wartete. Es war ein gutes

Gefühl. Er konnte sich auf sie verlassen. Er nahm sich fest vor, dass sie sich auch auf ihn verlassen konnte.

Natürlich kannte er Piero gut. Er kam aus einer wohlsituierten italienischsprachigen Familie, und der Kommissar freute sich darauf, dass er einmal, vielleicht, wenn die Beziehung denn halten sollte, einen italienischsprachigen Schwiegersohn bekommen würde. Vielleicht auch einmal zweisprachige Enkelkinder, die in Südtirol oder irgendwo in der Welt mit ihrer perfekten Zweisprachigkeit bessere Chancen in der Arbeitswelt haben würden.

Der Kommissar träumte mit offenen Augen. „Endlich komme ich auf andere Gedanken!"

„Ciao Papele", schnurrte Nadia, umarmte ihn und strahlte ihn an. Fritz Permann schluckte. Ja, er musste wirklich noch an sich arbeiten, um zu verstehen, dass er sie bald ziehen lassen musste. Das tat so weh, wenn er daran dachte, dass sie ausziehen würde.

„Du musst dich allmählich mit dem Gedanken anfreunden, dass Nadja erwachsen, und natürlich auch frei in ihren Entscheidungen ist." So hatte Christa zu ihm vor nicht allzu langer Zeit gesagt. Und danach hatte sie ihm eröffnet, dass sie bald das elterliche Nest verlassen würde. Er seufzte.

Später saß er mit Christa auf dem Sofa. Im Fernsehen lief ein Krimi, aber Permann wollte und konnte der Handlung nicht folgen. Wieder schweiften seine Gedanken ab zu seinem Fall. Wieder fluchte er innerlich. Das war das Verdammte an seinem Beruf, dass ihn ein Fall nicht mehr losließ, wenn er ihn einmal gepackt hatte. Auch in seiner Freizeit nicht. Diese Ermittlungen waren wie ein Krake, der sein Opfer mit seinen Tentakeln gefangen hielt, und ihm die Stacheln ins Fleisch bohrte.

Günther Brenner. War er ein Mörder? Eigentlich glaubte er nicht mehr daran. Brenner war ein Einsiedler, ein Entwurzelter, der seinen Frust und seinen Hass auf Karl Brandis in einem

Internet-Forum herausgeschrien hatte. Oder war doch mehr dran? Oder der Kosovo-Albaner Enis Jashari? War der Mord ein Racheakt für dumme Sprüche über Ausländer gewesen? Oder hatte ein ganz anderer Mörder, der immer noch frei herumlief, ganz andere Mordmotive gehabt? Gründe, von denen sie noch überhaupt keine Ahnung hatten?

Christa beobachtete ihn immer wieder von der Seite. Plötzlich verschwand sie in der Küche, und kam mit zwei Gläsern Rotwein in der Hand zurück. „Damit du auf andere Gedanken kommst, mein Bärchen!" Sie lächelte und drückte ihm ein Glas in die Hand.

„Du hast vollkommen Recht, Christa, ich will auf andere Gedanken kommen." Er schnaubte und brummte und nahm seine Frau fest in die Arme. Die körperliche Nähe tat gut.

Später lagen sie eng umschlungen im Bett, und er fühlte ihre Lippen und die Weichheit ihres drängenden Körpers. Er spürte, dass er jetzt wirklich auf andere Gedanken kam. Christa ließ seine Lebensgeister in ihm wieder erwachen. Die erwachende Lust fegte seinen Kopf frei.

Da begann plötzlich auf dem Nachtkästchen sein Handy zu vibrieren, und die Rolling Stones begannen loszurocken.

„Nein, nicht jetzt. Verdammt." Permann fluchte innerlich. „Und das gerade jetzt! Warum habe ich das verdammte Ding nicht ausgemacht? Und morgen", nahm er sich vor, „wechsle ich endlich diesen nervigen Klingelton." Er nahm seufzend den Anruf an und lauschte stumm. Dann legte er wortlos auf.

„Also doch! Also hat mich mein Gefühl doch nicht betrogen. Es ist wieder passiert. An diesem Abend." Er fluchte leise, als er aufstand und in seine Hose schlüpfte.

Christa seufzte enttäuscht, und drehte ihm demonstrativ den Rücken zu. Der Wecker zeigte 23.35 Uhr.

Bruneck, 18. Juni, 00.30 Uhr

Blaue Lichtblitze tauchten die Häuserwände in gespenstisches Licht, als Kommissar Fritz Permann und seine Assistentin Beatrice del Piero in der Raingasse von Bruneck eintrafen. Die örtlichen Carabinieri hatten den Fall sofort an die Quästur von Bozen weitergeleitet, nachdem sie gesehen hatten, was der Mörder angerichtet hatte.

Der Carabinieri-Brigadier begrüßte den Kommissar und seine Assistentin vor dem Hauseingang, und führte sie hinauf auf die Dachterrasse der Wohnung.

„Das Opfer heißt Kaspar Benedikt. Er wurde 55 Jahre alt, und war Rechtsanwalt", sagte der Brigadier leise, als sie die Terrasse betraten.

Der Vollmond tauchte die Szene in ein fahles Licht. Eine leichte Brise ließ die Bambuspflanzen in den Trögen wispern, so als sei nichts geschehen. Als der Blick des Ermittlers auf die Liege auf der Terrasse fiel, erstarrte er für einen Moment vor Schreck. Der Anblick war grausam.

Sand in Taufers, 18. Juni, 11.30 Uhr

Oskar Hofers Smartphone fiepte. Er schaute darauf und sah, dass eine kurze Meldung einer lokalen Nachrichten-App auf dem Bildschirm aufgepoppt war. „Bestialischer Mord in Bruneck". Oskar Hofer spürte, wie sich sein Magen zusammenkrampfte, als er den Hauptbericht geöffnet und zu lesen begonnen hatte.

„Bestialischer Mord in Bruneck. Bekannter Rechtsanwalt fällt Mordanschlag zum Opfer. Hat der Todesschütze von Bruneck auch den ersten Mord in Schlanders zu verantworten?

Wie heute Morgen bekannt wurde, fiel in Bruneck der 55jährige Rechtsanwalt K. B. einem brutalen Mordanschlag zum Opfer. K. B. soll sich gestern Abend nach 21.00 Uhr auf der Dachterrasse seiner Wohnung in der Raingasse befunden haben, als ein tödlicher Schuss fiel. Dieser könnte den ersten Informationen nach vom Schlossberg aus abgefeuert worden sein. Hat der Mörder von Schlanders ein zweites Mal zugeschlagen?

Die Parallelen zum Mord im Vinschgau vor gut drei Monaten (wir berichteten) sind in der Tat auffallend. Wieder wurde das Opfer aus großer Entfernung durch einen Gewehrschuss aus dem Hinterhalt ermordet. Wer ist dieser unheimliche Killer? Ein Verrückter, ein Rächer, ein Serienmörder? Die Beunruhigung in der Bevölkerung wächst. K. B. hinterlässt eine trauernde Ehefrau."

Wie betäubt steckte Oskar Hofer sein Smartphone in die Tasche. Die Lektüre des Berichtes war wie ein Schlag in die Magengrube gewesen, als ihm die Erkenntnis ganz plötzlich, siedend heiß, ins Bewusstsein stieg. Verdammt, er hatte die zwei Mordopfer gekannt, wenn auch vor sehr langer Zeit. Vor fast 40 Jahren, da war er sich nun ganz sicher. Die Namen waren die gleichen, kein Zweifel. Karl Brandis, das erste Opfer, hatte er auf der Sterbeanzeige in der Zeitung wiedererkannt. Er hatte ihn und die anderen seitdem nie wieder gesehen.

Die Erkenntnis hatte ihn wie ein Schlag ins Gesicht getroffen. Der Rechtsanwalt K.B. musste Kaspar Benedikt sein.

Der erste Mord im Vinschgau hatte ihn noch wenig beschäftigt. Es war nur Zufall, purer Zufall, dass er das erste Opfer mit dem Namen Karl Brandis gekannt hatte. Vor langer Zeit. Vor sehr langer Zeit. Aber jetzt? Das konnte doch kein Zufall mehr sein. Oskar Hofer spürte wie ihm der kalte Schweiß ausbrach. Sein Mund war trocken geworden, und sein Herz hämmerte wild gegen die Rippen. Angst! „So fühlt sich Angst an, die nackte Angst. Bin womöglich ich das nächste Opfer?" Oskar Hofer war ratlos und wie betäubt. Was sollte er jetzt tun? Über alles reden? Sofort zur Polizei gehen? Oder war doch alles nur ein Irrtum, wieder nur ein dummer, banaler Zufall?

„Vielleicht klärt sich alles auf, schon bald. Vielleicht ist meine Angst vollkommen unbegründet, und morgen ist schon wieder alles gut." Gab es doch ganz andere Ursachen für die Morde? Sollte er doch schleunigst zur Polizei gehen? Seine Gedanken kreisten. Er wusste nicht mehr, wie ihm der Kopf stand. Oskar Hofer war ratlos. Vollkommen ratlos.

Bozen, Quästur, 18. Juni, 15.00 Uhr

„Wir haben also ein zweites Opfer."

Kommissar Fritz Permann stand vor der versammelten Mannschaft. Er ergänzte das Schaubild auf der weißen Tafel um einen weiteren Namen. Er verband die beiden Namen Karl Brandis und Kaspar Benedikt mit einer Linie.

„Kaspar Benedikt, 55, Rechtsanwalt aus Bruneck. Wir müssen wohl davon ausgehen, dass sein Mörder derselbe ist wie der Mörder von Karl Brandis in Schlanders. Ich denke es kann kein Zufall sein, dass beide Männer durch einen Gewehrschuss aus dem Hinterhalt getötet worden sind. Das Bleimaterial der Geschosse zeigt in beiden Fällen dieselbe chemische Zusammensetzung, das hat eine Schnell-Analyse im Labor gezeigt."

Der Kommissar blickte zum Chef der Spurensicherung Gassmann. Dieser nickte und stand auf.

„Okay. Wir haben unterhalb der Außenmauer von Schloss Bruneck eine Patronenhülse gefunden. Kaliber 12,7 × 99 mm NATO .460 Steyr. Das Gewehr ist also wirklich eine österreichische Steyr HS, genauso, wie Gianni es vermutet hat. Kannst du uns etwas zu dieser Art von Gewehr sagen, Gianni?"

Gassmann sah Trincanato an. Dieser entfaltete seine 1,95 Meter, stand auf und fuhr fort. Seine riesige Gestalt schien dem Gesagten noch mehr Bedeutung zu geben.

„Die Steyr HS ist ein typisches Scharfschützengewehr. Großkalibrig wie gesagt. Ein Riesending, fast 1,5 Meter lang und etwa zwölf Kilogramm schwer. Das Magazin umfasst fünf Schuss. Der Schütze hat einmal repetiert, und dabei ist die Hülse herausgeflogen, und ist über die Burgmauer hinuntergefallen. Ein Schuss aus diesem Gewehr aus 500 Meter erzeugt, wenn es windstill ist, einen Streukreis von nur etwa 5 cm. Es ist also sehr, sehr genau."

Der Waffenexperte war wieder ganz in seinem Element.

„Mit spezieller Munition durchschlägt eine Kugel aus diesem Gewehr noch auf 1000 Meter Entfernung eine daumendicke Stahlplatte. Der zweistufige Abzug löst bei einem Druckpunktgewicht von 1,8 kg aus, und kann durch eine Abzugssicherung fixiert werden. Die Schäftung ist individuell auf die Bedürfnisse des Schützen einstellbar. Das Gewehr verfügt über einen kaltgehämmerten gefluteten Lauf, an dessen Mündung sich die für die Steyr HS markante, hochwirksame Mündungsbremse befindet. Sie verringert den Rückstoß des Gewehres nach dem Schuss erheblich. Ohne die Bremse würde die Waffe austreten wie ein Maultier. Da die Waffe nicht für eine freihändige Verwendung entwickelt wurde, kann ein aufsteckbares Zweibein montiert werden. Wie wir jetzt wissen, hat der Mörder diese zweibeinige Stütze sowohl in Schlanders als auch in Bruneck verwendet. Die gefundenen Kratzspuren zeigen das. Das Gewehr verfügt nicht über eine offene Visierung, vielmehr kann auf der integrierten Schiene ein spezielles Visier oder auch ein Nachtsichtgerät montiert werden. Die Steyr HS ist wie alle Militärwaffen so konstruiert, dass sie mit wenigen Handgriffen zerlegt, und wieder zusammengebaut werden kann. Mit ihrer Technik zählt sie zu den modernsten und präzisesten Scharfschützengewehren der Welt."

Niemand wagte diesmal Trincanatos Vortrag zu unterbrechen. Erst nachdem er seine Ausführungen beendet hatte, wagte Permann nachzufragen. „Nachtsichtgerät, Gianni? Das bedeutet doch, dass der Kerl auch in der Dunkelheit auf ein Ziel feuern könnte?"

„Ja, durchaus. So ist es. Ein Nachtsichtgerät ist eine technische Vorrichtung, welche die visuelle Wahrnehmung in der Dunkelheit oder im Dämmerlicht ermöglicht oder verbessert, indem das vorhandene schwache Sternen- oder Mondlicht verstärkt wird. Die üblichen Nachtsichtgeräte sind Restlichtverstärker. Es gäbe noch andere technische Möglichkeiten, welche Nachtsichtgeräte nutzen, aber das ginge euch sicher zu weit."

Trincanato begleitete diesen letzten Satz mit einem ironischen Grinsen. Er hatte offensichtlich die Störung bei seinem ersten Auftritt noch nicht ganz verdaut. Er setzte sich langsam.

Wieder fragte der Kommissar nach.

„Und woher bekommt man so eine verdammte Schusswaffe? Das ist ja ein wahres Mordinstrument, eine Profikiller-Waffe. So eine kann man doch sicher nicht einfach in einem Waffengeschäft kaufen, oder?"

„Eine gute Frage", erwiderte Trincanato. „Meine Antwort ist: Ich weiß es nicht, woher der Mörder die Waffe hat. Vielleicht hat er Beziehungen mit irgendjemand in Österreich, wo diese Waffe ja gebaut wird. Es könnte sein, dass der Mörder Jäger ist und vielleicht einen österreichischen Jagdkollegen kennt, der ihm die Waffe vermittelt hat. Dort sind die Waffengesetze längst nicht so streng wie bei uns. Aber was ich jetzt gesagt habe ist natürlich nur Spekulation.

Noch etwas, die Waffe wird im Internethandel ganz offiziell angeboten, sie kostet über 8.000 Euro. Ohne Schalldämpfer und Nachtsichtgerät übrigens. Im Internet wird heutzutage ja mit allem gehandelt was auf dem Markt ist, und was Geld bringt."

„Hmmm." Permann brummte und kratzte sich nachdenklich am Kinn. „8.000 Euro. Das ist nicht wenig Geld! Zumindest für einen Normalverdiener. Die Frage ist nun, was verbindet die beiden Ermordeten, die auf den ersten Blick so unterschiedlichen Opfer?" Er schaute in die Runde.

„Warum wurden die zwei Männer ermordet?" Der Kommissar ließ die Fragen eine Weile im Raum stehen. „Nur wenn wir diese Frage klären können, wird uns das vielleicht zum Mörder führen. Was könnte eurer Meinung nach ein Motiv sein? Äußert euch mal dazu, bitte! Sagt einfach direkt heraus was euch in den Sinn kommt."

„Rache." Die Äußerung war von Kriminalassistent Bruno Ferrara gekommen.

Der Kommissar nickte und schrieb das Wort „Rache" auf das Schaubild und versah es mit einem Fragezeichen. „Dieses Wort ist mir auch sofort in den Sinn gekommen. Das klassische Mordmotiv. Die Sache ist nun die folgende: Wir müssen noch eine Kleinigkeit herausfinden. Das Warum? Warum diese brutale Rache? Bitte weiter!"

„Eine Beziehungstat? Vielleicht waren die beiden Ermordeten schwul, obwohl sie eine Familie gehabt haben. Oder bisexuell. Vielleicht spielt beim Mörder Eifersucht eine Rolle." Beatrice hatte sich geäußert.

„Wie auch immer," sagte Permann. „Auf jeden Fall müssen wir schnellstens klären, ob sich die Beiden gekannt haben. Oder ob und wie sie miteinander in Kontakt standen." Der Kommissar schrieb das Wort „Beziehungstat" mit Fragezeichen auf die Tafel.

Gianni Trincanatos raue Stimme erklang. „Ist euch schon aufgefallen, dass beide Opfer die gleichen Initialen in ihren Vor- und Familiennamen haben, nämlich K.B. Das steht sowohl für Karl Brandis als auch für Benedikt Kaspar. Der Mörder ist vielleicht ein Wahnsinniger, ein Serienmörder, ein Psychopath. Er hat Lust am Töten, und hat Männer getötet, die die gleichen Initialen in ihren Vor- und Familiennamen tragen. Er hat sich die Opfer aus einem Telefonverzeichnis herausgesucht."

„Interessante These, Gianni. Diese gleichen Initialen sind mir bisher noch gar nicht aufgefallen. An Zufälle glaube ich in diesem Fall zwar weniger, warum weiß ich nicht, und es ist nur mein Gefühl, aber theoretisch wäre auch Zufall eine Möglichkeit."

Permann drehte sich um und malte die Wörter „Psychopath/Zufallsopfer" an die Tafel und versah sie mit einem Fragezeichen.

„Ein Auftragsmord, der von einem Killer ausgeführt wurde? Das Scharfschützengewehr und das professionelle Vorgehen würden dafürsprechen", meinte Ferrara. Permann nickte und notierte „Auftragsmord" mit Fragezeichen auf dem Schaubild.

Wieder schaute der Kommissar fragend in die Runde. Keiner meldete sich mehr.

„Noch etwas: Es ist nun klar, dass der Jäger-Hasser Günther Brenner und der Kosovo-Albaner Enis Jashari nichts mit den Morden zu tun haben. Sie saßen ja zur Tatzeit am Mord von Kaspar Benedikt in Untersuchungshaft. Deswegen mussten wir sie heute am Morgen laufen lassen. Brenner droht vielleicht eine Anzeige wegen Ehrenbeleidigung und Verleumdung, doch mit dem Mord hat er also höchstwahrscheinlich nichts zu tun.

Ermitteln wir also weiter in alle Richtungen, und dabei müssen wir uns sicher die genannten Motive immer vor Augen halten."

Nach einer kurzen Pause fuhr er fort.

„Zum morgigen Tag: Del Piero und ich werden nach Bruneck fahren, um die Ehefrau von Kaspar Benedikt genauer zu befragen, und eventuell werden wir auch noch mit weiteren Zeugen sprechen müssen. Sanvita und Ferrara, fahrt ihr nach Schlanders und befragt nochmals die Ehefrau von Karl Brandis und die Kinder nach eventuellen Verbindungen zu Benedikt. Ferrara, du hast mit der Datenauswertung von den Laptops und den Handys von beiden Opfern genug zu tun. Gassmann ist mit der Auswertung der Spuren beschäftigt. Also los! Und morgen wünsche ich uns allen viel Erfolg."

Bruneck, 19. Juni, 09.00 Uhr

Permann hatte das Auto in der Tiefgarage geparkt, und sie stiegen nun über die Treppen des Parkhauses hinauf an die Oberfläche. Auf dem Rathausplatz von Bruneck traten sie aus dem Untergrund in das helle Sonnenlicht. Der Platz flirrte schon in der Hitze des Vormittags, und die Sonne stand als greller Ball am fast kitschig blauen Himmel. Überall wimmelte es von Touristen in hellen Sommerkleidern. Kleine Kinder tollten herum und spielten Fangen. Ihre Mütter saßen auf den Holzpodesten des Platzes und sahen gelangweilt dem Treiben zu. Im Hintergrund stand halbbogenförmig das moderne Rathaus mit den hohen, asymmetrisch angeordneten Fenstern, welche wie dunkle Augen die glatte, weiße Fassade des Gebäudes durchbrachen. Vor der Eisdiele am Platz hatte sich eine lange Schlange gebildet, und vor dem „Café am Rathausplatz" waren die Tische dicht bevölkert. Gegenüber, am „Graben", floss der Verkehr wie ein unaufhörlicher Strom über die Hauptstraße.

Die Stadt schien den brutalen Mord, der erst vor kurzem die Menschen erschüttert hatte, schon wieder vergessen oder auch verdrängt zu haben. Alles schien, so als sei nichts geschehen, seinen gewohnten Gang zu gehen.

Als der Kommissar und Beatrice den Platz überqueren wollten, und an dem Café vorbeikamen, wurde überraschend ein kleines Tischchen vor ihnen frei.

„Wir werden gerade auf einen Macchiato eingeladen", lachte Permann und rückte Stühle für sie beide zurecht, „den können wir unmöglich ausschlagen."

„Manchmal hast du gar keine so schlechten Ideen, Chief Fritz." Beatrice strahlte, setzte sich, schlug ihre langen, gebräunten Beine übereinander und versuchte ihr kurzes weißes Sommerröckchen in Form zu bringen.

Eine Weile saßen sie in der Morgensonne und tranken ihren Macchiato.

Sie schauten über den mit Granitplatten gepflasterten Platz mit den bogenförmig angeordneten, schief dastehenden, etwa fünf Meter hohen, mit rotem Rost überzogenen Stahlstäben. An diesen waren, fast schon verblasst, Zitate eines des berühmtesten Bürgers der Stadt, des Dichters Norbert Conrad Kaser, angebracht. Die Künstler, die den Rathausplatz gestaltet hatten, wollten damit wohl poetische Zeichen für Bruneck ausdrücken.

Ironie des Schicksals: Der Autor war erst bekannt geworden, nachdem er sich zu Tode gesoffen hatte. Vorher hatte sich die Bewohner der Stadt mit dem Unbequemen und Unangepassten oft geschämt.

Vor kurzem hatte man dem inzwischen bekannten Sohn der Stadt auch noch ein Denkmal errichtet. Eine Bronzeskulptur zeigte den hageren Dichter und Denker auf einem Stuhl sitzend, auf einer mechanischen Schreibmaschine tippend, welche auf seinem Schoß ruhte. Der Stuhl des Dichters stand erhöht auf einem spinnenbeinigen Tischchen. Vor der Plastik des Schreibenden stand auch noch ein leerer bronzener Besucherstuhl, von dem aus ein sitzender Betrachter die Figur begutachten konnte.

Plötzlich wurden Permann und Beatrice auf das Männergespräch am Nebentischchen aufmerksam.

„Übermorgen wird doch dieser Kaspar Benedikt, der vor zwei Tagen in der Raingasse erschossen wurde, begraben, habe ich gehört. Hast du ihn gekannt?"

„Ja", erwiderte der zweite Mann. „Ich hatte mit ihm einmal in einer Erbschaftsangelegenheit zu tun. Wenn du mich fragst was ich von ihm halte, dann sage ich dir: Er war ein guter Anwalt, aber er war kalt, gerissen und glatt wie ein Aal. Dazu war er noch unglaublich geldgierig. Der hat einem nichts geschenkt. Kein angenehmer Mensch. Wahrlich nicht."

„Hmm." Der Erste brummte zustimmend. „Habe ich auch gehört. Ständig fremdgegangen soll er auch sein. So hört man wenigstens. Vielleicht hat sich jemand an ihm gerächt." Er lachte. „Ein gehörnter Ehemann zum Beispiel."

„Gut möglich", meinte der Zweite. „Oder die Mafia war hinter ihm her, so geldgierig wie der war. Die soll ja auch hier bei uns im Norden immer aktiver werden. Vielleicht hat er krumme Geschäfte mit der Cosa Nostra gemacht. Oder seine Schulden nicht gezahlt."

„Hmmm, ja, gut möglich. Ich werde ihm auf jeden Fall nicht die Ehre erweisen auf seine Beerdigung zu gehen. Sollen ihn doch ruhig die Würmer auffressen. Auch ohne meinen Segen."

„Ja. Aber Schluss jetzt damit. Lassen wir ihn in Frieden. Über einen Toten soll man ja schließlich nichts Schlechtes mehr sagen. De mortuis nil nisi bene, sagt der Lateiner. Von Toten soll man nur Gutes reden."

„Einen guten Ruf hatte dieser Benedikt also nicht. Das ist schon mal klar." Der Kommissar sah seine Kollegin an, als sie über den Rathausplatz schritten, und auf dem Zebrastreifen die Hauptstraße zum „Graben" überquerten.

„Du sagst es", meinte diese lakonisch. „Und außerdem, die Zwei haben eben interessante Theorien über seinen Tod vorgetragen."

Permann nickte.

„Übrigens, noch etwas." Der Kommissar grinste und sah Beatrice von der Seite an. „Seit etwa zehn Minuten trägst du ein wundervolles Bärtchen. Ein Kaffeebärtchen."

Beatrice erschrak, blieb stehen und kramte in ihrer Handtasche. Obwohl sie die Neckereien ihres Kollegen zur Genüge kannte, ging sie auf Nummer sicher und schaute in ihren Taschenspiegel. Natürlich war da nichts. Lachend boxte sie ihm in die Rippen. „Ach Fritz, du alter Gauner. Du und deine kindischen Späße. Du solltest langsam erwachsen werden. Und übrigens, ein Kaffeebärtchen zu haben ist immer noch besser als einen echten Damenbart zu tragen. Oder etwa nicht?"

„Oh ja, da hast du sowas von Recht." Permann lachte schallend.

Am „Graben" bogen sie nach links ab, kamen an der Ursulinenkirche vorbei, und gingen durch das Ursulinentor in die Stadtgasse. Rechts zweigte die Reingasse ab. Es war nicht mehr weit bis zu Kaspar Benedikts Wohnung.

Beatrice klingelte, und nachdem sie sich durch die Sprechanlage vorgestellt hatte, summte der Türöffner, und sie wurden eingelassen.

„Wir haben bereits an dem tragischen Abend kurz mit Ihnen gesprochen", sagte Permann. „Aber wir müssen Ihnen noch einige weitere Fragen stellen."

Die große, dunkelhaarige Frau wirkte gefasst und ruhig. Sie nickte.

„Wurde Ihr Mann Kaspar Benedikt in letzter Zeit bedroht, oder ist Ihnen sonst etwas aufgefallen, was aus der Norm gefallen ist, etwas was ungewöhnlich oder anders war?", fragte der Kommissar. „Hat sich Ihr Mann in letzter Zeit anders verhalten als sonst?"

Sabina Benedikt schüttelte den Kopf. „Nein, nicht dass ich wüsste. Er war eigentlich wie immer. Von einer Bedrohung weiß ich auch nichts."

„Können Sie sich vorstellen wer Ihren Mann umgebracht haben könnte? Denken Sie genau nach, bevor Sie antworten!"

„Nein", erwiderte sie nach einem Weilchen, und schüttelte abermals bestimmt den Kopf.

„Können Sie uns bitte noch einmal schildern, wie und wann Sie Ihren Mann am Abend seines Todes gefunden haben." Beatrice schaute ihr in die Augen.

„Es war vorgestern gegen 23.15 Uhr, als ich das Knallen der Balkontür auf der Dachterrasse hörte. Dieses Krachen habe ich mehrmals hintereinander gehört. Ich war schon im Bett. An dem Abend muss wohl plötzlich etwas Wind aufgekommen sein. Beim ersten Knall dachte ich mir, dass Kaspar die Türe schon schließen würde. Ich wusste ja, dass er oben war, aber dann knallte die Tür noch zweimal hintereinander zu. Ich bin dann nachsehen gegangen. Und dann habe ich ihn auf seiner Liege ausgestreckt vorgefunden. Überall war Blut. Ich habe sofort die Polizei gerufen." Sie schluckte.

„Und Sie wussten sofort, dass er tot war?" Die große Frau starrte Beatrice eine Weile an, bevor sie antwortete.

„Was soll ich dazu sagen? Er lag mit offenen Augen da. Alles war voller Blut. Und er regte sich nicht mehr."

Permann wartete etwas, bevor seine Frage kam.

„Wie lange waren Sie miteinander verheiratet?"

Sabina Benedikt musste einen Augenblick nachdenken. Ihre Augen waren dunkel und müde. Resignation lag in ihrer leisen Stimme. „Schon über 21 Jahre lang. Davon waren die letzten Jahre wohl zu viel."

Eine Weile lag bedrückende Stille über den Ermittlern und der Frau. Dann fuhr Beatrice fort.

„Ihre Beziehung war also nicht mehr sehr gut."

Die große Frau lachte bitter auf.

„Das kann man wohl so sagen. Sie hat in den letzten zehn Jahren praktisch nicht mehr existiert. Wir haben nebeneinanderher gelebt." Wieder lastete die Stille drückend über ihnen. „Ich wollte mich scheiden lassen, aber das wollte er nicht, und so bin ich eben geblieben."

„Mhmm, ja." Beatrice wartete. Sabina Benedikt fasste sich wieder ein Herz und fuhr schließlich leise fort. Sie sprach wie zu sich selbst.

„Er ist in den letzten Jahren ständig fremdgegangen, wissen Sie? Seine letzte Beziehung hat wohl an die zehn Jahre lang angedauert. Soweit ich weiß."

„Können Sie uns den Namen und vielleicht die Adresse seiner letzten Geliebten nennen?" Beatrice wartete. Die große Frau nickte.

„Ich habe sie zufällig einmal miteinander gesehen, und da habe ich begonnen etwas über sie in Erfahrung zu bringen. Ich kannte sie vom Sehen aus dem Krankenhaus. Da hat sie wohl gearbeitet. Wissen Sie, er hat sich wenig Mühe gegeben seine Beziehungen geheim zu halten." Die Frau nannte ihnen die Daten der Geliebten Benedikts, und Permann notierte sie.

„Noch etwas." Der Kommissar zog ein Foto von Karl Brandis aus der Tasche seines hellen Jacketts, zeigte es ihr. „Kennen Sie diesen Mann? Schauen Sie gut hin, lassen Sie sich Zeit, bevor Sie antworten."

Frau Benedikt nahm das Foto und betrachtete es lange. „Nein. Den habe ich nie gesehen." Ihre Antwort klang bestimmt, und sie gab ihm das Foto zurück.

„Dieser Mann heißt Karl Brandis. Haben Sie diesen Namen schon einmal gehört?" Wiederum schüttelte die Frau den Kopf.

„Dann wäre das vorläufig alles", sagte der Kommissar. „Aber wir werden Ihnen später sicher noch weitere Fragen stellen müssen."

Sie nickte.

Niederrasen bei Bruneck, 11.30 Uhr

Die Geliebte von Kaspar Benedikt lebte im Dörfchen Niederrasen am Eingang des Antholzertales, etwa zehn Kilometer weit von Bruneck entfernt. Nach einer kurvenreichen Fahrt bogen sie von der Staatsstraße nach links ins Seitental ab, das besonders durch den Biathlonsport bekannt geworden war und kamen auf eine Straße, die links und rechts von turmhohen Bretterstapeln eines nahen Sägewerks gesäumt war.

Sie fanden das Dörfchen sofort, welches wie hingegossen im Talgrund dalag. Im Hintergrund erhoben sich über tiefgrünen Wäldern die mächtigen Gipfel der Rieserferner-Gruppe. Der Winter war niederschlagsreich gewesen, und oberhalb von 2.500 Metern leuchteten noch die Schneefelder ins Tal herunter.

Sie fanden das kleine Haus sofort, das sich am Dorfrand in eine kleine Bodenmulde duckte. Als sie das Auto am Straßenrand abstellten, und auf das Häuschen zugingen, schlug ein Hund an.

Auch aus der Nähe war das kleine Haus hinter dem fast mannshohen Holzzaun kaum zu sehen. Der Name am Postkasten, welcher an der Einfriedung befestigt war, bestätigte, dass die Frau hier wohnte. Der Kommissar fand das Gatter im Zaun, und sie traten auf den Schotterweg, der auf das Häuschen zuführte. Zwei Mauern aus kunstvoll aufgeschichteten Feldsteinen säumten den Weg. Dahinter verbargen sich noch winterlich kahle Beete, die aber dennoch von einer Schar von Gartenzwergen bewacht wurden.

Als sie auf das Haustor zugingen, schaute Beatrice ihren Chef an und konnte sich eine Bemerkung nicht verkneifen.

„Warum müsst ihr Südtiroler euch immer einmauern, verschanzen, verstecken? Euch mit Zäunen umgeben? Das werde ich nie begreifen." Sie verzog den Mund.

„Das machen die hohen Berge und die engen Täler, die uns geprägt haben." Permann lächelte. „Und die raue Natur, gegen die wir uns ständig verteidigen müssen. In uns fließt eben noch das Blut unserer Ahnen, die jedem Quadratmeter Boden etwas Essbares abringen mussten. Das war ein Kampf um Raum und Nahrung. Das macht verschlossen, abweisend und misstrauisch." Der Kommissar lächelte verschmitzt.

„Du hast leicht reden. Du bist in der Poebene aufgewachsen, und da braucht es keine Zäune. Die Landschaft und das Klima prägen eben den Charakter eines Menschen, das kannst du mir glauben. Das kann man auch in der entsprechenden Literatur nachlesen."

„Aha", meinte Beatrice daraufhin lakonisch und klingelte an der Haustür.

Permann glaubte gesehen zu haben, dass sich die Vorhänge dahinter kurz bewegt hatten. Die Tür ging einen Spalt auf. Die Frau, die vor ihnen stand, war einen Kopf kleiner als der Kommissar. Sie hatte ein hübsches Gesicht und eine schöne, sportliche Figur, aber die Schicksalsschläge des Lebens hatten auf ihrem Gesicht tiefe Fältchen hinterlassen. Permann schätzte die Frau auf etwa vierzig Jahre,

„Ich kaufe nichts, und ich möchte auch mit den Zeugen Jehovas nichts zu tun haben!", rief sie barsch, und wollte das Haustor wieder schließen.

„Wir sind keine Zeugen Jehovas und auch keine Marocchini, keine Wanderhändler." Beatrice zückte schnell ihren Ausweis und hielt ihn schnell vor das Gesicht der Frau.

„Wir kommen von der Kripo Bozen. Das ist Kommissar Fritz Permann."

Permann sah, wie die Frau zusammenzuckte.

„Kripo Bozen? Und was wollt ihr von mir?"

„Sie kannten doch Kaspar Benedikt, den Rechtsanwalt aus Bruneck, nicht wahr?" Beatrice hielt kurz inne, aber die Frau reagierte nicht.

„Sie hatten doch eine Beziehung mit ihm. Das stimmt doch." Ein kurzes Erschrecken flackerte über das Gesicht der Frau, aber dann blieb ihre Miene verschlossen und ausdruckslos.

„Sie wissen bestimmt was mit ihm passiert ist", fuhr Beatrice fort. „Sie wissen sicher, dass er ermordet wurde."

Das Gesicht der Frau wurde abweisend. Ein Ausdruck galliger Bitterkeit trat auf ihr Gesicht, und die Mundwinkel zogen sich nach unten. Der Kommissar registrierte, dass ihre Augen gerötet waren. Sie musste in letzter Zeit viel geweint haben.

„Das geht euch gar nichts an. Das ist Privatsache!" Ihre harte Reaktion kam ganz plötzlich, und sie sahen, dass sie ihnen wieder die Haustür vor der Nase zuschlagen wollte. Der Kommissar reagierte geistesgegenwärtig und stellte einen Fuß in die Öffnung.

„Oh doch, das geht uns sehr viel an." Permanns Blick war scharf geworden. „Wir ermitteln im Mordfall Kaspar Benedikt und im Mordfall Karl Brandis. Sie kannten Benedikt gut. Sehr gut, das wissen wir. Und wir brauchen Informationen, die nur Sie uns liefern können."

Von der Frau kam offensichtlich nichts mehr und der Kommissar fuhr fort.

„Sie kannten ihn seit etwa zehn Jahren. Sie hatten eine Beziehung mit Kaspar Benedikt, das stimmt doch, oder nicht?"

„Wer sagt das?", schnarrte sie.

„Frau Benedikt sagt das, Sabina Benedikt. Seine Frau."

Die Bitterkeit in ihrem Gesicht wich nicht und ihr Gesicht blieb verschlossen und abweisend. Permann wartete eine Weile und fuhr fort.

„Jetzt lassen Sie uns herein. Wir müssen darüber reden."

„Nein, lassen Sie mich in Ruhe, ich habe Ihnen nichts zu sagen. Das ist reine Privatsache!" Wieder riss sie an der Haustür, und wollte sie zuschlagen.

„Gut." Permanns Fuß blieb im Türspalt. Er war ganz ruhig. „Dann werden wir jetzt einen Streifenwagen rufen, und Sie mit Blaulicht und Sirene nach Bozen auf die Quästur bringen lassen. Haben Sie das verstanden? Und zwar sofort. Heute noch. Wollen Sie das wirklich? Wenn Sie das vermeiden wollen, dann reden Sie!"

Kommissar Permann sah, wie das Gesagte Wirkung zeigte. Sie musste es nur noch kurz verdauen. Permann sah sie schlucken. Er wusste, dass in den Dörfern nichts schlimmer war, als das Aufsehen der Nachbarn zu erregen. Man hatte Angst ins Gerede zu kommen. Von der Polizei mit Blaulicht und Sirene abgeholt zu werden? Nein, das ging gar nicht.

„Also ja, dann kommen Sie halt herein." Sie seufzte resigniert, und öffnete die Haustür einen Spalt.

Der Kommissar musste seinen Kopf einziehen als sie eintraten. In der Stube stand ein riesiger, alter Bauernofen, der einen guten Teil des niederen Raumes ausfüllte. Die Decke und die Wände waren mit einer alten, fleckigen Täfelung verkleidet.

„Setzen Sie sich. Möchten Sie einen Kaffee?" Benedikts Geliebte wirkte plötzlich weniger störrisch. Permanns Drohung schien Wunder gewirkt zu haben. Die Polizisten verneinten.

Der Kommissar nickte Beatrice kurz zu. Er überließ ihr die Führung des Gesprächs. Von Frau zu Frau.

„Sie hatten also eine zehnjährige Beziehung zu Kaspar Benedikt?"

Sie nickte.

„Wann haben Sie ihn das letzte Mal gesehen?"

„Vorgestern gegen fünf Uhr in seinem Büro in Bruneck. Ich bin bis etwa sechs Uhr dortgeblieben, und dann sind wir beide wieder nach Hause gegangen. Das war das letzte Mal, dass ich ihn gesehen habe." Die Stimme der Frau klang leise und traurig, und Permann sah wie sie mit den Tränen zu kämpfen begann.

„Ist Ihnen an seinem Verhalten etwas aufgefallen? Irgendetwas? War er in den letzten Tagen anders als sonst? Nervös, aufgeregt, unruhig vielleicht?"

„Nein, er war wie immer."

„Wie war Ihre Beziehung? Wir wollen einen Eindruck davon bekommen. Wie haben Sie ihn kennengelernt?"

Die Frau zögerte einen Moment, und Permann sah, wie sie mit sich kämpfte. Er dachte schon, sie würde die Aussage verweigern und sah, wie sie um Worte rang. Dann begann sie leise und stockend zu reden. Es klang so, als würde sie Rechenschaft vor sich selber ablegen.

„Ich habe ihn auf einer Bergtour getroffen. Zuerst war alles nur Spaß, und dann habe ich mich in ihn verliebt. Ich kam nicht mehr von ihm los... es ging immer weiter, mit Höhen und Tiefen, bis heute... Es war nicht leicht, und man schwankt zwischen Glücksgefühl, Sehnsucht und Verzweiflung... Wenn ich ihn gebraucht hätte, war er nicht da... Man hofft immer, obwohl man weiß, dass sich nichts ändert, und dass man immer nur teilen muss... Ich hatte sonst niemand, und konnte darüber auch mit Niemandem sprechen." Dann versagte ihre Stimme, und sie begann zu weinen und dann zu schluchzen. In Permann begann sich Mitleid zu regen.

„Ich weiß nicht, ob er mich auch geliebt hat. Er hat nie etwas gesagt." Ihre Stimme versagte, und dann weinte sie wieder. Sie vergrub ihr Gesicht in den Händen, und ihr ganzer Körper wurde von heftigen Weinkrämpfen geschüttelt.

Beatrice und der Kommissar sahen einander betreten an.

Nach einer ganzen Weile bedrückenden Schweigens, das nur das leise Weinen der Frau ausfüllte, fragte Beatrice weiter.

„Hat Kaspar Benedikt irgendwann einmal verlauten lassen, dass er in Schwierigkeiten steckt, oder dass er bedroht wird? Oder dass er Angst hat?"

„Nein." Die Frau klang bestimmt. „Er hat nie etwas davon gesagt."

Dann fragte Beatrice, obwohl Permann spürte, dass es ihr widerstrebte: „Was haben Sie am Abend gemacht, nachdem Sie auseinander gegangen sind?"

„Ich bin nach Hause gefahren. Ich war wohl so gegen 18.30 Uhr hier. Danach habe ich ferngesehen, und bin gegen 22.00 Uhr ins Bett gegangen."

„Kann das jemand bestätigen?"

„Nein. Ich war allein da." Nach einem kurzen Moment fuhr die Frau aber fort. „Aber, das fällt mir jetzt ein, ein Nachbar hat mich wohl mit dem Auto kommen sehen."

„Welcher Nachbar war das?"

„Na, der gleich nebenan. Es ist die Hausnummer 15."

„Wir werden das überprüfen." Beatrice nickte.

„Noch etwas." Der Kommissar übernahm wieder. „Hat Benedikt jemals den Namen 'Karl Brandis' erwähnt, oder haben Sie ihn einmal in Begleitung dieses Mannes gesehen?" Er zeigte ihr das Foto.

Sie nahm es, und betrachtete es eine Weile. „Nein." Ihre Stimme klang sicher. „Ich habe den Mann nie gesehen."

„Dann war es das auch schon für heute." Permann nickte ihr zu. „Aber wahrscheinlich müssen wir Ihnen zu einem späteren Zeitpunkt weitere Fragen stellen. Wenn Ihnen inzwischen irgendetwas einfallen sollte, auch wenn es Ihnen nicht so wichtig erscheint, dann rufen Sie uns an." Er überreichte ihr eine Visitenkarte. Die Frau nickte. Sie atmete sichtbar auf und war erleichtert, dass das Verhör endlich vorbei war.

„Die Frau tut mir leid." Kommissar Permann und Beatrice saßen beim Mittagessen. Auf der Rückfahrt hatten sie einige Kilometer vor Bruneck im Dorf Percha in einer Pizzeria namens „Koriander" Halt gemacht. Sie aßen.

Beatrice blickte ihn an.

„Mir auch, sehr." Ihre Stimme klang leise.

„Auch weil ich glaube, dass ich mich gut in sie hineinversetzen kann. Weißt du Fritz, ich war über zwei Jahre lang in der gleichen Situation wie sie. Ich war auch mit einem verheirateten Mann zusammen, und ich war sehr verliebt in ihn. Aber es war ein Leben zwischen Glücksgefühl, Hoffen, Sehnsucht und Verzweiflung, genauso wie es die Frau geschildert hat."

Sie stockte für einen Moment, sprach dann weiter.

"Von außen mag man vielleicht glauben, dass die Rolle als Geliebte viele Vorteile hat. Es gibt keinen Streit mit dem Partner um Alltagsprobleme. Das Prickeln des Neuen bleibt länger erhalten, und der Partner ist aus einem schlechten Gewissen heraus finanziell überaus spendabel."

Beatrice lachte kurz auf, aber der Schalk in ihren Augen erlosch schnell wieder.

„Nein, Fritz, Spaß beiseite, Geld war mir nie wichtig in einer Beziehung. Ich kann schon für mich alleine sorgen. Ich wollte immer finanziell unabhängig von einem Partner bleiben."

Permann nickte zustimmend.

„Ja, und mit der Zeit kommt dann Unzufriedenheit auf, denn der Geliebte teilt die Wochenenden, die Feiertage und den Urlaub weiterhin mit seiner Frau und seinen Kindern. Niemals kann es spontane Treffen geben. Er allein bestimmt die Regeln. Irgendwann sehnt man sich immer mehr nach allem, was zu einer normalen Beziehung gehört: sich in der Öffentlichkeit zeigen, Hand in Hand spazieren gehen, in den Urlaub fahren, und nicht heimliche Treffen in einer Bar an einem Ort, in dem man nicht erkannt wird. Das Schlimmste ist, wenn man den Partner brauchen würde, wenn man allein und traurig ist, ist er nicht da. Mehr als einmal habe ich mir vorgestellt, wie es wohl wäre, wenn jemand aus meiner oder seiner Familie sterben würde, und ich könnte nicht neben ihm sein, oder er neben mir. Beim Begräbnis. Weil ich nicht offiziell in seine Familie gehöre, oder er nicht in meine. Eine traurige Vorstellung, das kannst du mir glauben."

Permann unterbrach sie nicht und nickte zustimmend.

„Man kann ihn nicht den Freunden vorstellen, und man ist sehr, sehr viel allein. Es ist ein Leben im Untergrund, im Verborgenen. Ein Scheißleben, im Nachhinein betrachtet."

Beatrices Augen waren auf den Teller vor ihr gerichtet.

„Weißt du Fritz, es ist ja nicht so, du weißt es selbst, dass ein Ehemann nie seine Frau verlässt. Aber das passiert, statistisch gesehen, nur in einem von zehn Fällen. Immer hofft man der eine von den zehn Fällen zu sein. Aber, die Erfahrung zeigt auch, wenn sich jemand trennt, dann geschieht das meistens schnell. Wenn etwas so einen langen, zähen, oft quälenden Verlauf hat, ist es oft schon vorbei, bevor es richtig beginnt. Man will es sich nur nicht eingestehen. Weißt du, seine Ehefrau hat einen entscheidenden Vorteil: Sie ist schon länger da, und die Geliebte muss erst einmal besser sein als sie. Außerdem verbinden Ehepartner schöne Erinnerungen miteinander. Man will die Kinder nicht verunsichern und enttäuschen oder traumatisieren. Gemeinsames Eigentum ist auch da. Nein, es ist nicht leicht sich zu trennen."

Sie wurde wieder für eine Weile still, und dann fuhr sie wieder fort.

„Wenn man den Mann wirklich haben möchte, muss man das bisherige Leben seiner Frau und das der Kinder zerstören. Dazu kommt auch noch das schlechte Gewissen. Dieser Zwiespalt bringt einen in erhebliche seelische Bedrängnis, das kannst du mir glauben, Fritz."

„Oh ja, ich denke, dass ich dir das sehr wohl nachempfinden kann, Beatrice." Permanns Stimme war leise und mitfühlend.

„Anderen scheint es nichts auszumachen, in so einer Beziehung zu leben", fuhr sie fort. „Aber ich bin nun mal ein sensibler Mensch. Es war ein ständiges Hin und Her. Nach zwei Jahren, in denen ich sehr viel gelitten habe, habe ich mir endlich professionelle Hilfe gesucht. Allein kam ich einfach nicht mehr weiter. Keinen Millimeter. Ich habe das Glück gehabt, mit einer guten Psychologin sprechen zu dürfen. Sie hat mir behutsam klar gemacht, dass ich viel Energie und Lebenszeit in eine Freundschaft stecke, bei der nur ich allein die Investition tätige, und bei der ich aller Voraussicht und Erfahrung nach auch noch verlieren würde. Sie konnte mir zeigen, dass es wichtig ist, einen Weg zu finden, zufrieden und ausgeglichen zu leben. Ohne Leidensdruck, ohne innere Zerrissenheit, ohne ewige Warterei, ohne Abhängigkeiten, und ohne Illusionen. Schließlich habe ich es endlich geschafft, mich von ihm zu trennen. Aber es hat sehr, sehr wehgetan. Er hätte es ewig so weiterlaufen lassen, auch aus Bequemlichkeit. Er wollte oder konnte sich nicht entscheiden. Wahrscheinlich wollte er es ganz einfach nicht."

Beatrice seufzte. „So, das reicht jetzt. Ich habe dir jetzt genug vorgejammert, Fritz."

Der Kommissar schluckte. Die Gedanken schossen durch seinen Kopf.

„Welch verdammter Glücksfall mit so einer Kollegin zusammenzuarbeiten zu dürfen. Es ist überhaupt nicht selbstverständlich mit einem Menschen so auf der gleichen Wellenlänge zu sein. Wir sind uns so ähnlich, da sind die gleiche Sensibilität, eine ähnliche Einstellung zum Leben."

Schließlich antwortete er leise: „Du hast doch überhaupt nicht gejammert. Danke, Beatrice, dass du mir das anvertraut hast. Es ehrt mich sehr. Ich finde, du bist eine ganz außergewöhnliche, starke Frau, und ich freue mich ganz fest, weil ich weiß, dass es dir jetzt gut geht."

Sie lächelte versonnen.

„Ja, jetzt geht es mir wirklich wieder gut. Und danke Fritz für deine Freundschaft. Aber bevor jetzt zu viel Sentimentalität aufkommt: Diese Geliebte kann doch wohl nie und nimmer etwas mit dem Mord an Benedikt zu tun haben."

„Nein, ich denke auch, dass sie damit nichts zu tun hat. Dafür gibt es meiner Meinung nach einige gewichtige Gründe. Erstens, sie hat ihn zu sehr geliebt. Noch. Zweitens, wie sollte sie an ein Profi-Scharfschützengewehr kommen, mit dem wir es offensichtlich zu tun haben? Ich kann mir nicht vorstellen, dass diese zarte Frau mit einem solchen Mordinstrument umgehen könnte. Drittens ist da auch noch der Mord an Brandis mit derselben Waffe. Viertens hat sie wohl doch ein Alibi für die Tatzeit. Ihr Nachbar hat ja bestätigt, dass sie gegen 18.30 Uhr nach Hause gekommen, und nicht wieder weggefahren ist. Und fünftens, glaube ich, hat mich mein Gespür wohl doch noch nicht ganz verlassen."

Beatrice nickte. „Dann stehen wir also immer noch am Anfang."

„So ist es wohl, leider." Der Kommissar hob resigniert die Hände.

Sand in Taufers, 21. Juni, gegen 21.00 Uhr

Die Angst war zum ständigen Begleiter geworden. Die Angst hatte sich in sein Leben geschlichen und ließ ihn nicht mehr los. Sie hatte ihn im Griff, strich ihm über die Nervenstränge wie ein schartiges Messer. *Er* musste es gewesen sein. War er, Oskar Hofer, das nächste Opfer des Verrückten?

Er musste etwas tun! So konnte er auf keinen Fall weiterleben, mit dieser Angst, die ihn für den Rest des Lebens lähmen, und früher oder später auffressen und umbringen würde.

Diese Angst musste aufhören. In den letzten Stunden hatte er sich nicht einmal mehr aus dem Haus getraut. Nicht einmal mehr auf den Balkon hinaus zum Rauchen. Seine Frau hatte ihn schon gefragt, ob er denn mit dem Rauchen aufhören wolle.

„Ja, verdammt, und kümmere du dich um deinen eigenen Kram", hatte er zornig geantwortet.

Natürlich war das mit dem Rauchen-Aufhören kein Thema für ihn. Wozu auch? Er wollte nur den Abend abwarten, dann konnte er in der Dunkelheit wieder auf den Balkon, und war dort sicher vor dem Verrückten.

Es war der längste Tag des Jahres, der 21. Juni. Oskar Hofer tigerte in seiner Wohnung in St. Moritzen, einem Weiler am Rande von Sand in Taufers im Pustertal, auf und ab. Es wollte und wollte einfach nicht dunkel werden. Die Nervosität drohte ihm den Verstand zu rauben.

„Manchmal rennt die Zeit davon, und heute kriecht sie wie eine Schnecke."

Er stand am Fenster und schaute hinter dem Vorhang hinaus.

Oskar Hofer beobachtete, wie die Sonne nach und nach zurückwich, und die Schatten langsam über den Wald hinaufkrochen. Sie war über die Berge im Westen gewandert, und war jetzt am Versinken und kaum noch zu sehen. Die Häuser warfen lange Schatten. Fernsehen, die Nachrichten, ein Krimi. Hofer konnte sich nicht auf die Handlung im Film konzentrieren. Die Uhr zeigte 21.15 Uhr.

„Immer noch hell, verdammt." Er fluchte in seinen Gedanken.

„Geh doch endlich eine rauchen, das hältst du doch nicht aus. So bist du unausstehlich, wie immer." Seine Frau saß auf dem Sofa und sah fern. Hofer warf ihr als Antwort einen eisigen Blick zu. Daraufhin stand sie wortlos auf und zog sich in ihr Zimmer zurück. Ihm war das nur recht so.

Noch ein Krimi lief, inzwischen war es 21.30 Uhr geworden. Die Straßenlaternen gingen an, und in den Häusern flammten die ersten Lichter auf. Endlich begann es zu dämmern, zu dunkeln.

Auf einmal kam sein plötzlicher Entschluss. „Ja morgen. Morgen. Es muss sein! Morgen früh gehe ich direkt zur Polizei. Ich hätte das eigentlich sofort tun müssen. Aber egal, dann eben morgen. Und wenn es der Verrückte war, dann habe ich bald wieder meine Ruhe." Er atmete durch. „Und jetzt endlich eine rauchen!" Oskar Hofer schnippte sich eine Zigarette aus der Packung, nahm das Feuerzeug, und trat auf den kleinen Balkon hinaus. Er schaute zum Hang hinauf, auf welchem seit Jahrhunderten, grau und trotzig, in der Dämmerung von Scheinwerfern angeleuchtet Schloss Taufers stand. Hofer ließ das Feuerzeug aufflammen, und hielt die Flamme an die Zigarette. „Endlich wieder eine rauchen!", dachte er, als der Rauch in seinen Lungen brannte, und das Nikotin in sein Gehirn schoss. Er spürte, wie er ruhiger wurde. Stieß den Rauch aus, und saugte sofort wieder an der Zigarette, so wie ein Ertrinkender nach Luft schnappt. Es knisterte leise, als sich die Glut in den Tabak fraß.

Sand in Taufers, 21.30 Uhr

Der Mann kam aus der Finsternis des vergehenden Tages. Er ging vom Schloss Taufers den Weg zum verlassenen „Burgcafé" hinüber, und stieg dann über die einsamen Wege und Steige zum Wald oberhalb des Weilers St. Moritzen hinauf. Er hatte keine Eile. Er wusste, der dritte Mann würde da sein. Er brauchte nur zu warten.

Schon am Vorabend war er da gewesen, und hatte ihn beobachtet. Der Mann hatte eine Stange, die er von einem nahen Brennholzstapel genommen hatte, in Brusthöhe über die Äste von zwei nebeneinanderstehenden Fichten gelegt. Dahinter konnte er bequem stehen. Ruhig nahm er seinen schweren Rucksack vom Rücken und öffnete ihn. Griff hinein. Mit einem metallischen Klicken rasteten die Teile des Gewehres ein. Die Handgriffe waren ihm zur Routine geworden. Er setzte das Nachtsichtgerät auf die Schiene, und legte das Gewehr auf die Holzstange auf. Das Zweibein würde er heute nicht brauchen. Als er fünf Minuten durch das Nachtsichtgerät hinunter auf den Balkon des Hauses in St. Moritzen gespäht hatte, sah er Oskar Hofer aus seiner Wohnung treten. Auch gestern hatte das der Mann schon gemacht, immer wieder, in ziemlich regelmäßigen Abständen von etwa zehn Minuten. Seine schwarzen Umrisse zeichneten sich im phosphoreszierenden Grün des Bildes im Nachtsichtgerät deutlich ab.

Hofers Feuerzeug flammte auf. Dann leuchtete in regelmäßigen Abständen die Glut der Zigarette als glühender Punkt in der Dunkelheit auf. Oskar Hofer saugte daran wie ein Ertrinkender an einem Strohhalm. Der Mann richtete das Fadenkreuz auf die Zigarettenglut und wartete. Er atmete ruhig, ließ ihn rauchen.

„Deine letzte Zigarette", dachte er.

Dann, auf einmal, hielt er die Luft an, krümmte den Finger, erreichte den Abzugspunkt und drückte ab. Er spürte den leichten Rückstoß des Gewehres und den Wind der Mündungsbremse, welcher über sein Gesicht wehte. Er sah, wie der Kopf des Mannes explodierte.

Dann wandte er sich wieder ab. Einen Moment flackerten seine Augen hinter der Sturmhaube weiß auf. Er hob die ausgeworfene Patronenhülse auf, zerlegte das schwere Gewehr ruhig mit wenigen Handgriffen, verstaute die Teile im Rucksack und ging in die Finsternis zurück. Er hatte keine Eile. Er kannte seinen Weg. Niemand würde ihn aufhalten.

Sand in Taufers, 22. Juni, 05.30 Uhr

Die Sonne war im Osten über den Bergkamm der Rieserferner-Gruppe gestiegen, und tauchte die Wälder über dem Tauferer-Tal in ein goldenes Licht. In der Nacht hatte es leicht geregnet. Die Feuchtigkeit hing noch in leichten Schleiern über den Feldern nahe der Ahr. Es würde wieder ein herrlicher Tag werden.

Um 05.30 Uhr klingelte der Wecker. Oswald Brandner stand auf und war bester Dinge. Er stellte die Kaffeekanne auf den

Gasherd, und als der Kaffee brodelnd aufgestiegen war, goss er sich ein und frühstückte ausgiebig. Um sechs Uhr würde er ins Reintal hinauffahren und den Schneebigen Nock, einen Dreitausender der Rieserferner-Gruppe, besteigen. Sein zweiwöchiger Sommerurlaub hatte begonnen. Für zehn Tage würde er dann an die Adria, nach Caorle fahren, mit seiner Frau und dem Kind. Herrlich, bei diesem Wetter! Er freute sich. Die Gedanken an die stickige Fabrikhalle beschloss er zu verdrängen, zu vergessen. Für zwei Wochen zumindest.

Er trat auf den Balkon, gähnte und streckte sich. Das Dorf Sand in Taufers war noch nicht erwacht. Auch im Haus rührte sich noch nichts. Er blickte aus der Balkontür seiner Küche.

Plötzlich kroch ihm ein kalter Schauer über den Rücken, und er fühlte wie sich seine Nackenhärchen aufrichteten.

„Verdammt, was ist das?" Er spürte wie sein Herz wild gegen die Rippen zu hämmern begann. „Blut, das ist ja Blut!" Panisch sah er nach oben. Das kam vom Balkon über ihm! Auf der Tropfkante der Betonplatte über ihm bildeten sich, ganz langsam, aber mit unerbittlicher Regelmäßigkeit, große Tropfen, einer nach dem anderen. Fielen herunter, zerplatzten auf seinem Balkongeländer, und zerstäubten.

„Verdammt, was ist da los?" Alles in ihm schrie lautlos auf. Die Verwirrung hielt ihn eine Zeit lang gefangen. Er war wie gelähmt, wusste nicht was er denken und tun sollte. Endlich konnte er einen Entschluss fassen. Er riss sich aus seiner Erstarrung los, hastete zur Wohnungstür, riss sie auf und lief. Lief. Lief hinunter durch das Stiegenhaus, auf die Straße, um das Haus. Er musste sehen, was da oben auf dem Balkon über ihm los war. Gehetzt sah er hinauf, sah noch nichts. Er musste weiter von der Hausmauer weg, um hinauf sehen zu können. Wollte über den Rasen laufen. Plötzlich erstarrte er in seinem Lauf. Eine plötzliche Übelkeit stieg in ihm auf, und dann brach das Frühstück wie ein Sturzbach aus ihm heraus.

Bozen, in der Nacht des 22. Juni

Christa Permann träumte. Es war ein wilder, brutaler Traum, und als sie schreiend aus ihrem Albtraum erwachte, wusste sie noch genau, was sie geträumt hatte.

Sie lag allein auf einem fremden Strand. Der Himmel über ihr war fahlgelb, das Meer vor ihr schmutzig braun. Ein blutroter Mond erhob sich aus dem Meer, und stieg langsam in den fahlgelben Himmel. Plötzlich ergriff sie eine namenlose Angst. Sie wollte aufspringen, davonlaufen, aber irgendetwas hielt sie gefangen. Wie ein Schraubstock. Sie war erstarrt, unfähig sich zu bewegen. Schauer jagten über ihren Körper. Auf einmal verwandelte sich der rote Mond in eine furchterregende Fratze, und dann sah sie aus dem Meer eine Meute schwarzer Wölfe aufsteigen und auf sie zujagen. Geifernd kamen sie näher, immer näher und näher und stürzten sich auf sie. In wilder Verzweiflung schlug sie um sich, doch sie konnte die Ungeheuer nicht von ihr fernhalten. Spürte wie sich die Wolfszähne in ihren Körper gruben, und wie sie in sie eindrangen.

Schreiend erwachte sie. Sie wusste nicht, wo sie war, konnte sich im ersten Moment nicht orientieren. Spürte ihr Herz rasend gegen die Rippen hämmern. Sie weinte, machte Licht. Sah ihren Mann, wie beruhigend auf sie einredete. Endlich begriff sie, dass sie in Sicherheit war, dass die Bestien ihr nichts anhaben konnten. Sie sank erleichtert in die Kissen zurück. Doch ihre Unruhe blieb. Tickend verrann die Zeit. Der Wecker zeigte sechs Uhr morgens. Sie stand auf, wankte ins Badezimmer, duschte, tastete über ihren Körper. Suchte instinktiv nach den Bissspuren der rasenden Wölfe. Noch immer hielt sie der wilde Traum gefangen, und dann ertastete sie den Knoten in ihrer Brust.

Fritz hatte schon Kaffee gemacht, wartete an der Tür, und wollte sie in seine Arme nehmen. Als Christa bleich in die Küche trat, spürte er sofort, dass etwas nicht so war wie sonst.

„Ich habe einen Knoten in meiner Brust gefunden, Fritz." Christa schaute ihn verzweifelt an.

Der Kommissar spürte, wie es ihm den Atem fing. Sie blieben stumm, schauten sich hilflos an. Als er ihre Hand nehmen wollte, zerriss das brutale Schrillen seines Telefons die Stille. Er musste den Anruf annehmen.

Sand in Taufers, 22. Juni, 10.00 Uhr

Kommissar Fritz Permann und Beatrice del Piero blickten wie betäubt auf den Rasen vor ihnen. Der Kommissar spürte wie sich seine Nackenhaare sträubten. Vor ihnen lag ein blutiger Fleischfetzen. Sie bückten sich. Ja, das war ein Teil eines Gesichtes, ein Auge, ein Mund, und die blutigen Haare darüber waren einmal ein Schnauzbart gewesen.

Sie wandten sich ab, sahen einander stumm an. Der Kommissar sah das Entsetzen und die fahle Blässe in Beatrices Gesicht.

Die Stimme des Carabinieri-Maresciallo von Sand in Taufers war beinahe ein Flüstern. „Sein Nachbar Oswald Brandner hat das gefunden."

„Wieder das gleiche Phänomen wie in Schlanders und Bruneck", dachte Permann. „Der Tod macht ehrfürchtig und sprachlos. Als ob man fürchtete, die Totenruhe durch zu lautes Reden zu stören."

Sie gingen zum Hauseingang. Hinter ihnen tropfte noch immer langsam, aber mit unerbittlicher Regelmäßigkeit Blut vom Balkon auf das Geländer des darunter liegenden. Die Tropfen prallten hart auf das Eisengeländer, zerstäubten in einem leichten Sprühregen, und überzogen den Rasen wie mit rotem Lack.

Sie stiegen langsam die Treppen zu Oskar Hofers Wohnung hinauf. Der Maresciallo ging ihnen voraus.

„Oskar Hofer, 54, Fabrikarbeiter. Verheiratet. Seine Frau hat ihn gefunden. Sie hat einen Nervenzusammenbruch erlitten und wurde ins Brunecker Krankenhaus eingeliefert." Die Stimme des Beamten war noch immer ein leises Raunen.

Sie betraten die Wohnung, und sahen durch die Glastür auf den Balkon hinaus. Oskar Hofers kopfloser Körper lag verkrümmt in einem See von Blut. Überall lagen Gewebeteile und Gehirnfetzen verstreut. Noch immer sickerte ein wenig Flüssigkeit aus dem kopflosen Torso. Das Blut rund herum begann in der Sonne zu trocknen und schwarz zu werden. Ein Schwarm von Fliegen stob auf.

Den Balkon zu betreten war unmöglich, wenn er nicht Spuren vernichten wollte. Der Kommissar stützte sich im Türrahmen ab, streckte seinen Kopf hinaus, und sah den Einschlagkrater des Geschosses in der Hauswand. Die Kugel musste von oben aus dem Wald gekommen sein.

„Wie in Schlanders und Bruneck. Immer wieder diese entsetzlichen Bilder." Permann begutachtete die bizarre Szenerie eine Weile stumm.

„Es war wieder der Mörder von Schlanders und Bruneck. Er hat also wieder zugeschlagen, hier in Sand in Taufers. Wieder ist es ein Schuss aus großer Entfernung, aus dem Hinterhalt gewesen. Das dritte Opfer nun also. Und es war derselbe Mörder."

Sand in Taufers, 22. Juni, 12.30 Uhr

„Was denkst du? Wie schätzt du das Ganze ein?" Der Kommissar wandte sich an Beatrice. Sie aßen in Sand in Taufers im Hotel „Feldmilla" zu Mittag.

Beatrice dachte nach, kaute bedächtig und schluckte einen Bissen hinunter. Ihre Antwort kam erst nach einer ganzen Weile.

„Tja, was denke ich? Wir haben nun drei tote Männer, alle ungefähr im gleichen Alter. Nur der Rechtsanwalt Kaspar Benedikt war ein Jahr älter als die anderen. Alle aus dem Hinterhalt erschossen. Wahrscheinlich war es die gleiche Waffe, dasselbe Vorgehen. Zuerst ein Kleinunternehmer, dann ein Rechtsanwalt und jetzt ein Fabrikarbeiter. Obwohl die drei Männer ganz verschieden waren, muss es doch irgendeine Verbindung zwischen ihnen gegeben haben, davon bin ich überzeugt. Nur welche Verbindung?"

„Hmm, ja, das ist eine gute Frage. Die Gretchenfrage sozusagen."

Permann stützte sein Kinn auf eine Hand.

„Ja, Beatrice, ich denke auch, dass die drei Opfer etwas gemeinsam hatten, dass sie irgendetwas verbunden hat. Nur was? Es muss sie irgendetwas miteinander verbunden haben, obwohl die Familienangehörigen und die anderen Zeugen bisher nicht bestätigen konnten, dass es eine Verbindung zwischen ihnen gegeben hat." Wieder dachte der Kommissar nach.

„Vielleicht liegt diese Gemeinsamkeit, diese Verbindung ja weit in der Vergangenheit zurück. Übrigens, die Frau von Oskar Hofer müssen wir jetzt dringend verhören. Sofort, wenn sie irgendwie vernehmungsfähig ist."

Beatrice nickte. „Nur, wo setzen wir jetzt an? Wie ermitteln wir weiter?"

„Ich weiß es auch nicht."

Permann zuckte seine Schultern, blickte ratlos. „Auf jeden Fall müssen wir weiter in den Lebensgeschichten der Opfer graben. Vielleicht kommen wir ja mit dem dritten Opfer, bei Oskar Hofer irgendwie weiter. Reden wir als nächstes mit seiner Frau. Mal sehen was die aussagt." Beatrice nickte langsam.

„Du, Beatrice, ich befürchte, dass morgen, wenn die Zeitungen wieder erscheinen, die Hölle los sein wird. Sie werden uns in der Luft zerreißen, Ermittlungsergebnisse fordern."

Beatrice schaute betrübt. „Ja genau, das befürchte ich auch. Außerdem wird uns unsere Mumie die Hölle heiß machen. Unser Capo wird sehr nervös sein. Das ist mehr als nur wahrscheinlich."

„Jawoll, ein Sturm zieht auf. Ich spüre es in allen meinen Gliedern." Permann grinste einen Moment lang und blickte dann wieder grimmig.

Irgendwie war ihnen bei diesen Gedanken der Appetit vergangen. Sie zahlten und brachen nach Bruneck auf.

Krankenhaus von Bruneck, 22. Juni, 14.15 Uhr

Im Krankenhaus erlaubte ihnen der behandelnde Arzt, kurz mit Frau Hofer zu sprechen. Als Permann und seine Assistentin ihr Zimmer betraten, schien sie zu schlafen. Beatrice räusperte sich dezent. Die Frau schrak auf, und blickte sie verwirrt an. Ihr Blick war glasig und verschleiert. Sie schien wie durch eine Nebelwand zu schauen.

„Sie haben sie ruhiggestellt", dachte Beatrice und fing vorsichtig an.

„Wir kommen von der Kripo Bozen. Es tut uns leid, was mit Ihrem Mann passiert ist."

Frau Hofer nickte verwirrt. Ihre Augen irrten umher, ohne einen Halt zu finden.

„Sie haben Ihren Mann auf dem Balkon Ihres Hauses gefunden?"

Beatrice sah wie die schreckliche Erinnerung die Augen der Frau weitete. Sie schluckte ein paarmal und nickte schließlich. Ihre Stimme klang brüchig als sie redete.

„Ja, heute am Morgen. Zusammen mit meinem Nachbarn Oswald Brandner. Der hat ihn gefunden und hat Alarm geschlagen."

„Nur ein paar Fragen, Frau Hofer, und dann lassen wir Sie wieder in Ruhe. Das muss leider sein. Es ist sehr, sehr wichtig. Bitte sagen Sie uns, wurde Ihr Mann in letzter Zeit von irgendwem bedroht? Hat er sich vielleicht irgendwie anders verhalten als sonst?"

Frau Hofer biss sich auf die Lippen. Ihre Augenlider flatterten. Schon befürchteten Beatrice und Permann, sie würde gar nichts herausbringen. Doch dann begann sie leise weiterzusprechen.

„Oskar war sehr, sehr nervös in letzter Zeit. Irgendwie war er anders als sonst. Irgendwie neben der Spur. Ich dachte das käme davon, dass er mit dem Rauchen aufhören wollte. Das hat er zumindest behauptet. Aber ich glaube, das war nur ein Vorwand. In Wirklichkeit wollte er nicht damit aufhören. Ich kenne ihn. Ja, er war unruhig. Ganz anders als sonst. Irgendwie abwesend und neben sich."

„Seit wann war er so unruhig?"

Frau Hofer dachte nach. „Seit etwa zwei Tagen, denke ich. Ja, seit zwei Tagen etwa."

„Und er hat nicht gesagt, warum er so unruhig ist?"

„Nein." Ihre Stimme war voller Bitterkeit. „Aber wir haben ja auch leider nicht mehr viel miteinander geredet. Eigentlich überhaupt nicht mehr." Sie seufzte resigniert. „So ist das eben."

Beatrice nickte. „Frau Hofer, überlegen Sie genau, und lassen Sie sich Zeit mit der Antwort. Hat Ihr Mann eine Person mit dem Namen Karl Brandis aus Schlanders und einen Kaspar Benedikt aus Bruneck gekannt? Der war dort als Rechtsanwalt tätig."

Frau Hofer dachte nach, und dann kam ein bestimmtes: „Nein. Ich weiß nichts davon. Ich habe die Namen nie gehört."

Der Kommissar nahm die zwei Fotos der Ermordeten aus der Tasche und reichte sie Frau Hofer.

„Schauen Sie genau hin und lassen Sie sich Zeit dabei. Kennen Sie diese Männer, oder auch nur einen von ihnen?" Umständlich kramte Frau Hofer ihre Brille aus dem Etui auf dem Nachkästchen hervor und setzte sie auf die Nase. Dann betrachtete sie die Bilder lange und aufmerksam. Permann beobachtete ihre Reaktion, aber auf ihrem Gesicht war keine besondere Gefühlsregung zu erkennen.

Und dann kam ihr „Nein."

„Hatte Ihr Mann Feinde? Wüssten Sie jemanden, der Ihren Mann bedroht und ermordet haben könnte?"

Frau Hofer erschrak, schaute ungläubig und kämpfte mit den Tränen. „Nein. Wirklich nicht." Sie war dem Weinen nahe. „Wer tut nur so etwas?"

Sie mussten ihr eine Antwort schuldig bleiben, verabschiedeten sich und gingen.

„Oskar Hofer hat Angst gehabt, verdammte Angst", sagte Permann, als sie das Krankenhaus verließen. „Es könnte sein, dass er gewusst oder geahnt hat, was auf ihn zukommen könnte. Seine Frau hat ausgesagt, dass seine Unruhe vor etwa zwei Tagen begonnen hat. Das war, nachdem der Mord in Bruneck an Kaspar Benedikt bekannt wurde. Aber warum, verdammt noch mal, ist er dann nicht zur Polizei gegangen, wenn er irgendetwas gewusst oder geahnt hat? Warum hat er nicht geredet?"

„Männer, pah."

Beatrice zuckte ihre Schultern. Ihre Stimme klang sarkastisch.

„Sie hatten alle drei Dreck am Stecken und außerdem wollen Männer oft erst dann reden, wenn es schon zu spät ist. Das ist leider eine Tatsache."

„Da hast du wohl Recht damit. Leider. Und Oskar Hofer kann jetzt nicht mehr reden. Für ihn ist es nun definitiv zu spät", brummte Permann grimmig.

Quästur Bozen, 23. Juni, 07.50 Uhr

Die Mumie, Polizeidirektor Ventimiglia, fing Kommissar Permann am nächsten Morgen vor seinem Zimmer ab. Er hieß ihn in sein Büro gehen, und hielt ihm die neueste Ausgabe der lokalen Tageszeitung unter die Nase. „Sehen Sie sich das an!", murrte er.

„Aha, das Gewitter ist aufgezogen. Es geht los." Der Kommissar duckte sich instinktiv etwas unter dem Platzregen, der da auf ihn einprasseln würde.

Die fette Schlagzeile füllte beinahe ein Drittel der ersten Seite. *„Dritter brutaler Mord des Heckenschützen!"*

Darunter in kleinerer Schrift: *„Die Mordserie reißt nicht ab. Das neuerliche Opfer ist ein 54jähriger Fabrikarbeiter aus Sand in Taufers. Die ermittelnde Polizei tappt anscheinend noch immer völlig im Dunkeln. Sind wir alle des Lebens nicht mehr sicher?"*

Der Kommissar überflog den Text:

„Sand in Taufers. Der feige Heckenschütze, der höchstwahrscheinlich bereits in Schlanders und Bruneck zugeschlagen hat, hat einen weiteren Mord begangen. Der Mörder scheint sich seine Opfer vollkommen willkürlich auszuwählen. Dieses Mal hat es den Arbeiter Oskar Hofer aus Sand in Taufers getroffen. Der Mann wurde, wahrscheinlich vorgestern am späten Abend, auf dem Balkon seiner Wohnung im Ortsteil St. Moritzen durch eine Gewehrkugel aus großer Entfernung niedergestreckt. Der Schuss könnte in der Nähe des Sandner Schlossberges abgefeuert worden sein.

Der Tote wurde am Morgen durch seinen Nachbarn aufgefunden. Dieser steht unter Schock, genauso wie die Ehefrau des Toten, sowie die Bürger von Sand in Taufers.

Das Motiv der schrecklichen Morde, welche unser Land erschüttern, scheint vollkommen im Dunkeln zu liegen. Die ermittelnde Polizei bleibt jede Antwort auf die Frage nach dem Warum schuldig. Sie scheint unfähig zu sein, dem Mörder auf die Spur zu kommen. In der Bevölkerung macht sich große Sorge, aber auch Unmut über die Ermittlungsarbeit der Polizei, breit. Wie lange dauert dieser Albtraum noch an?"

„Und, was antworten wir darauf?" Die Mumie blickte den Kommissar anklagend an.

Der Kommissar fühlte, wie ein unbändiger Zorn in ihm hochstieg. Wenn er etwas nicht mochte, dann waren es ungerechtfertigte Vorwürfe. „Herr Polizeichef, was ich darauf antworte ist Folgendes:" Permanns Stimme war völlig ruhig und gefasst. „Erstens habe ich eine Frage: Haben Sie sich die Ermittlungsberichte durchgelesen, die Autopsie-Berichte. Alle Akten zu den Mordfällen? Sie füllen inzwischen drei Ordner."

Permann wartete die Antwort des Alten nicht ab, und sprach weiter. „Wenn ja, dann müssten Sie eigentlich wissen, dass wir mit aller Sorgfalt und mit dem größten Einsatz arbeiten und ermitteln. Wir haben das Leben der zwei bisherigen Opfer durchsucht, und wir werden das auch beim dritten Opfer tun. Wir haben ihre Lebensgeschichten von außen nach innen gekehrt, ihre Verwandten und Bekannten befragt, ihren E-Mail- und Handyverkehr kontrolliert, ihre Aktivitäten im Netz durchleuchtet und ihre Kontobewegungen kontrolliert. Wir haben nach Verbindungen zwischen den Opfern gesucht, haben aber bisher leider noch nichts gefunden. Wir haben viele Spuren verfolgt, und wir werden nicht aufgeben, und weiter ermitteln. Graben und ermitteln, so lang, bis wir den Mörder haben.

Zweitens, noch eine Bitte an Sie." Der Kommissar blickte die Mumie eisig an und die Ironie in seiner Stimme war nicht zu überhören. „Sie mit Ihrer enormen Erfahrung und Ihrem Scharfsinn, sagen Sie uns doch bitte, wie wir weiter ermitteln sollen. Helfen Sie uns doch auf die Sprünge. Sie können uns sicher auf eine neue, verheißungsvolle Spur bringen. Um zehn Uhr haben wir

Besprechung. Ich warte auf Ihre wertvollen Impulse. Dasselbe habe ich Ihnen doch schon einmal gesagt!"

Dann drehte sich Permann um. Er ließ die Mumie, deren Gesicht noch versteinerter und grauer aussah als sonst, stehen, und verließ schnellen Schrittes das Büro.

Quästur Bozen, 23. Juni, 10.00 Uhr

Der Berater der Kripo Bozen, Gerichtspsychologe Dr. Erhard Henning war ein kleiner, rundlicher Mann mit einem ebenso runden Schädel. Diesen zierten eine dicke Brille und ein grauer Haarkranz, welcher seine imposante Glatze umrahmte. Er hatte den Schnauzbart und die traurigen Augen eines Seehundes.

„Dr. Erhard Henning wird uns heute zum Thema 'Rache und Vergeltung' referieren", begann Permann. „Wie ihr wahrscheinlich wisst, ist Rache wegen persönlicher Kränkungen das häufigste Motiv für einen Mord. Ich bin immer mehr der Meinung, dass den drei Morden eben das genannte Motiv zu Grunde liegen könnte. Andere Spuren haben uns an kein Ziel geführt. Probieren wir es also mit diesem Ansatz. Am Ende des kurzen Referates von Dr. Henning sind natürlich Fragen an ihn möglich und erwünscht. So hat er es mir ausdrücklich versichert. Herr Henning ich bitte Sie um Ihren Vortrag."

„Hrrrmmm, hmmm, hrrrmm."

Erhard Henning räusperte sich vernehmlich, er schien einen ordentlichen Frosch im Hals zu haben, und schaute in die Runde. Er zupfte an den Enden seines Schnauzbartes und begann.

„Herr Kommissar Fritz Permann meinte in unserem Vorgespräch, dass er selbst und Sie alle zu wenig über das Thema 'Rache' Bescheid wüssten. Nun ja, das könnte tatsächlich so sein, denn es handelt sich hier um ein zutiefst menschliches Thema, bei dem wir in eigene seelische Abgründe blicken, und deshalb die Tatsachen gerne verschweigen und verdrängen. Hrrrmmm, ja. So ist das." Pause.

„Meine Damen und Herren, zunächst möchte ich Sie ein wenig schockieren. Ich möchte nämlich behaupten, dass sich jeder von Ihnen schon einmal an einem Mitmenschen gerächt hat. Gerächt hat, ja, Sie haben schon alle richtig verstanden, gerächt in irgendeiner Form. Wenn nicht durch Taten, so zumindest in Gedanken. Geben Sie es ruhig zu, denn das ist normal und gehört offenbar zum Menschsein.

Ein paar Beispiele: Kinder rächen sich, indem sie Dinge, Gegenstände oder Besitztümer zerstören, an denen das Objekt ihrer Rache besonders hängt. Das machen Kinder besonders gern, aber nicht nur sie. Sie haben sicher schon alle gehört, dass sich Männer manchmal an ihrem Nebenbuhler rächen, indem sie ihm sein Liebstes, nämlich sein Auto zerkratzen, die Reifen aufstechen, einen Seitenspiegel abreißen oder den geliebten Wagen sonst irgendwie beschädigen. Erwachsene Menschen gehen ziemlich erfinderisch und ausgeklügelt in ihren Racheplänen und Methoden vor. Sie gehen aus Rache mit dem besten Freund, der besten Freundin des anderen ins Bett, machen ihn oder sie öffentlich lächerlich. Sie setzen bewusst Gerüchte über sie/ihn in die Welt, um sie/ihn zu diffamieren und lächerlich zu machen. Solche Gerüchte könnten zum Beispiel sein: Sie/er sei homosexuell, sie/er habe Alkoholprobleme oder Spielschulden. Sie wissen alle, wie schnell sich dann diese Gerüchte verbreiten und einen Menschen schädigen können. Die Sozialen Medien helfen da ganz tüchtig mit. Der Fantasie des Rächers sind keine Grenzen gesetzt. Aber leider gibt es auch tätliche Übergriffe, und im schlimmsten Fall ist es Mord.

Im schlimmsten Fall bedeutet Rache also, dass ein Mensch eine körperliche oder physische Gewalttat ausführt. Aber warum rächen wir uns? In jeder Beziehung mit unseren Mitmenschen kommt es immer wieder zu einer bestimmten Abfolge von äußeren Ereignissen und den sie begleitenden inneren Vorgängen. Wir fühlen uns ungerecht behandelt, nicht anerkannt in dem, was wir tun, beschämt für etwas, was wir in guter Meinung angeboten oder geschenkt haben. Wir fühlen uns abgewiesen und getäuscht in dem Vertrauen, das wir anderen entgegengebracht haben. Das bedeutet einen Verlust. Jeder Rache geht also ein Verlust voraus: Die Ehre, das Selbstwertgefühl, die große Liebe, alles kann unwiederbringlich ruiniert werden. Das entfacht das Verlangen, sich Befriedigung zu verschaffen. Wir empfinden tiefen Schmerz und starke Trauer über das, was wir als einen Bruch in der Beziehung, als eine Art Verrat, erleben müssen. Hinter der Trauer verbirgt sich aber auch Groll und Zorn, und wenn die Beschämung, die Demütigung tief genug ist, meldet sich bald auch die Rachgier, die Rachelust, die Rachsucht. Es ist tatsächlich so wie das Wort es ausdrückt: ein süchtig machender Wunsch nach Wiedergutmachung. Eine solche 'Vergeltung' ist anscheinend nur möglich, wenn dem anderen auch ein Unrecht angetan wird, und wenn ihm eine körperliche oder seelische Grausamkeit vielfach zurückbezahlt wird. 'Rache ist süß', sagt eine Redensart, Rache bringt anscheinend innere Befriedigung, zumindest für den Augenblick. Hrrrmmm, hmm."

Erhard Henning machte eine kleine Pause und blickte traurig in die Runde. Dann fuhr er fort.

„Rache ist in unserem Leben allgegenwärtig. Sie wird in den privaten Reibereien und Fehden des Alltagslebens, in der Politik, im Geschäftsleben, aber auch in der Menschheitsgeschichte und in der Weltliteratur sichtbar. Die Idee der Rache fanatisiert Menschen, und motiviert ihr grausames Handeln. Sie lässt Brutalität und Bösartigkeit als gerechtfertigt erscheinen. Der Böse ist im Auge des Rächers immer der andere, dessen schreiendes Unrecht in der Anschauungswelt der Rächenden um beinahe jeden Preis wiedergutgemacht werden muss.

Einige Beispiele: Hitler gab vor, keinen Krieg anzufangen, sondern 'zurückzuschießen', also Rache zu üben. Er nahm an, dass viele Menschen seine Aggression akzeptieren würden, weil er ja anscheinend nur gerechte Rache übte.

Im Mittelalter wurden Juden als 'Mörder Jesu' verfolgt, weil man vorgab, das angeblich von den Juden verschuldete Leiden und Sterben von Jesus Christus zu rächen.

Nicht nur die Tötung eines Menschen, sondern jede Verletzung von etwas als heilig und wertvoll Erachtetem, kann zum Anlass von Rache erklärt werden, und erlaubt dann nicht nur den sonst streng verbotenen Mord und Totschlag, sondern fördert und fordert ihn geradezu.

Die Weltliteratur ist voll von Rachegeschichten. Fangen wir bei den Griechen an. Achilles greift in Homers 'Ilias' erst wieder in den Kampf um Troja ein, als er seinen gefallenen Freund Patroklos rächen will und in seinen Augen muss.

Ajax will sich dafür rächen, dass nicht er, sondern Odysseus die Waffen des Achilles bekommen hat. Er verfällt dem Wahnsinn, und lässt seine Aggressionen schrecklich an einer Schafherde aus.

Die grausamste und weitreichendste Rache in der deutschen Literaturgeschichte wird im Nibelungenlied geschildert. Kriemhild kann die Ermordung ihres Gatten Siegfried durch Hagen von Tronje nicht verzeihen. Dreizehn Jahre lang verbringt sie im Schloss ihrer Brüder, scheinbar mit sich und der Welt versöhnt. In Wirklichkeit wartet sie nur ab, bis sich mit Etzels Brautwerbung der geeignete Moment zur endgültigen Rache ergibt. Ihre Rache ist unerbittlich und unermesslich. Sie vernichtet das gesamte Geschlecht der Burgunder, und auch deren Verbündete."

Kommissar Permann begann sich zusehends unruhiger zu fühlen und versuchte mit seinen Augen den Blick seiner Assistentin Beatrice del Piero zu erhaschen. Diese erwiderte ihn schließlich, rollte vielsagend ihre Augen nach oben und ihre Lippen kräuselten sich zu einem leichten, ironischen Lächeln. Er sah auch wie Gianni Trincanato, der daneben saß, missmutig seine Stirn zu runzeln begann.

„Hoffentlich verliert sich der gute Dr. Henning nicht zu sehr in den Details der Literaturgeschichte. Ich bin mir ganz und gar nicht sicher, ob meine Leute schon mal was von Homer, der 'Ilias', von Ajax, Patroklos und Kriemhild gehört haben, und ob sie die Geschichten von Racheaktionen an Schafherden wirklich interessieren."

„Die Blutrache, die Vendetta", fuhr Dr. Erhard Henning inzwischen unbeirrt fort, „bei der sich Mitglieder verfeindeter Clans oft über Jahrzehnte bis aufs Blut bekämpften, war vor allem zwischen dem 16. und dem Ende des 18. Jahrhunderts ein weit verbreiteter Brauch auf Korsika. Sie unterlag festen Regeln. Sie begann mit einer Art Kriegserklärung, konnte aber auch mit einem Friedensschluss wieder beendet werden. Machtkämpfe oder Streit um Grund und Boden waren genauso Anlässe wie Liebesrivalitäten und Ehrenhändel.

Rund 10.000 Tote, so schätzt man, forderten die Privatfehden der albanischen Clans allein seit dem Jahre 1990. Finger für Finger, Blut für Blut: So lautet das Gesetz, für das viele Albaner zu töten bereit sind. Diese Tradition der Blutrache kostet noch heute, mitten in Europa, vielen Männern das Leben.

Ihr alle wisst, meine Damen und Herren: Rache verursacht viel Leid. Sie kann Familien auseinanderreißen und Hab und Gut vernichten.

Noch einmal: Wer verletzt, betrogen oder beleidigt wurde, bei dem stellt sich fast unweigerlich der Wunsch ein, dem 'Feind' nun auch zu schaden. Kränkungen treffen den Kern des Selbstwertgefühls empfindlich: Heiße Wut, Zorn und brennender Ärger können bald in kalte Gefühle umschlagen, die lange andauern können."

Wiederum machte der Gerichtspsychologe eine Pause und ließ das Gesagte auf seine Zuhörer wirken. Dabei schien er jeden Einzelnen mit seinem Blick fixieren zu wollen.

„Hrrmmm. Wie aber entsteht das Verlangen nach Rache? Viele Psychoanalytiker sind der Auffassung, dass schon das kleine Kind, gegen Ende des zweiten Lebensjahres ein 'Urbedürfnis nach Gerechtigkeit' entwickelt, ein Gefühl dafür, dass das Zusammenleben der Menschen ein Mindestmaß an Gerechtigkeit erfordert. Vergeltung und Rache entspringt also dem archaischen Wunsch, ein gestörtes Gleichgewicht wiederherzustellen.

Zum Menschsein gehört ganz wesentlich der emotionale Bereich. Wir haben es schon gehört, aber ich möchte noch etwas genauer werden. Wir haben nun einmal Gefühle, ob wir wollen oder nicht. Das können edle Gefühle sein, aber auch Rachegefühle. Dieses Gefühl ist zunächst einmal nicht als schlecht oder verwerflich zu bewerten. Es kann Ausdruck für erlittenes, tatsächliches Unrecht sein. Weil nun aber das Rachegefühl ein archaisches Gefühl ist, besteht die große Gefahr der Überreaktion, des Übermaßes an Rache.

Jeder Mensch hat Rachefantasien, die sich auf Wut aufbauen und meistens in Reflexionen abklingen. Sie sind daher etwas völlig Normales und Unbedenkliches. Wer seine Vergeltungsgelüste immer nur unterdrückt, wird krank.

Wichtig, ja entscheidend dabei ist allerdings die Frage, in welcher Form die Revanche erfolgt. Rachegefühle sind etwas

Alltägliches, doch nichts Harmloses. Es hilft allerdings wenig, sie zu verteufeln. Der alttestamentarische Rat 'Auge um Auge, Zahn um Zahn' erfreute sich schon immer größerer Beliebtheit als das heilige Gebot christlicher Vergebung.

Rache ist also der Ausdruck einer grundlegenden menschlichen Notwendigkeit, passiv Erlittenes in aktiv Gehandeltes zu verwandeln. Das Opfer rächt sich, indem es selbst zum Täter wird. Der Akt der Vergeltung schafft Genugtuung, für den Augenblick zumindest.

Rache ist wie ein Ventil, das den Überdruck des angestauten Ärgers ablässt. Meist rächt sich der Mensch mit kleinen, subtilen Gemeinheiten, wenn er das Bedürfnis danach hat.

In der Fantasie ist alles erlaubt, nur ausführen darf man seine blutrünstigen Gelüste natürlich nicht. Wenn sich eine betrogene Frau zum Beispiel ausmalt, wie ein untreuer Mann nach einem Schäferstündchen mit der Rivalin von einem Auto überfahren wird, so ist das fast normal. Selbst Mordfantasien sind menschlich und verständlich, aber nur solange man sie nicht in die Tat umsetzt.

Meistens belassen wir es ja auch bei unseren wilden Fantasien über die gerechte Vergeltung erlittener Schmach. Aber manchen reicht das leider nicht, und dann müssen Taten folgen.

Bevor ich zum Schluss komme, möchte ich Ihnen noch ein paar Gedanken, ein paar Thesen zum Thema Rache formulieren, die Sie bei Ihrem Suchen nach dem Mörder begleiten könnten, ja sollten.

Erstens: Rache kann entweder sofort auf das auslösende Ereignis folgen oder zeitlich sehr lange danach. Dies zeigt zum Beispiel die zeitlich sehr spät erfolgte Rache der Kriemhild. Im ersten Fall spricht man von 'heißer', im zweiten von 'kalter' Rache.

Zweitens: Rache kann impulsiv und unreflektiert erfolgen. Oder sie kann genau geplant, taktisch und strategisch bis ins Detail vorbereitet werden. Je länger der Zeitraum zwischen dem die Rachegefühle auslösendem Ereignis und der Rachehandlung ist, desto eher wird man es mit strategisch geplanten Aktionen zu tun haben.

Drittens: Die Rache kann Gleiches mit Gleichem vergelten, wie im alten Talionsprinzip: Auge um Auge, Zahn um Zahn. Aber Rache kann auch hinsichtlich von Quantität und Qualität zu höchst unterschiedlichen Ausprägungen führen.

Viertens: Einen Rächer treibt meist das Bedürfnis nach der Wiederherstellung seines Selbstwertes um. Er wurde meist seelisch sehr schwer verletzt. Er wurde massiv überflutet vom Erleben seiner Kleinheit und Ohnmacht, seiner Schwäche und Bedeutungslosigkeit. Sein Selbstwertgefühl ist am Boden zerstört. Er ist niedergeschlagen, niedergeschmettert, wie man bildlich so schön sagt. Er ist buchstäblich am Boden. Er steht vor der Wahl, schwer traumatisiert in seiner Bedeutungslosigkeit weiter zu existieren, oder er gewinnt sein Selbstwertgefühl wieder. Das ist im Auge des Rächers nur durch den siegreichen Triumph über seinen noch übermächtigen Feind möglich.

Fünftens: Ein Rächer wird meist vom Wunsch nach Wiederherstellung von Gerechtigkeit getrieben. Wer im Sinne von innewohnender Gerechtigkeit nicht an das strafende Schicksal glaubt, dass seinen Peiniger irgendwann schon seine gerechte Strafe ereilen wird, der schreitet selbst zur Tat.

Und schließlich sechstens: Rächer sind meist drakonische Menschen, so nenne ich das, keineswegs milde Charaktere. Drakonität kennzeichnet eine Haltung, der zu Folge menschliche Fehler gnadenlos zu verfolgen und auszumerzen sind. Sie vertreten die

Meinung, dass Menschen für ihre Fehler geradestehen müssen, und Rechenschaft für ihr Tun abzulegen haben."

Dr. Henning schaute noch einmal mit seinen traurigen Augen in die Runde, und strich über die Enden seines Schnauzbartes.

„Hrrrmm. So, das wäre zunächst alles, was ich zum Thema 'Rache und Vergeltung' aus der Sicht eines Psychologen zu sagen habe. Natürlich bin ich bereit noch Fragen zu beantworten, wenn es denn welche gibt." Wieder schaute er in die Runde.

Beatrice hob die Hand, und der Kommissar erteilte ihr das Wort.

„Bei unserer Mordserie könnte es sich vielleicht um 'kalte Rache' handeln, also um Rache, deren Ursachen und Gründe weit zurück in der Vergangenheit liegen. Warum lässt sich ein Rächer manchmal so viel Zeit, wie uns das Beispiel Kriemhild zeigt, bevor er zuschlägt?"

„Hrrrmmm." Dr. Henning räusperte sich wieder geräuschvoll. „Das ist eine gute Frage, werte Frau. Eine schwierige Frage, eine sehr schwierige Frage. Aber ich versuche Ihnen eine Antwort zu geben. Vielleicht fehlte dem Rächer die passende Gelegenheit oder die richtige physische und psychische Verfassung, um sich sofort rächen zu können. Oder, es könnte auch sein, dass der Racheplan erst mit der Zeit herangereift ist. Vielleicht wurde der Rächer neuerlich verwundet und verletzt, und der Rachefeldzug wurde dadurch erst wirklich ausgelöst. Es gibt Menschen, die einen tragischen Charakter haben, so nenne ich das. Sie fühlen sich vom Schicksal verlassen und benachteiligt. Sie wittern überall Unheil, und ihr Leben erscheint ihnen als tiefe, unstillbare Sehnsucht, gepaart mit dem Gefühl der gähnenden Leere und der Bedeutungslosigkeit ihres Daseins. In unserem diagnostischen Schema würden wir wohl am ehesten von einer masochistisch-narzisstischen Persönlichkeitsstörung mit paranoiden Zügen sprechen. Die Person hat ein einschneidendes persönliches Ereignis erlebt, beziehungsweise eine markante persönliche Erfahrung gemacht, die sie äußerst gekränkt, herabgewürdigt oder verbittert hat. Dieses Lebensereignis wird als äußerst ungerecht erlebt mit dem Gefühl, dass das Schicksal oder der Verursacher äußerst unfair mit ihm umgegangen ist. Das Ereignis ist dem Betroffenen bewusst, und hat ihre psychische Befindlichkeit deutlich und anhaltend negativ verändert. Ihre Scham und damit ihr Ressentiment, ihr Groll, führen zu einer unauslöschlichen Unversöhnlichkeit. In versteckter oder offener Weise schwelt die Rachgier weiter und weiter, bis sie eines Tages, aus irgendeinem Anlass in wildem Zorn durchbricht. Aber das ist natürlich alles nur Theorie, solange ich den Täter nicht kenne und ich ihn nicht untersuchen und seine Persönlichkeit beurteilen kann."

Kriminalassistent Bruno Ferrara hob die Hand. „Warum bringt das Rachegefühl den einen Menschen dazu, seinen Feind zu töten, während sich ein anderer Mensch mit Beschimpfungen oder nur mit einer Rache in Gedanken begnügt?"

„Hrrrmmm. Ich glaube", antwortete Dr. Henning, „das hat sehr viel mit der Fähigkeit des Menschen zur Symbolisierung, zur sinnbildlichen Darstellung und Umsetzung, mit Intelligenz, zu tun. Menschen unterscheiden sich enorm in ihren Möglichkeiten, etwas konkret emotional zu erleben oder es auf eine höhere, abstrakte Ebene zu heben und durch symbolische Vorgänge zu ersetzen. Es gibt Menschen, die rächen sich mit Worten anstatt mit Taten, mit Gedanken statt mit Worten, oder sie reagieren mit Ironie und sublimieren so ihre Aggressionen. Außerdem ist zu sagen, dass es Menschen gibt, die durch ihre Überempfindlichkeit viel leichter zu kränken und zu verletzen sind als andere. Und das liegt höchstwahrscheinlich daran, ich habe es Ihnen schon versucht zu erläutern, dass ihr Selbstwertgefühl irgendwann geschädigt wurde."

Wieder ließ Dr. Henning seine traurigen Augen über die versammelten Beamten schweifen. Keine Hand hob sich mehr. Der Psychologe nickte, und schickte sich an den Raum zu verlassen. Permann dankte und verabschiedete ihn.

„Meiner Meinung nach war Dr. Hennings Vortrag sehr interessant und aufschlussreich", fuhr der Kommissar fort, als sie wieder unter sich waren. „Wir haben es wahrscheinlich also mit einem verbitterten, sehr verletzlichen und verletzten Menschen zu tun, der seine Rachegefühle nicht mehr unter Kontrolle bekommen hat, und der brutal zur Tat geschritten ist. Nur wo liegt sein Motiv? Wir haben bis jetzt keine Anhaltspunkte dafür gefunden, dass sich die drei Ermordeten untereinander gekannt haben. Es könnte also sein, dass es sich in unserem Fall um 'kalte Rache' handelt, also dass das Rachemotiv weit in der Vergangenheit der Männer zu suchen ist. Beatrice hat diese Vermutung ja schon geäußert. Nur wo ist dieses Motiv zu finden? Hat jemand von euch eine Idee, wie wir weitermachen könnten?" Er blickte in die Runde. Erst jetzt fiel Permann auf, dass die Mumie, Polizeidirektor Ventimiglia tatsächlich zur Besprechung gekommen war. Er fixierte ihn.

Die Mumie verharrte in Erstarrung, reagierte nicht. Stille. Nach einer Weile fuhr Permann wieder fort.

„Bei der morgigen Besprechung möchte ich einige Vorschläge von euch hören, Vorschläge, wie wir weiter ermitteln sollen. Gute, kreative Vorschläge, welche wir aufgreifen und weiterverfolgen können." Dabei blickte er die Mumie besonders intensiv an. Der Alte senkte seinen Schädel wie ein Stier vor dem Angriff, schwieg aber verbissen.

Bozen, 25. Juni, 22.00 Uhr

Fritz Permann war niedergeschlagen. Er saß in seiner Wohnung auf dem Sofa, hatte sein Gesicht in die Hände vergraben und brütete vor sich hin. Nach dem Verlassen der Quästur waren die quälenden Gedanken wieder gekommen. Nicht nur der zermürbende Fall, bei dem sie anscheinend keinen Schritt weiterkamen, schon Monate lang, lastete auf seinen Schultern.

Seit gestern wusste er es. Christa hatte Krebs, Brustkrebs. Gestern hatten sie es erfahren.

Alles war schnell gegangen, auch weil eine befreundete Ärztin das Verfahren beschleunigt hatte. Ultraschall, Mammografie, Biopsie. Man hatte ihr Gewebeproben entnommen und Krebszellen diagnostiziert. Eine schnelle Operation war unausweichlich. In zwei Tagen schon war der Termin.

Christa hatte ihn zu beruhigen versucht. Der Tumor war noch klein, die Chancen auf eine vollkommene Heilung waren sehr gut. Andererseits wusste Permann aber, dass mehr Frauen an Brustkrebs starben als an jeder anderen Krebserkrankung. Zudem war die Krebsart, welche man bei Christa diagnostiziert hatte, aggressiv. Er spürte, wie sich sein Magen verkrampfte, als er daran dachte.

„Angst, so fühlt sich Angst an." Der Kommissar vergrub sein Gesicht in seinen Händen. Würde Christa gehen müssen, würde sie ihm genommen? Was sollte er dann tun? Eine nie gekannte Mutlosigkeit erfasste ihn. Der Fall hatte ihn tagsüber in Anspruch genommen und hatte ihn abgelenkt. Aber jetzt war er allein, und jetzt stürzten die schwarzen Gedanken wie eine riesige Welle mit aller Vehemenz über ihm zusammen.

Er schrak auf. Erst jetzt wurde ihm bewusst, dass er leise und verzweifelt geweint hatte.

Christa kam nach Hause. Er hörte sie an der Tür. Plötzlich stand sie hinter ihm und schmiegte sich an seine Wange.

„Fritz, wir schaffen das. Wir zwei gemeinsam. Da müssen wir durch. Die Chancen stehen wirklich gut, und ich bin voller Zuversicht. Ich spüre, dass alles gut wird."

Dann weinte auch sie. Permann legte einen Arm um sie, und zog ihren Kopf an seine Brust. Er spürte, wie ein Schluchzen in ihm hochstieg. Sie sagten nichts mehr, der Kommissar und seine Frau. Es gab nicht viel zu sagen. Jetzt nicht. Es kam, wie es kommen musste. Jetzt galt es, gemeinsam die Angst zu besiegen und zu hoffen. Es tat beiden gut die gegenseitige Wärme und den Trost des gegenseitigen Füreinander-Da-Seins zu spüren.

Im auf Leise gestellten Fernseher liefen die Nachrichten. Die Welt schien aus den Fugen geraten zu sein. Krieg in der Ostukraine, Krieg im Irak, Krieg in Syrien. Überall waren Rauch, Trümmer, Blut, weinende Frauen und Kinder, Soldaten. Die Bilder erreichten den Kommissar nur an der Oberfläche. Seine Gedanken waren ganz woanders.

Plötzlich fuhr der Kommissar hoch, saß einen Moment auf der Sofakante, und stürmte dann entschlossen zum Telefon.

Bozen, 26. Juni, 07.30 Uhr

„Als ich in den Nachrichten die Soldaten gesehen habe, ist mir plötzlich eine Erkenntnis ins Gehirn geschossen. Das könnte es sein. Das muss es sein! Ich vermute, dass die drei Männer, oder besser gesagt die vier Männer gemeinsam ihre Militärzeit abgeleistet haben. Das könnte die gemeinsame Vergangenheit der drei Mordopfer gewesen sein, ein gemeinsames Ereignis in der Vergangenheit während ihres Militärdienstes. In dieser Zeit muss etwas ganz Gravierendes, etwas Einschneidendes, passiert sein, und das hat vielleicht sehr viel später die Mordserie ausgelöst. Beatrice, Dr. Hennings Vortrag über die Rache hat mich wahrscheinlich darauf gebracht."

Seine Kollegin nickte zustimmend. „Brandis und Hofer waren gleich alt, ja das würde passen, aber der Dritte, Benedikt, der war doch ein Jahr älter, das stimmt doch, oder?"

„Ja, das stimmt." Permann nickte. „Deshalb bin ich ja erst so spät darauf gekommen. Aber es ist relativ häufig passiert, dass ein Rekrut um ein Jahr zurückgestellt wurde, dass er seinen Militärdienst ein Jahr später angetreten ist. Aus Studiengründen etwa. Und genau das könnte bei Kaspar Benedikt der Fall gewesen sein. Der hat ja an der Uni Rechtswissenschaften studiert."

„Bravo, Chief! Du hast wahrscheinlich Recht, Fritz. Das könnte uns in unseren Ermittlungen weiterbringen." Beatrice lächelte und nippte an ihrem Macchiato. „Du bist wirklich gut, sehr gut, Herr Kommissar. Endlich haben wir etwas, mit dem wir vielleicht in unseren Ermittlungen weiterkommen."

„Ja, endlich. Wollen wir mal hoffen, dass es etwas bringt."

Permann seufzte. „Ich hätte eigentlich viel früher darauf kommen müssen. Die Militärpflicht ist in Italien ja seit dem Jahre 2005 ausgesetzt, so glaube ich zumindest. Heute gibt es ein Berufsheer. Ich bin einfach nicht früher darauf gekommen, obwohl ich doch selber den Militärdienst abgeleistet habe, damals. Ist schon verdammt lange her. Es war übrigens ein verlorenes Jahr, wenn du mich fragst. Ich habe während meines Militärjahres nichts anderes gelernt als widerstandslos zu gehorchen, zu fluchen und zu saufen."

Beatrice lachte. „Aha, deshalb bist du so ungebildet und so ungehobelt im Benehmen. Jetzt verstehe ich es endlich. Fritz, der Säufer, der Barbar. Tss, tss." Wieder lachte Beatrice Permann neckisch an.

„Jawohl, Madame, so ist das." Fritz Permann lächelte zurück und freute sich. Beatrice brachte ihn auf andere Gedanken. Das tat ihm gut.

„Außer Fluchen und Saufen habe ich damals nicht einmal richtig Italienisch gelernt. Es war nämlich so, dass die deutschsprachigen Südtiroler unter sich geblieben sind, und genauso die italienischsprachigen. Man hat einander vielfach nur geduldet, auch weil vielen die notwendigen Sprachkenntnisse gefehlt haben, um miteinander kommunizieren zu können."

„Aber du sprichst doch sehr gut Italienisch, Fritz."

„Ich habe es später gelernt, und du hast sehr viel dazu beigetragen, Beatrice."

„Das beruht auf Gegenseitigkeit, Fritz. Durch den Umgang mit dir habe ich auch besser Deutsch gelernt."

Der Kommissar nickte und lächelte.

„Übrigens, da fällt mir ein, zur Musterung mussten wir damals ins Militärspital nach Trient fahren. Dort wurden wir armen Dorfbuben behandelt wie eine Herde Schafe. Wir wurden zum Röntgen getrieben, zum Abnehmen von Fingerabdrücken und dann zum 'Idiotentest'. Ja, so haben wir diese 'Prüfung' damals genannt. Es sollte wohl ein Intelligenztest sein, so nehme ich an. Anschließend mussten wir, nur mit einer Unterhose bekleidet, an einer Kommission von Militärärzten vorbeidefilieren, und diese haben uns 'gemustert'. Gemustert im wahrsten Sinne des Wortes. Von Kopf bis Fuß. Dadurch wollte man unsere Kriegstauglichkeit ergründen. Und plötzlich hat uns ein Militärarzt an die Eier gegriffen, und hat gerufen: 'Tossa, tossa'! Wir armen Südtiroler Dorfkinder haben damals nur Bahnhof verstanden, und als der Junge vor mir nicht reagierte, hustete ihm der Militärarzt vor. Da hat er endlich begriffen. Mit dem Griff an die Hoden und dem Husten sollte wohl festgestellt werden, ob einer einen Leistenbruch hatte. Danach wurde man als 'tauglich' oder 'nicht tauglich' eingestuft.

„Ei, ei, ei, in die Eier gegriffen, du Armer." Beatrice lächelte schelmisch und sah ihren Kollegen scheinbar mitfühlend an. „Du hast hoffentlich davon kein Trauma davongetragen?"

Permann lachte. „Wer weiß? In mir könnten seitdem unbekannte dunkle Abgründe schlummern."

Schnell wurde er wieder ernst. „Spaß beiseite. Wir müssen alles noch verifizieren, Beatrice. Wir müssen herausfinden, ob die drei Ermordeten und der Täter wirklich mitsammen den Militärdienst abgeleistet haben. Und vielleicht sind da noch einige mit im Bunde, von denen wir noch nichts wissen. Ich habe gestern Abend noch mit dem Staatsanwalt gesprochen, und ich konnte ihn davon überzeugen mir eine Genehmigung für die Recherchen im Militärarchiv von Trient auszustellen. Da liegen nämlich sämtliche Militärakten. Die sind nicht so ohne weiteres für jedermann einsehbar. Aber wir haben die Genehmigung. Ich habe die Adresse des Archivs im Internet bereits recherchiert. Beatrice, fahr du bitte heute noch hin und recherchiere in den Militärakten! Du kannst das besser als ich."

Beatrice lächelte und nickte. „Wenn du meinst, Chief.

Weißt du was ich nicht verstehe, Fritz? Warum hat nicht spätestens das dritte Opfer, der dritte Mann Alarm geschlagen? Warum ist Hofer nicht zur Polizei gegangen? Er müsste sich doch bedroht gefühlt haben?"

„Weiß der Geier." Permann brummte und schaute ernst. „Ich weiß es ganz einfach auch nicht. Vielleicht liegen wir wieder mit allem falsch. Aber es könnte ja auch sein, dass der Mörder dem dritten Opfer irgendwie zuvorgekommen ist, dass er ihn getötet hat, bevor der Mann zur Polizei gehen konnte. Der zweite und dritte Mord ist ja rasch aufeinander erfolgt."

„Glaubst du, dass dieser dritte Mord der letzte gewesen ist?"

„Ich weiß es nicht Beatrice. Aber ich habe kein gutes Gefühl. Ich befürchte, dass die Mordserie noch nicht vorbei ist."

„Na, dann wollen wir mal!" Beatrice stand auf und wandte sich zum Gehen.

„Auf nach Trient!"

Die weiße Alfa Romeo Giulietta schnurrte über die Brennerautobahn in Richtung Süden. Beatrice liebte ihren Alfa, das erste neue Auto, das sie sich von ihrem Ersparten geleistet hatte.

Links und rechts glitten die einförmigen Apfelplantagen vorbei. Die Felswände vor ihr rückten immer näher zusammen, und von den Kalkfelsen auf der orografisch linken Talseite leuchtete weißgrau die schroffe Haderburg herab. Beatrice ließ das Dorf Salurn hinter sich. „Provincia di Trento – Provinz Trient" verkündete ein

Schild neben der Autobahn. Noch eine Viertelstunde, und sie würde die Stadt Trient erreicht haben.

Kurz vor der Ausfahrt in die Stadt schoss ihr plötzlich ein Gedanke durch den Kopf. „Wie wäre es, wenn ich einfach das Gaspedal durchdrücke, an der Stadt vorbeiziehe, und immer weiterfahre? Dem Süden zu? Dann lasse ich dieses ganze Elend hinter mir. Den ganzen Irrsinn und das Grauen. Und in eineinhalb Stunden stehe ich vor meiner Mutter, und die wird sich sicher unwahrscheinlich über meinen unerwarteten Besuch freuen." Doch dann seufzte sie resigniert und startete das Navigationsgerät, in das sie bereits in Bozen die Adresse des Militärarchivs eingegeben hatte.

„Verlassen Sie die Autobahn an der nächsten Ausfahrt." Die Männerstimme aus dem Navigationsgerät klang tief und sonor.

„Grazie mille, mio caro Saverio", sagte Beatrice lächelnd, betätigte den Blinker und verließ die Autobahn. Wie mochte wohl der Sprecher des Navigationsgerätes, den sie mit dem Namen „Saverio" bedacht hatte, aussehen? Seine tiefe Stimme klang jedenfalls verdammt gut und vielversprechend. Sofort verdrängte sie beschämt ihre Gedanken, und dachte an ihren Freund, mit dem sie glücklich war. Wieder lächelte sie und nahm sich vor, ihm in Trient ein kleines Geschenk zu kaufen. Am Abend würde sie ihn damit überraschen. Ihr ein klein wenig schlechtes Gewissen war damit beruhigt.

Das Dokumentationszentrum in der Via delle Ghiaie, in dem die Militärakten für die Provinz Trentino-Südtirol nach der Auflassung der allgemeinen Wehrpflicht im Jahre 2005 lagerten, war ein unscheinbarer Bau. Beatrice parkte ihre Giulietta am Straßenrand und klingelte am Gatter vor dem Toreingang.

Im Lautsprecher knisterte es.

„Sara Gianna qui, con chi parlo?", mit wem spreche ich, fragte eine angenehme, warme Frauenstimme. „Ispettrice Beatrice del

Piero, questura di Bolzano", meldete sie sich und hielt ihren Polizeiausweis vor die Linse der Kamera. Daraufhin summte der Türöffner.

Beatrice trat vom gleißenden Sonnenlicht des klaren Tages in den dunklen Hauseingang und nahm ihre Sonnenbrille ab. Ihre Augen brauchten eine Weile, um sich an das Dämmerlicht zu gewöhnen. In einer kleinen Portiersloge begrüßte sie eine hübsche Frau in mittleren Jahren, und streckte ihr lächelnd die Hand entgegen. „Ich bin Sara Gianna, was kann ich für Sie tun?" Beatrice zückte nochmals ihren Dienstausweis und die Ermächtigung der Staatsanwaltschaft. Sie erklärte ihr Anliegen. „Ich möchte aus Ermittlungsgründen die Personalakten von einigen Personen einsehen, die im Jahre 1979 ihren Militärdienst abgeleistet haben. Ist das möglich?"

„Aber natürlich ist das möglich." Frau Gianna lächelte. „Dazu sind wir ja da, um Ihnen zu helfen. Unser Archiv steht allen öffentlichen Ämtern und allen Diensten offen, welche eine Genehmigung zur Recherche vorweisen können. Aber ich rufe Ihnen unseren Experten, Signore Perego. Der kann Ihnen, ganz ohne Zweifel, besser weiterhelfen." Sie ergriff einen Telefonhörer und telefonierte.

Kurz darauf öffnete sich eine Tür, und ein älterer Herr mit graumelierten Haaren betrat freundlich lächelnd den Raum.

„Signore Perego, die Seele unseres Hauses." Sara Gianna wies lächelnd auf den freundlichen Mann. „Unser absoluter Experte in Militärfragen. Wenn Ihnen jemand weiterhelfen kann, dann er. Ohne ihn läuft hier nichts."

„Nun mal halblang, Sara." Signore Perego winkte bescheiden ab, und wandte sich lächelnd an Beatrice. „Wissen Sie, Sara neigt gerne zu Übertreibungen. Sie möchten unsere Akten einsehen? Jahrgang 1960 sagten Sie?"

Beatrice nickte. „Vom Jahrgang 1960 bitte alle Akten der jungen Männer, welche in der Provinz Bozen ansässig waren, und ihren Militärdienst abgeleistet haben. Vom Jahrgang 1959 alle Akten der Familiennamen mit dem Anfangsbuchstaben 'B'."

„Da haben Sie sich aber eine Menge vorgenommen! Wissen Sie wieviel Akten das sind? Aber kommen Sie mit, und warten Sie einen Moment, bitte."

Signore Perego führte sie in den kleinen Rechercheraum, in welchem ein Tisch mit einem aufgeklappten Laptop und ein Stuhl standen.

Beatrice setzte sich, und nach etwa fünf Minuten schob Signore Perego eine Art Servierwagen auf Rollen daher, welcher mit Karteikästen vollbepackt war. Die Rollen quietschten unangenehm.

„Oh", entfuhr es Beatrice halb überrascht, halb erschrocken, als sie den vollbeladenen Wagen sah.

„Das dürfen Sie auch laut sagen." Signore Perego lachte. „Wenn Sie wüssten, wie viele Akten bei uns lagern! Alle Zimmer des Hauses sind vollgestopft damit. Das ist der Karteikasten mit allen 'B'-Namen, vom Jahrgang 1959, und hier ist ein Teil der Akten des Jahrganges 1960. Ich fürchte, das ist noch längst nicht alles zum Geburtsjahr 1960. Ich muss wohl noch zweimal meinen Wagen vorfahren. Das hier sind leider nur die Akten vom Buchstaben A bis H. Zum Jahrgang 1960 gehören Tausende von Namen, und leider liegt noch sehr wenig in digitaler Form vor. Ich habe gerade erst damit angefangen, die Akten zu digitalisieren. Eine gewaltige Arbeit! Jede Karteikarte muss einzeln eingescannt werden. Aber ich habe ja genug Zeit seit meiner Pensionierung. Ich wünsche Ihnen gute Arbeit und viel Finderglück."

Herr Perego lächelte milde, und verschwand wieder mit dem quietschenden Wagen in einem Zimmer. Eine weitere Wagenladung an Akten würde später anrollen.

Beatrice wandte sich dem 1959er Kasten mit der Aufschrift „B" zu. Benedikt, Kaspar. Das zweite Opfer. Ihr Herz begann zu klopfen. Die Stunde der Wahrheit! Hatte ihr Chef und Kollege Fritz Permann Recht gehabt? Die junge Frau nahm einen Packen von rotbraunen Karteikarten aus dem Kasten, und begann zu blättern, zu lesen. Bacher, Badola, Barberini... weiter, weiter, weiter hinten... Benaglio, Bedino, Benedetti, BENEDIKT. Beatrices Herz raste, als sie das Blatt herausnahm und zu lesen begann. „Benedikt, Kaspar, geb. am 21. 02. 1959 in Bruneck. Musterung in Trient am 25. 02. 1977, aus Studiengründen ein Jahr zurückgestellt. Militärdienst vom 01. 03. 1979 bis 27. 02. 1980, Rang: Caporale maggiore, Obergefreiter, Dienstort: Kaserne Savoja Cavalleria, Meran, 2. squadra, 4. plotone, 3. compagnia, 1. battaglione. 2. Mannschaft also, 4. Abteilung, 3. Kompanie, 1. Bataillon."

Mit zitternden Fingern notierte sich Inspektorin Beatrice del Piero die Daten.

Weiter, weiter! Die 1960er Namen! Benedetti, Berti, Birone, Bologna... BRANDIS, Karl! Beatrice bemerkte, wie ihre Finger leicht zitterten. Das Jagdfieber, das Adrenalin machte sich bemerkbar. Sie löste die Karte aus dem Packen. Las mit brennenden Augen. Brandis, Karl, geb. am 13. 02. 1960 in Schlanders. Musterung in Trient, am 15. 02. 1978, Militärdienst vom 01. 03. 1979 bis 27. 02. 1980, Rang: Caporale, Gefreiter, Dienstort: Kaserne Savoja Cavalleria, Meran, 2. Mannschaft, 4. Abteilung, 3. Kompanie, 1. Bataillon." Volltreffer! „Bravo commissario Permann!" Beatrice jubelte innerlich. „Grande! Hai avuto ragione! Du hast Recht gehabt! Dasselbe Jahr, dieselbe Kaserne, dieselbe Mannschaft, dieselbe Abteilung, dieselbe Kompanie, dasselbe Bataillon!"

Weiter, weiter! Der dritte Name. Hofer, Oskar. Beatrice wuchtete den Kasten mit der Aufschrift „H" auf den Tisch. Ihre Finger flogen über die Karteikarten. Habler, Habicher, Hebenstreit,

Hecher... HOFER. Eine ganze Reihe von Karteikarten von jungen Männern mit dem Familiennamen Hofer. Sie blätterte fieberhaft. Hofer, Oskar! Endlich. Wieder ein Volltreffer! Sie notierte. Hofer, Oskar, geb. am 07. 02. 1960 in Bruneck. Musterung in Trient am 10. 02. 1978, Rang: Soldat, Militärdienst vom 01. 03. 1979 bis 27. 02. 1980, Dienstort: Kaserne Savoja Cavalleria, Meran, 2. Mannschaft, 4. Abteilung, 3. Kompanie, 1. Bataillon."

Da stand es Schwarz auf Weiß: wieder dasselbe Jahr, dieselbe Kaserne, dieselbe Mannschaft, dieselbe Abteilung, dieselbe Kompanie, dasselbe Bataillon, wie bei Brandis und Benedikt! Die Drei hatten tatsächlich zusammen und zur gleichen Zeit gedient. Gehörte noch jemand zu diesem schicksalhaften Kleeblatt? Auch der Name des Mörders musste in den Akten verborgen liegen. Sein Name war irgendwo in diesen Karteikästen versteckt. Beatrice war sich nun sicher, es musste einfach so sein! Aber was tun jetzt? Tausende von Karteikarten lagen vor ihr! Und sie hatte keinerlei Anhaltspunkt. Was, wen, nach wem sollte sie suchen? Ihre Gedanken rasten, arbeiteten fieberhaft.

Plötzlich fiel es ihr wie Schuppen von den Augen. Kommissar Permann hatte doch gesagt, dass während seiner eigenen Militärzeit die deutschsprachigen Soldaten großteils unter sich geblieben waren. Ebenso die italienischsprachigen. Man duldete einander nur, ohne dass es zu irgendwelchen tieferen Kontakten oder gar Freundschaften zwischen den Angehörigen der verschiedenen Sprachgruppen gekommen wäre. Also war es naheliegend nach deutschen Familiennamen zu suchen, und mit diesen Personen Kontakt aufzunehmen. Das war ein Anhaltspunkt. Der einzige, der ihr einfiel.

Beatrice holte ihr Mobiltelefon aus der Tasche und wählte seine Nummer. Kommissar Permann nahm den Anruf augenblicklich an. So als ob er darauf gewartet hätte. Sie überbrachte ihm die Nachricht, bestätigte ihm ihre Funde.

Der Kommissar atmete hörbar auf.

"Brava, Beatrice, complimenti, sehr gute Arbeit. Perfekt! Und mache es so, wie du vorgeschlagen hast: Suche nach deutschen Familiennamen. Wir haben keine Zeit mehr alle Karteikarten systematisch zu durchforsten. Suche nach Personen, die in der fraglichen Zeit in derselben Mannschaft, in derselben Abteilung, in derselben Kompanie und im gleichen Bataillon gedient haben. Gib mir die Daten sofort durch, wenn du etwas gefunden hast. Wir müssen den Täter fassen, bevor er wieder zuschlägt. Wir müssen mit Personen reden, die wissen was damals passiert ist. Viel Glück Beatrice, und wie gesagt, verdammt gute Arbeit!"

Wieder blätterte Beatrice fieberhaft in den Personalkarten, und hielt Ausschau nach deutschen Familiennamen. Ihr Kopf rauchte und surrte, aber sie fand eine Person nach der anderen, die ihrem Suchkriterium entsprach.

Als sie drei Treffer hatte, telefonierte sie wieder.

Sie schaute auf die Uhr, es war bereits halb eins. Mittagszeit. Der Hunger meldete sich. Erschrocken fiel ihr ein, dass ja auch das Personal des Dokumentationszentrums eine Pause machen und etwas essen musste. Sie fasste einen spontanen Entschluss, und lud Sara Gianna und Signore Perego zum Essen ein, zum Dank für ihre Hilfsbereitschaft und Freundlichkeit. Sie hatte selten so nette, hilfsbereite Beamte angetroffen, und das wollte etwas heißen, musste sie sich doch ständig mit allerhand Sorten von Beamten in den verschiedensten Ämtern herumschlagen.

Hans Tauber also, ein Name, den ihnen Beatrice geliefert hatte.

„Komm mit, Gianni, ich brauche dich." Der Kommissar sah seinen Mann vom mobilen Einsatzkommando eindringlich an. „Wir müssen mit allem rechnen, auch, dass uns der Mörder aufmacht, und uns nicht gerade freundlich empfängt."

Kommissar Fritz Permann und Gianni Trincanato waren ins Pustertaler Dorf Terenten gefahren. Das Dorf liegt auf einem Hochplateau oberhalb des Pustertales auf etwa 1.200 m Höhe direkt an der sogenannten Sonnenstraße. Die Ortschaft wird aufgrund der sehr wetterbegünstigten Lage als das „Sonnendorf des Pustertales" bezeichnet. Der Kommissar und Gianni Trincanato hatten aber keinen Blick für die sonnige Idylle, die sich ihnen darbot.

Endlich standen sie vor dem Haus von Hans Tauber. Was würde sie erwarten? Wer würde sie erwarten und wie? Permann klingelte. Trincanato war bereit, jederzeit einzugreifen, wenn es nötig sein sollte.

Die Tür öffnete sich, und im Rahmen erschienen zuerst ein Bauch von enormen Ausmaßen, kurze, stämmige Beine und dann ein kugelrunder Kopf, welcher von einem rötlichen Haarkranz umrahmt war. Die dicke Brille des kleinen Mannes ließ seine wasserhellen, fragenden Augen noch größer erscheinen.

„Hans Tauber?" Der Kommissar trat einen Schritt zurück.

Das Mondgesicht nickte und schaute die Männer fragend an.

„Permann und Trincanato, Kripo Bozen. Wir müssen Ihnen ein paar Fragen stellen."

„Ahaa, äääh ja, okay... gut." Das wandelnde Fass blickte sie erstaunt und ein wenig erschrocken an. „Äähh, ja, nun gut. Ich wüsste allerdings nicht, wie ich Ihnen weiterhelfen könnte, hmmmm, aber kommen Sie nur herein."

Der Mann führte sie in ein ärmlich eingerichtetes Wohnzimmer, und ließ sich schnaufend auf einen schmuddeligen, durchgesessenen Divan fallen. Ein paar Federn jaulten unter Taubers Gewicht gequält auf.

„Setzen Sie sich. Darf ich Ihnen ein Bier anbieten?"

Permann und Trincanato schauten sich an, verneinten und setzten sich. Der Divan ächzte besorgniserregend unter dem Gewicht der drei schweren Männer. Er hielt aber stand, zumindest für den Moment.

„Na ja, äääähh, nun gut, aber Sie haben doch sicher nichts dagegen, wenn ich eines trinke?" Tauber wartete die Antwort der Männer nicht ab und angelte sich schnaufend eine Bierflasche hinter dem Sofa hervor. Da stand gleich eine ganze Kiste davon. Wieder schnaufte er kurzatmig, nahm ein Feuerzeug, setzte es zwischen dem Flaschenhals und dem Kronkorken an, und drückte. Es ploppte, und der Kronverschluss schlitterte scheppernd über den Bretterboden. In diesem Augenblick sauste eine dreifarbige Katze unter dem Divan heraus, und jagte dem tanzenden Metallstück nach.

„Oh, eine Glückskatze!" Der Kommissar lächelte innerlich und freute sich. Er dachte instinktiv an Christa, welche morgen operiert werden sollte.

„Ein gutes Omen."

Tauber trank gurgelnd. Gianni Trincanato entspannte sich zusehends. Er war sich sicher, von diesem Mann würde keine Gefahr ausgehen. Wirklich nicht.

"Sie haben Ihren Militärdienst in den Jahren 1979 und 1980 abgeleistet." Der Kommissar wartete.

Taubers riesige Augen hinter den dicken Brillengläsern blickten erstaunt und etwas ratlos. Dann sagte er langsam: „Ja, aber das ist nun wohl schon… ", er hielt inne und schien scharf nachzurechnen", über 38 Jahre her, also verdammt lange. In Meran war ich damals, in einer Kaserne namens Savoja Cavalleria. Das war ein Panzerregiment. Äääh ja, genau, Kaserne Savoja Cavalleria, Meran, 2. Mannschaft, 4. Abteilung, 3. Kompanie, 1. Bataillon. Um genau zu sein. Das habe ich noch im Gedächtnis behalten. Wir mussten uns damals oft genug präsentieren." Er grinste schief.

Permann nickte wissend.

„Sie haben mit Karl Brandis aus Schlanders, Kaspar Benedikt aus Bruneck und Oskar Hofer aus Sand in Taufers gedient."

Das saß. Der Kommissar sah, wie Tauber zusammenzuckte. Er hielt im Trinken inne und schaute mit seinen vergrößerten wässrigen Augen die Beamten entsetzt an. Er setzte die Flasche schmatzend ab und versuchte sich unter Kontrolle zu bringen. Permann registrierte seine Nervosität und Unsicherheit. Die Hände des Mannes hatten leicht zu zittern begonnen.

„Ja." Seine Stimme war leise geworden. „Äähh ja, mit Brandis, Benedikt und Hofer. Und da war auch noch dieser Saurer. Das vierblättrige Kleeblatt. So haben wir die Vier genannt."

Der Kommissar sah, wie sich Gianni Trincanato steil auf dem Sofa aufrichtete. Er fühlte sein Herz hart gegen seine Rippen hämmern. Da war eben der vierte Name gefallen. Da war der Durchbruch! Aber er wollte Taubers Redefluss nicht unterbrechen.

Längere Zeit kam aber nichts mehr von dem dicken Mann auf dem Sofa. Die Beamten warteten wortlos. Endlich fuhr Tauber leise fort.

„Brandis, Benedikt und Hofer sind tot. Äähhh, ja, ich weiß, ich hätte zur Polizei gehen müssen. Jetzt, da Sie da sind, weiß ich es. Aber ich habe nicht daran gedacht, dass das alles mit dieser verdammten Militärzeit zusammenhängen könnte."

„Ja, das hätten Sie tun müssen. Sich melden, und die anderen auch, die davon wussten."

Tauber nickte. Wieder wartete der Kommissar. Nach einer Weile fuhr Hans Tauber fort. „Aber ich habe gedacht das Ganze wäre nicht von Bedeutung. Äähhh ja, das 'Vierblättrige Kleeblatt' war immer beisammen, und sie haben allerhand Unfug angestellt. Saurer war ihr Anführer."

„Saurer also, und wie hieß er noch? Sein Vorname!" Der Kommissar drängte. Er war hellwach.

„Hmmm, äääh... hmmm, ja Helmut, glaube ich. Ja, Helmut Saurer aus Branzoll, im Bozner Unterland."

Plötzlich entfuhr Tauber ein Rülpsen und eine Bierfahne wehte durch die Stube. Kommissar Permann musste seinen Kopf einen Augenblick angewidert zur Seite drehen.

„Brandis, Benedikt und Hofer wurden aus dem Hinterhalt erschossen, das haben Sie ja mitbekommen. Herr Tauber, überlegen Sie sich genau wie Sie jetzt antworten. Sie müssen uns jetzt alles sagen! *Alles*, verstehen Sie? Sie können wahrscheinlich damit noch Schlimmeres verhindern. Vielleicht ein Leben retten. Oder mehrere. Was ist damals passiert? Denken Sie nach!" In Hans' Taubers Gesicht spiegelte sich das Entsetzen.

„Äähhh ja, ich habe vom Tod der drei Männer gehört, natürlich. Das war ja in allen Zeitungen und im Fernsehen. Verdammt... aber was sollte denn damals Besonderes passiert sein?"

„Denken Sie nach! Bitte. Sie haben doch gesagt, dass die Vier allerhand Unfug verzapft haben. Was haben die damals alles angestellt?"

„Angestellt? Äääh, nun ja. Sie waren in der Kaserne berüchtigt, sie haben anderen Soldaten Streiche gespielt. Oft sind das böse Streiche gewesen, sehr böse. Sie haben schwächere Personen gequält und verfolgt. Gemobbt, würde man heute wohl sagen. Äääh ja, aber das war damals so beim Militär. Das war damals gang und gäbe."

Permann setzte nach. „Fällt Ihnen ein Name ein, von jemandem, den sie besonders heftig gequält haben? Wen? Wen haben die Vier besonders heftig gequält?" Permanns Stimme war eindringlich und drängend geworden.

Tauber legte eine Hand auf die Stirn. Er schwitzte. Man spürte förmlich, wie es in ihm arbeitete. Er verzog gequält sein Gesicht. Die Männer sahen, wie der Alkohol sein Übriges tat, um seinen Denkprozess zu verlangsamen. Die Sekunden tickten dahin.

„Wenn jetzt nichts kommt… was dann?" Kommissar Permann spürte, dass auch er zu schwitzen begonnen hatte.

„Dietrich, ähhh, nein Heinrich… äääh… Heini, nein Heinrich… " Tauber verstummte wieder und legte sein rundes Gesicht in Falten. Er schwieg lange.

„Weiter, weiter, Herr Tauber!", drängte der Kommissar.

„Äähh, ja, jaa doch, aber mir fällt beim besten Willen sein Nachname nicht mehr ein. Auf jeden Fall kam er aus dem Oberpustertal. Er sprach diesen typischen Dialekt. Sie wissen schon, er sagte 'Staan' anstatt 'Stein' und 'Gaas' für Geiß, und 'haam' für 'heim'. Er kam aus dem Oberpustertal, äääh, ja. Ja. Das ist sicher. Ihn haben sie damals besonders oft und heftig gequält und fertig gemacht. Jeden Tag beinahe. Woche für Woche, Monat für Monat. Er tat mir sehr leid, wissen Sie, das können Sie mir glauben." Die Erinnerung schien schlimme Bilder vor seinem inneren Auge hochsteigen zu lassen. Tauber wirkte gerührt. Seine großen, wässrigen Augen hinter den dicken Brillengläsern schienen in weite Ferne zu blicken, als er fortfuhr.

„Wissen Sie, er war ein schüchterner, unsicherer Junge, der sich nicht zu wehren vermocht hat. Aber ich konnte ihm nicht helfen, ich konnte nichts für ihn tun. Wir alle nicht. Man war selbst froh, wenn man einigermaßen in Ruhe gelassen wurde. Die Vier waren gefürchtet. Wissen Sie? Das waren Teufel. Ja, wahre Teufel. Man hatte regelrecht Angst vor ihnen. Da konnte man nichts machen. Leider nichts machen. Äähhh."

Permann war aufgestanden. „Heinrich sagen sie? Nur Heinrich? Fällt Ihnen sein Nachname wirklich nicht mehr ein? Denken Sie nach Herr Tauber. Bitte!"

Tauber legte wiederum seine Stirn in Falten, dachte nach, lange. Er fuhr sich über die Stirn, blickte gequält, um dann schließlich resigniert den Kopf zu schütteln.

„Denken Sie nach. Bitte! Es geht um Leben oder Tod!"

Wieder schaute Tauber die Männer bestürzt an, schluckte, und schüttelte noch einmal langsam seinen runden Kopf.

„Ich wünschte unser Psychologe, Dr. Henning wäre jetzt hier. Der könnte vielleicht Taubers Erinnerungen auf die Sprünge helfen. Aber leider ist er nun mal nicht hier." Permann beschloss es trotzdem selbst zu versuchen. Er musste es jetzt probieren, denn sie hatten keine Zeit mehr zu verlieren.

„Herr Tauber, damals beim Militär mussten alle Soldaten ein Namensschild auf der Brust tragen. Darauf war der Familienname abgedruckt, in schwarzen Großbuchstaben. Jetzt versuchen Sie sich diesen Oberpustertaler mit dem Namen Heinrich bildlich vorzustellen. Vorzustellen wie er ausgesehen hat in seiner Uniform. Sie haben ihn sicher sehr oft vor Augen gehabt. Jetzt schließen Sie Ihre Augen und denken Sie an ihn. Und dann sagen Sie uns, was Sie auf seinem Namensschild lesen können. Bitte! Und lassen Sie sich so viel Zeit wie Sie brauchen."

Hans Tauber blickte hilflos, schloss aber dann seine Augen und versuchte sich zu konzentrieren. Permann sah, wie seine Augenlider unter der Anstrengung des Denkprozesses leicht zitterten. Die Stille lastete über dem Raum.

„Wenn das jetzt nicht funktioniert, was dann? ... ", dachte der Kommissar.

Nach einer ganzen Weile öffnete Haus Tauber wieder seine Augen. Sie schienen hinter seinen dicken Brillengläsern noch größer zu sein als vorher. Der Nebel in seinem Gehirn schien durch seine trüben Augen zu scheinen. Eine ganze Weile schaute er ratlos und dann zuckte er hilflos mit seinen Schultern.

„Der verdammte Alkohol hat wohl einen beträchtlichen Teil seiner Erinnerung ausgelöscht, zumindest stört er die Kommunikation der Gehirnzellen untereinander, und das Denken wird so verlangsamt. Das ist sicher. Dieser Tauber scheint daueralkoholisiert zu sein", dachte Permann resigniert. „Da ist wohl nichts mehr zu machen. Leider." Er griff in seine Jackentasche.

„Hier ist meine Visitenkarte. Und wenn Ihnen der Name einfällt oder irgendetwas anderes, was wichtig sein könnte, rufen Sie mich sofort an. Haben Sie mich verstanden? Sofort, sagte ich!"

Tauber nickte und stand auf, auch Gianni Trincanato erhob sich. Die Federn des gequälten Divans, endlich von dem ungewohnten Gewicht befreit, ächzten erleichtert auf.

„Rufen Sie sofort an, wenn Ihnen irgendetwas einfällt, Herr Tauber!"

Hans Tauber nickte wieder mit gequältem Gesicht.

„Gianni!", rief der Kommissar, als sie draußen waren.

„Wir müssen sofort diesen Helmut Saurer ausfindig machen, und ihn Tag und Nacht überwachen lassen. Verdammt, warum hat der sich nicht gemeldet? Auch er nicht? Er ist in Todesgefahr!

Halt deine Eingreiftruppe bereit, Gianni! Es wird ernst, verdammt ernst! Und hoffen wir, dass diesem Saufkopf Tauber vielleicht doch noch der Familienname von diesem Heinrich einfällt. Hoffen darf man ja. Immer." Wieder dachte Kommissar Permann an seine kranke Frau.

„Und jetzt schnell zurück nach Bozen!"

Die alte „Birreria Pizzeria Pedavena" in der Via Santa Croce nahe dem historischen Zentrum in Trient, ist eines der bekanntesten und meistbesuchten Lokale der Stadt. Signore Perego hatte keinen Augenblick gezögert, bevor er das besagte Lokal empfohlen hatte. Er und Sara Gianna waren der Einladung der Polizeibeamtin gerne gefolgt, nicht ohne zu scherzen, dass sie gerade eben Beamte bestochen hätte. Beatrice lächelte amüsiert. „Was für nette Leute!", dachte sie.

Draußen flirrte die Mittagshitze, als sie durch die Stadt gingen. Nachdem sie die alte Brauerei betreten hatten, staunte Beatrice. Da waren riesige, schattige Säle, überall standen die imposanten Kupfer-Gärkessel der hauseigenen Bierbrauerei. Angenehme Kühle. Kellner wuselten herum, und bedienten die zahlreichen Gäste. Stimmengewirr, Gläserklappern. Es war ziemlich laut.

Signore Perego musste Beatrice fast ins Ohr schreien, um sich verständigen zu können. „Das Lokal ist der beliebteste Treffpunkt für Einheimische und die Studenten, aber auch die Touristen besuchen es gerne. Das hat sich inzwischen überall herumgesprochen, wie man sieht."

Schließlich fanden sie Platz an einem großen Tisch in einer gemütlichen, ruhigen Seitenstube.

Die Küche bot alles, was das Herz begehrte. Hier begegneten sich offensichtlich die italienische Küche und die deutsche Esskultur. Sara Gianna und Signore Perego bevorzugten die deutsche Küche, und bestellten sich Selchkarree mit Sauerkraut. Beatrice wählte ein leichtes, italienisches Gericht aus. Das Essen und das Bier schmeckten vorzüglich, und die Gesellschaft war sehr angenehm.

Kaum hatte Beatrice gegessen und das Bier halb ausgetrunken, klingelte ihr Handy. Ihr Kollege Fritz Permann war dran.

„Scusatemi, verzeiht, aber es scheint wichtig zu sein. Draußen ist es ruhiger", rief sie und verließ das Lokal, während sie den Anruf entgegennahm.

Permanns Stimme klang sehr angespannt, ja gehetzt.

„Volltreffer, meine liebe Kollegin! Gleich dein erster Name hat voll eingeschlagen. Hans Tauber hat geredet. Du musst mir aber im Archiv noch zwei Namen recherchieren. Der erste Name lautet Helmut Saurer aus Branzoll, und der zweite ist ein gewisser äähhmm..., Achtung, jetzt wird's leider komplizierter, ein gewisser 'Heinrich' aus dem Oberpustertal. Dieser Heinrich ist höchstwahrscheinlich der Mörder, den wir suchen. Leider ist Tauber der Familienname nicht mehr eingefallen. Tut mir leid. Sehr leid. Ich weiß, das wird eine schwierige Aufgabe für dich Beatrice, und sie ist wichtig, sehr, sehr wichtig. Du weißt es selbst! Übrigens, wir checken auch noch die anderen Männer, deren Namen du in der Kartei gefunden hast. Vielleicht kennt ja jemand von denen noch den Nachnamen von diesem Heinrich. In diesem Fall rufe ich dich natürlich sofort an. Aber ich habe wenig Hoffnung. Die Sache ist einfach zu lange her."

Beatrice lief geradezu, als sie ihre Gäste verständigte, sich entschuldigte und zahlte. Dann eilte sie zusammen mit den freundlichen, verständnisvollen Beamten zum Dokumentationszentrum zurück.

Als Beatrice wieder im Besucherraum des Dokumentationszentrums stand, wuchtete sie den ersten Karteikasten des Jahrgangs 1960 vom Wagen, und stellte ihn auf den Besuchertisch. Setzte sich und begann wiederum fieberhaft zu blättern.

„Zuerst muss ich also Helmut Saurer aus Branzoll finden." Die Suche nach ihm war relativ einfach, und schon nach fünf Minuten hatte sie die richtige Karteikarte unter den S-Familiennamen herausgefischt. „Saurer, Helmut", las sie, „geb. am 09. 02. 1960 in Branzoll. Musterung in Trient am 10. 02. 1978, Rang: Soldat, Militärdienst vom 01. 03. 1979 bis 27. 02. 1980, Dienstort: Kaserne Savoja Cavalleria, Meran, 2. Mannschaft, 4. Abteilung, 3. Kompanie, 1. Bataillon."

Sie hatte ihn, den vierten Mann.

„Und nun zum schwierigen Teil." Beatrice atmete tief durch. Jetzt musste sie noch einen gewissen „Heinrich" aus dem Pustertal finden, und zwar schnell. Koste es was es wolle. Sie musste seine Akte finden, damit sie diesen Irren endlich aufhalten konnten. Es lag an ihr, im Augenblick nur an ihr. Wieder atmete sie durch, dann machte sie in Gedanken eine Überschlagsrechnung. Wenn sie für eine Karteikarte etwa fünf Sekunden brauchte, um den Familiennamen und den Vornamen zu lesen und umzublättern, dann würde sie in einer Minute maximal 12 Karten schaffen. Das machte in einer Stunde etwa 720 Karten. Ihr Herz pochte. Da waren Tausende von Karteikarten! Dafür konnte sie Stunden brauchen! Sie konnte nur hoffen, dass der Familienname des Mörders im vorderen Teil des Alphabets zu finden war. Ja, jetzt lag alles allein an ihr. Jetzt durfte sie keinen Fehler machen. Also los! Ihr Herz begann noch heftiger zu schlagen, als ihre Finger über die ersten Karteikarten glitten.

Nach einer halben Stunde fand sie den ersten „Heinrich". Heinrich Frisch. Für einen Moment setzte ihr Herzschlag aus, um dann noch heftiger gegen ihre Rippen zu hämmern. Heinrich Frisch, geb. am 25. Juni 1960 in Meran, wohnhaft in Lana. „Verdammt! Nicht im Pustertal." Sie spürte die Welle der Enttäuschung. Sie las weiter: „Musterung in Trient am 30. Juni 1978, Rang: Soldat, Militärdienst vom 3. Juli 1979 bis 29. Juni 1980 in Bozen. Nichts, nichts... verdammt!"

Also weiter. Weiter!

Nach etwa anderthalb Stunden begannen die Buchstaben vor ihr zu flimmern, zu tanzen, zu verschwimmen. Oh Gott, das durfte nicht sein! Sie musste aufhören, bevor sie einen Fehler machte, und womöglich den entscheidenden Moment übersah. „Ich muss eine kurze Pause machen!"

Sie setzte ihr Blättern aus, stand auf, streckte die Arme aus, ging wippend in die Knie. Ihr Hals war wie ausgedörrt. Sie brauchte etwas zu trinken, und zwar schnell. Sie verließ den Raum. Auf der Toilette drehte sie den Wasserhahn am Waschbecken auf, und ließ die kühle Flüssigkeit über ihr Gesicht laufen. Dann trank sie wie eine Verdurstende.

Und hastete zurück in den Besucherraum.

Weiter, weiter!

Plötzlich zuckte sie zusammen. Da war wieder ein „Heinrich". Ihre Augen huschten über den Familiennamen. Klammsteiner,

Heinrich Klammsteiner. Geboren am 25. April in Sterzing. Sterzing, also wieder nichts! Sie versuchte ihren Herzschlag wieder zu beruhigen.

Weiter, weiter!

Als sie den letzten Karteikasten auf den Tisch wuchtete, schaute sie auf die Uhr. 17.02 Uhr. Die Buchstaben U bis Z. In einer halben Stunde würde das Dokumentationszentrum schließen. Wenn sie nichts fand…? Sie wagte nicht daran zu denken. Das durfte einfach nicht sein!

Also schnell weiter. Weiter!

Wie ein Roboter blätterte sie mechanisch durch die Karten, checkte den Vornamen, den Familiennamen.

Seit drei Stunden schon.

Nichts, wieder nichts!

Weiter, weiter!

Noch eine Hand voll Karteikarten lag vor ihr. Wenn jetzt nichts kam…? Im nächsten Augenblick setzte ihr Herzschlag wieder aus. „Heinrich! Walder, Heinrich." Fieberhaft glitten ihre Augen über die nächste Zeile. Da stand es. Schwarz auf weiß: „Heinrich Walder, geboren am 17. Februar 1960 in Innichen."

„Das ist er!", dachte Beatrice und sprang wie elektrisiert auf, und musste sich schnell wieder setzen. Vor ihren Augen stoben bunte Bläschen und Lichter auf. „Mein Gott, ich kippe um", dachte sie und setzte sich schnell wieder hin.

Die Anstrengung der letzten Stunden forderte ihren Tribut! Sie versuchte fieberhaft ihre Gedanken zu ordnen und las weiter: „Walder Heinrich, geboren in Innichen. Die meisten Oberpustertaler wurden in der Geburtenstation des Krankenhauses von Innichen geboren. Das ist er! Endlich!" Schließlich verschwanden die bunten Bläschen vor ihren Augen wieder. Sie riss die Karteikarte aus dem Kasten und las weiter. Wenn das letzte auch noch stimmte... dann...

„Rang: Soldat, Militärdienst vom 27. Februar 1979 bis 22. Februar 1980, Grundausbildung in Rieti, Dienstort: Kaserne Savoja Cavalleria, Meran, 2. Mannschaft, 4. Abteilung, 3. Kompanie, 1. Bataillon." Es war wie bei den anderen vier Männern! Das war er! Sie hatte die endgültige Gewissheit! Er musste es sein! Heinrich Walder! Augenblicklich sprang Beatrice auf, suchte fieberhaft in ihrer Handtasche das Mobiltelefon und wählte wieder die Nummer ihres Kollegen.

Toblach im Pustertal, 27. Juni, frühmorgens um 03.45 Uhr

Als am Horizont der Morgen zu grauen begann, schälte sich der Bergwald schwarz aus der Finsternis. Der Bergbauernhof stand stumm und dunkel und abweisend da. Die Tautröpfchen, die das Gras auf der Lichtung bedeckten, begannen silbern zu leuchten. Auf der Lichtung äste ein einsamer Rehbock. Plötzlich nahm er Witterung auf, hob den Kopf, blickte einen Moment erstarrt und mit großen Augen. Seine Lauscher waren steil aufgerichtet. Auf einmal, ganz plötzlich, sprang er schnell auf den Waldrand zu und verschwand im Dickicht.

Die schwarzgekleideten Männer waren über eine Forststraße bis weit über das Dorf Toblach gefahren, und hatten die Fahrzeuge am Rande im Wald abgestellt, noch bevor das Licht der Scheinwerfer den Hof erreichen konnte.

„Er ist oben", hatten die Carabinieri-Beamten von Toblach gesagt. „Gestern Abend noch hat Licht gebrannt."

Außerdem hatten sie sein Mobiltelefon geortet.

Die letzten 5oo Meter gingen die Männer in stummer Prozession auf den Hof zu, die Sturmhauben tief ins Gesicht gezogen, die Sturmgewehre mit dem aufgesetzten Nachtsichtgerät im Anschlag. Sie durften nichts dem Zufall überlassen, denn der mutmaßliche Mörder war zweifellos gefährlich. Sie hatten alles abgesprochen und abgestimmt.

Auf ein Zeichen Gianni Trincanatos fächerten die Männer lautlos auseinander. Zwei Männer liefen hinter den Hof, ließen sich ins Gras fallen und brachten die automatischen Gewehre in Anschlag. Ein Mann huschte hinter den Brunnentrog, in welchem Wasser plätscherte in Deckung. Die zwei anderen warfen sich in einer Bodenunebenheit ins Gras, und nahmen den Toreingang von links und rechts ins Visier.

Der Hof war umstellt.

Fritz Permann, Beatrice und Gianni Trincanato hatten regungslos am Waldrand gewartet. Nichts regte sich. Alles schien den Atem anzuhalten.

„Los!", flüsterte der Kommissar, und „viel Glück!"

Dann huschten auch sie auf den Hof zu. Mit entsicherten Pistolen rannten Permann und Beatrice zum Eingangstor, lehnten sich links und rechts gegen den Türstock und atmeten durch. Der Kommissar versuchte mit seiner freien linken Hand das Haustor zu öffnen. Abgeschlossen.

Der Kommissar nickte Gianni Trincanato zu. Dieser schwang den tragbaren Rammbock von seiner Schulter, und nahm breitbeinig Aufstellung. Hinter der Sturmhaube des großen Mannes leuchtete das Weiße seiner Augen, als er Permann und Beatrice zunickte.

„Los!", zischte er und ließ den Rammbock losschnellen. Mit einem ohrenbetäubenden Krachen zersplitterte das Haustor, und die Holzstücke fielen nach innen. Die kleine Glasfüllung im Haustor zersprang in tausend Stücke, die Glassplitter prasselten zu Boden. Mit einer fließenden Bewegung warf Trincanato den Rammbock beiseite, riss eine Blendgranate vom Gürtel, zog die Sicherung ab und warf sie in die schwarze Höhle des Hauseinganges. Dann tauchte er weg. Im nächsten Augenblick erschütterte ein dumpfer Knall das Hausinnere und ein Lichtblitz ließ die Umgebung taghell im Magnesium-Perchlorat-Feuer aufleuchten. Das Haus erbebte, Fensterglas zersprang klirrend. Der Lichtblitz und der Knall würden Heinrich Walder kurzzeitig orientierungslos machen, seine Seh- und Hörwahrnehmung ausschalten. Ein paar Sekunden danach hallte ein zweiter Knall durch das Haus und ein Lichtblitz erhellte das Obergeschoss.

„Los!" Permann schrie als er und Beatrice ins Haus stürmten, die Pistole beidhändig im Anschlag. Sich gegenseitig Deckung gebend, huschten sie von Raum zu Raum, in die Stube, die Küche, in den Abstellraum.

„Nichts. Nichts!" Die Stimme des Kommissars war ein Schrei.

Trincanato war durch ein Seitenfenster in das Obergeschoss eingedrungen und huschte durch die Räume. Sie hatten vorher die Pläne des Hauses gründlich studiert.

„Nichts!"

Trincanatos Stimme schallte von oben durch das Haus.

Eine Weile standen sie noch da, regungslos und lauernd, die entsicherten Pistolen im Anschlag. Permann und Beatrice im Unter-, Trincanato im Obergeschoss. Langsam begann sich der Rauch der

Blendgranaten zu verziehen. Wieder huschten sie von Raum zu Raum, und suchten – und fanden nichts. Da war niemand.

„Der Vogel ist ausgeflogen." Kommissar Permanns Stimme klang rau vor Enttäuschung.

„Ja. Sembra così, es scheint so zu sein." Trincanatos Stimme dröhnte aus dem Obergeschoss. „Er ist abgehaut!"

Langsam stieg der große Mann über die Treppe herunter, sicherte seine Pistole, und ging nach draußen, um seine Männer zu entwarnen.

Permann und Beatrice sahen sich an. Die Enttäuschung stand in ihre Gesichter geschrieben. Noch einmal gingen sie langsam durch die Räume, registrierten was sie sahen. Das Bett im Obergeschoss war unberührt. Alles wirkte aufgeräumt. Alles schien an seinem Platz zu sein. Als sie die Abstellkammer im hinteren Teil des Hofes durchsuchten, glänzte etwas matt aus dem Dämmerlicht. Es sah aus wie ein furchterregendes, bösartiges, tödliches Insekt. Ein riesiges Gewehr stand angelehnt an der Bretterwand.

„Die Steyr HS, die Mordwaffe. Gianni hat Recht behalten, es ist genau das Gewehr, wie er vermutet hat", murmelte Beatrice.

Auf dem Stubentisch fanden sie Walders eingeschaltetes Mobiltelefon. Und da lag auch noch ein blaues Heft. Ein kleines Schreibheft. Der Kommissar nahm es, und blätterte darin. Das Heftchen war vollgeschrieben, die Tinte schon fast verblasst. Sofort fiel Permann die schöne, fast kindliche Handschrift auf. Er blätterte schnell durch das Heft. Die Einträge, die den ersten und umfangreichsten Teil des Schreibheftes einnahmen, umfassten die Zeit vom 5. März 1979 bis zum 28. Februar 1980. Der Kommissar blätterte weiter. Auf den letzten fünf Seiten änderte sich das Schriftbild radikal. Alles wirkte flüchtig, wie von einer eiligen, zornigen Hand schnell hingeworfen. Die Tinte leuchtete in frischem Blau. Diese Einträge waren neu. Der letzte Eintrag stammte von gestern. Fritz Permann lief ein kalter Schauer über den Rücken, als er schnell die letzten vier Einträge im Tagebuch des Mörders überflog:

13. März

„Charly", wie sie dich damals genannt haben, Karl Brandis, du lebst nicht mehr. Du dummer, selbstgefälliger, selbstgerechter, egozentrischer und schweinischer Karl Brandis bist jetzt ausgelöscht! Du, der du nie einen Zweifel an deiner unglückseligen Existenz gehegt hast, liegst jetzt irgendwo in einem Kühlfach auf der Gerichtsmedizin. Sie werden deine jämmerlichen Knochen irgendwo verscharren oder verbrennen. Sicher, früher oder später wärst du auch so krepiert, vielleicht noch jämmerlicher als heute. An Magen- oder Prostatakrebs, an Herzinfarkt vielleicht, wie so viele in diesem elenden Land. Aber ich nahm dich früher mit, du hattest kein Recht mehr zu leben. Ich habe es selbst in die Hand genommen, denn an ein göttliches Gericht glaube ich längst nicht mehr.

Dich aufzuspüren war kinderleicht. Ein paar Klicks im Internet reichten. Eine kleine Recherche in Google Street View. Ich habe dich einige Zeit beobachtet, deine Lebensgewohnheiten studiert, eine günstige Schussposition gesucht und gefunden. Ich habe deine selbstgefällige Visage noch ein letztes Mal durch das Zielfernrohr gesehen. Dein säuisches Grinsen, bevor dir meine Kugel den Schädel zerfetzt hat. Es war viel leichter, als ich gedacht habe. Es war leichter als ein Reh zu schießen oder eine Gämse. Ich bin dabei völlig ruhig geblieben. Als der Schuss sich löste, als ich den Rückstoß der Waffe spürte, habe ich weiter durch das Fernrohr gesehen, und habe deinen Schädel explodieren sehen. Danach habe ich mein Gewehr auseinandergenommen und eingepackt, und bin gegangen. Ich bin dabei völlig ruhig geblieben.

Du bist jeden Morgen laufen gegangen, bei jedem Wetter. Du bist wohl vor dir selbst davongelaufen! Deinen letzten Lauf gestern konntest du nicht mehr antreten. Dein armseliges Leben ist beendet. Schluss! Ich aber habe noch zu tun. Erst danach werde ich selbst von der Bühne abtreten.

Ich beginne also wiederum meine Gedanken aufzuschreiben. Eigentlich weiß ich nicht, warum ich das tue, aber irgendwie beruhigt es mich, sie zu Papier zu bringen. Das Schreiben hat mich immer schon beruhigt, und ich habe es schon damals gemacht, als alles angefangen hat. Damals war es auch eine Frage des Überlebens. Wenn nicht das Papier alles aufgesaugt, und etwas Druck von meiner Seele genommen hätte, würde ich wahrscheinlich schon längst nicht mehr leben.

Ich habe also das Schwein zur Strecke gebracht. Das erste Schwein. Ich habe die Schwelle überschritten, und ich fühle, jetzt wird alles leicht, ich werde alles zu Ende bringen.

Ich bin voller Hass. Er zerfrisst mich, das weiß ich. Das ist mir vollkommen klar. Es ist der Hass auf diese vier Schweine, auf die Welt, auf Gott, an den ich schon längst nicht mehr glaube, und auf mich selbst. Ich habe alles verloren, und am Ende werde ich selbst verloren sein. Unwiderruflich. Da mache ich mir keine Illusionen. Mir ist es einerlei, denn ich habe mein Leben vor kurzem abgeschlossen, als mir auch das Letzte noch genommen wurde. Seitdem vegetiere ich nur mehr dahin. Ein Tag ist wie der andere. Ich esse, wenn ich muss, und schlafe, bevor ich umfalle. Meine Arbeit habe ich aufgegeben, meine letzten Besitztümer verkauft. Warum sollte ich noch arbeiten? Alles ist mir gleichgültig geworden. Meine Reserven reichen nicht mehr lange. Sie brauchen es auch nicht. Ich werde das Jahr nicht überleben. Ich will nichts hinterlassen. Wem auch? Nur mein Hass und mein Schrei nach Rache zwingt mich noch eine Weile weiterzuleben, um alles zu beenden.

18. Juni

Das war heute der Zweite... und nicht der Letzte. Kaspar Benedikt, du warst eine noch unglücklichere Existenz als Brandis, der Egoismus in Person, gerissen, hinterhältig, gemein. Ein Insekt, das aus dem Hinterhalt rücksichtslos zugestochen hat. Niemand wird dir eine Träne nachweinen.

Auch dich zu töten war ein Leichtes. Wieder eine kleine Recherche im Internet, und schon hatte ich dich aufgespürt. Der Schlossberg in Bruneck erwies sich als der ideale Ort, um dich zu erledigen. Etwa 250 Meter waren es bis zu deiner Dachterrasse, und du hast dich mir wie auf dem Präsentierteller dargeboten. Benedikt, du lagst da wie ein Schwein in der Suhle, wie schon an den Abenden zuvor, regungslos. Ich habe zwei Kugeln zu dir hinuntergeschickt, und deine elende Existenz war ausgelöscht. Von den Schüssen ist nur ein Ploppen und ein Fauchen zu hören. Der Schalldämpfer hat sich bewährt. Ich bin mir sicher, dass niemand etwas gehört hat. Vom Kastellan von Schloss Bruneck drohte keine Gefahr. Der zieht sich abends immer in seine Wohnung zurück, die auf der Rückseite des Schlosses liegt. Er zieht abends die Vorhänge zu, und kümmert sich um nichts mehr. Das wusste ich.

Wenn ich mir am Anfang in meinen wirren Träumen mein Tun vorgestellt habe, glaubte ich immer, ich würde nach meiner Tat tiefe Befriedigung empfinden. Dem ist nicht so. Es ist, als ob ich eine lästige Arbeit erledigt hätte. Eine Arbeit, die ich tun musste. Ich bin weder glücklich noch erleichtert, dass die zwei Würmer nicht mehr leben.

Es war so einfach, dass ich es fast nicht glauben kann. Einmal feuern, und noch einmal, dann vier Griffe, und ich hatte mein Gewehr in der Tasche verstaut. Beim Handhaben der Waffe ist mir in Bruneck ein kleiner Fehler passiert. Als ich repetiert habe, ist mir die Patronenhülse herausgesprungen und ist über die Schlossmauer hinuntergefallen. Bei meinem Rückzug von der Mauer habe ich eine Weile im hohen Gras nach ihr gesucht, konnte sie aber nicht mehr finden. Ihr werdet sie wohl aufspüren. Egal. Das wird euch nicht groß weiterbringen.

Weiter! Meine Arbeit ist noch nicht erledigt.

22. Juni

Das war heute der Dritte! Wieder war es ganz einfach. Ich musste schnell handeln, denn ich ahne, ihr werdet bald wissen, wer ich bin. Ihr werdet mir auf die Spur kommen. Deshalb muss ich es zu Ende bringen. Schon bald.

Du warst also der Dritte, Oskar Hofer, du Schleimer, du elender Wurm, du feiger Mitläufer! Du warst aber nicht weniger schlimm als die Anderen und hast nichts anderes als den Tod verdient.

Es dauert nicht mehr lange, und meine Arbeit ist getan. Ich dachte, es würde mir wilde Freude bereiten, wenn ich sie umgebracht hätte. Aber dem ist nicht so. Auch diesmal nicht. Ich fühle nichts, keinen Hass mehr und keine Genugtuung. Nur Leere füllt mich aus, und unendliche Einsamkeit. Ich werde es bald ganz zu Ende bringen. Schon bald, sehr bald!

26. Juni

Mein letzter Eintrag. Ich fühle, ihr seid mir auf den Fersen. Ich ahne es, dass ihr mich hier in Toblach bald aufspüren würdet. Deshalb verlasse ich heute Nacht mein Haus, und gehe auf meine letzte Jagd. Die Arbeit ist noch nicht ganz getan. Es bleibt noch der Vierte, der Letzte, der Schlimmste.

Das Gewehr lasse ich zurück. Es hat mir gute Dienste erwiesen, aber für die Stadt ist es zu groß, zu schwer und zu unhandlich. Ich habe bequemere und effektivere Waffen.

Ich beende hiermit meine Aufzeichnungen. Ob ihr sie lest oder nicht, ist für mich eigentlich belanglos. Niemand wird mich und mein Handeln verstehen können. Ich habe diese Zeilen aufgeschrieben, um meine Gedanken zu ordnen, und um mich zu beruhigen. Ihr werdet mich nicht aufhalten, bevor ich es zu Ende gebracht habe.

Toblach, um 23.15 Uhr. Heinrich Walder

Permann merkte plötzlich, wie ihm fror. Diese Niederschrift war das Geständnis des Mörders. Sie hatten endlich Klarheit. Der Fall war jetzt eigentlich gelöst, aber noch war diese traurige Geschichte nicht zu Ende. Noch längst nicht zu Ende. Die Jagd nach dem Mörder begann erst jetzt richtig Fahrt aufzunehmen.

„Diesen Helmut Saurer, das mögliche vierte Opfer, konnten wir gestern nicht mehr ausfindig machen. Leider." Kommissar Permann nippte an seinem Macchiato. „Er ist von seiner Frau getrennt und sie hat so gut wie keinen Kontakt mehr zu ihm."

Nach der anstrengenden Nacht in Toblach saßen der Kommissar und Beatrice am Morgen müde im „Stadtcafè" an einem Tisch.

„Sie weiß nicht einmal genau, wo er sich aufhält. Sie weiß nur, dass er irgendwo in Brasilien lebt. Immerhin haben wir von ihr seine Handynummer bekommen, aber er nimmt bis jetzt auf seinem privaten Handy keinen Anruf an. Wir wissen aber, dass er demnächst für zwei Wochen nach Bozen zurückkehren will, weil er anscheinend Wichtiges zu erledigen hat."

Permann schwieg eine Weile und schaute Beatrice eindringlich in die Augen. „Aber auch unser Mörder hat ja noch einiges zu erledigen und wir müssen unbedingt verhindern, dass Saurer nach Bozen kommt, Beatrice. Wir können hier nicht für seine Sicherheit garantieren. Heinrich Walder will ihm an den Kragen, soviel ist sicher. Saurers Arbeitgeber, ein Zahntechniker, der Spezialmaschinen zur Herstellung von Zahnprothesen baut, war gestern Abend ebenfalls nicht mehr zu erreichen. Wir haben also noch keine Telefonnummer, mit der wir Saurer in Brasilien erreichen könnten. Aber irgendwann werden wir die bekommen."

Beatrice nickte. „Und Walder?"

„Tja, hmm, vom Mörder, Heinrich Walder, haben wir noch keine Spur. Nachdem du ihn in Trient in den Militärakten aufgespürt hast, und seit unserer Aktion heute Nacht in Toblach läuft die Fahndung nach ihm auf Hochtouren. Und ich habe alle Vorkehrungen getroffen, damit er nicht ausreisen und abhauen kann."

Dann schwieg er und schlug seine Hände vor das Gesicht. Die Müdigkeit überfiel ihn plötzlich wie ein Raubtier aus dem Hinterhalt. Er hatte nicht geschlafen.

Gestern am späten Nachmittag hatte er Christa ins Krankenhaus gebracht. Er war lange bei ihr gesessen und die Ohnmacht und die Angst hatte wie ein Raubvogel über ihnen geschwebt. Er hatte sie umarmt und versucht, sie etwas aufzumuntern. Aber eigentlich hätte er den Trost selbst am meisten gebraucht.

„Lass *du* dich nicht unterkriegen Fritz. Mach dir nicht zu große Sorgen um mich. Alles wird gut, ich weiß es." Das hatte sie leise gesagt, und hatte ihm dabei eindringlich in die Augen gesehen.

Wurde alles gut?

Nadia, seine Tochter hatte ihn anrufen wollen, aber er hatte das Gespräch nicht angenommen, noch nicht. „Bin im Krankenhaus bei Christa", hatte er sie per WhatsApp-Nachricht verständigt.

Jetzt brauchte sie seine ganze Aufmerksamkeit. Er hielt ihre Hand bis sie einschlief, mehr konnte er nicht tun. Christa lag da und atmete ruhig und gleichmäßig.

Gegen Mitternacht öffnete sie ihre Augen, blickte ihn lächelnd an und drückte ganz fest seine Hand. Ihre Stimme klang ruhig und gefasst.

„Fritz, du musst jetzt gehen. Du hast doch bald diesen Einsatz im Pustertal. Du wirst gebraucht heute Nacht. Für mich hast du heute schon so viel getan. Mehr kannst du im Moment nicht mehr für mich tun."

Sie drückte seine Hand ganz fest, lehnte sich im Bett auf und küsste ihn auf den Mund.

„Und jetzt lass mich etwas schlafen. Ich bin so müde. Fritz, und noch einmal: Alles wird gut, ich weiß es."

Als er im Kankenhaustrakt durch den langen Gang der Krebsstation gegangen war, hatte er sich noch einmal umgedreht. Sie stand verloren vor ihrem Zimmer und blickte ihm nach und winkte lächelnd. Sie hatte dabei unendlich einsam und zerbrechlich ausgesehen.

Nach seinem Besuch im Krankenhaus war er in seine Wohnung zurückgekehrt, und hatte dort allein dagesessen. Er wusste nicht, was er mit der Zeit, die ihm bis zum Einsatz noch blieb, anfangen sollte. Er verfluchte seine Schwermut, die ihn manchmal überfiel und ihn nicht mehr loslassen wollte. Warum zum Teufel konnte er nicht alles ein bisschen gelassener nehmen? Warum dachte er so oft an das Scheitern, an das Schlimmste? Warum konnte er die Hoffnung nicht bedingungslos zulassen?

Er hatte keinen Bissen hinuntergebracht. Die Gedanken an die Krankheit und den Tod, und an das Nichts danach waren wiedergekommen, und der schwarze Schlund der Verzweiflung hatte ihn mit in die Tiefe zu reißen gedroht. Sekunden und Minuten waren dahingetickt und auf seiner Brust hatte ein riesiger Betonklotz gesessen, der ihm die Luft zum Atmen genommen hatte.

Als hätte sie gewusst, dass er sie jetzt am meisten brauchte, hatte ihn seine Tochter Nadia noch einmal angerufen, und hatte versucht ihn zu trösten. Er war ihr unendlich dankbar dafür gewesen, aber der Trost hatte nur kurz gewirkt. Danach war er wieder allein gewesen. Die schwarzen Gedanken und seine wilde Hoffnung hatten miteinander gerungen. Die schwarzen Gedanken hatten an diesem Abend gesiegt. So waren die Sekunden, die Minuten vergangen. Trostlos in seinem Elend und dann war der nächtliche Einsatz in Toblach gekommen. Permann war fast erleichtert darüber gewesen.

Die Stimme von Beatrice kam wie aus weiter Ferne.

„Was ist mit dir los, Fritz? Ich habe dich gerade was gefragt. Du bist manchmal völlig abwesend, und so ernsthaft in letzter Zeit."

Permann schaute nicht auf. Das Gesicht behielt er in die Hände vergraben. Seine Stimme kam tonlos, fast flüsternd. „Christa. Christa wird höchstwahrscheinlich gerade operiert. Sie hat Brustkrebs."

Dann schwieg er. Stille.

„Oh, nein." Beatrice seufzte auf. „Das tut mir so leid, so unendlich leid, Fritz."

Dann stand sie auf, und umarmte ihn still, legte ihren Kopf an seine Schulter. Der Kommissar fühlte, wie sich in ihm etwas bewegte, löste, und für einen Moment fiel die Anspannung von ihm ab. Ein Schauer lief über seinen Rücken, und dann weinte er leise. Nur die Schultern des großen Mannes zuckten leicht. Eine Weile standen sie so da, still beieinander, der Kommissar und die junge, schlanke Frau. Es tat unendlich gut, dass jetzt jemand da war.

„Danke", sagte Permann nach einer Weile, und löste sich von Beatrice. Er wischte seine Tränen fort. „Tut mir leid, dass ich jetzt weine. Das wollte ich wirklich nicht."

„Ach, hör doch auf! Du musst jetzt weinen. Es tut gut, wenn man manchmal weinen kann. Anders wäre diese Welt manchmal nicht zu ertragen. Außerdem, ich mag Männer, die weinen können." Der Kommissar lächelte und zuckte die Schultern.

„Warum hast du es mir nicht schon früher erzählt?"

„Ich wollte dich nicht auch noch belasten, Beatrice. Es ist genug, wenn *ich* leide." Sie schüttelte mitfühlend, aber etwas vorwurfsvoll, den Kopf. „Wir sind nicht dafür geschaffen alles in uns hineinzufressen, Fritz. Du weißt es selbst. Alles wird leichter, wenn man über etwas reden kann. Du kannst jederzeit mit mir reden, und es bleibt bei mir. Ich schwöre es, Fritz. Das weißt du doch!"

Er nickte und schämte sich etwas.

„Und noch etwas, Fritz. Viele Frauen besiegen diese Krankheit. Die meisten. Christa erst recht. Sie ist eine Kämpferin. Ich kenne sie, und ich weiß das."

Permann fühlte, wie ihm wieder die Augen nass wurden. Aber bevor es dazu kam, verbarg er noch einmal sein Gesicht an Beatrices Wange. Er flüsterte „Ja", und „danke Beatrice, danke für deine Freundschaft und für dein Mitgefühl. Das tut alles so gut, so verdammt gut."

Dann drehte er sich um und ging und sie mit ihm.

Sie schritten wortlos nebeneinander auf die Quästur zu. Permann atmete leichter. Es hatte gut getan seine Sorgen zu teilen, verdammt gutgetan. Und es tat gut, dass die Arbeit wieder auf ihn wartete.

Gegen Mittag hatte der Kommissar aus dem Krankenhaus erfahren, dass Christas Operation gut verlaufen war. Sie schlief. Er würde sie am Abend, wenn sie wieder ansprechbar war, besuchen.

Nach 13.00 Uhr erreichte Kommissar Permann Helmut Saurer endlich im Büro der Firma für Zahntechniker-Zubehör in Rio de Janeiro, Brasilien. Der Kommissar wusste, dass es in Rio nach acht Uhr morgens war.

„Kommissar Fritz Permann, Quästur von Bozen. Spreche ich mit Herrn Helmut Saurer?"

„Ja, das tun Sie. Worum geht es?" Saurers klare, tiefe Stimme drang aus dem Hörer.

„Herr Saurer, ich möchte sofort zur Sache kommen. Folgendes: Ich warne Sie, kommen Sie derzeit nicht nach Bozen! Es gibt ein Problem hier. Ein großes Problem. Verschieben Sie Ihren Besuch in Bozen. Mehr kann ich Ihnen hier am Telefon nicht sagen."

Einen Moment lang blieb es still im Apparat. Der Kommissar hörte Saurer atmen.

„Verdammt, welches Problem denn?", klang es dann gepresst aus dem Hörer. Der Kommissar registrierte es sofort.

„Wie gesagt, das kann ich Ihnen nicht sagen. Nur so viel. Es geht um Ihre Sicherheit. Die ist derzeit in Bozen absolut nicht gewährleistet."

„Wie? Meine Sicherheit?"

„Ja, richtig, ganz richtig, es geht um Ihre Sicherheit." Permanns Stimme war voller Nachdruck.

Wieder hörte er Saurer tief durchatmen, bevor er antwortete.

„Hören Sie, Herr Kommissar. Herr Permann, richtig?"

Der Kommissar brummte zur Bestätigung in den Hörer.

"Jetzt hören sie gut zu, Herr Kommissar. Ich habe in Italien, in Bozen ein paar dringende Sachen zu erledigen, die schon länger geplant sind und die ich nicht mehr aufschieben kann. Ich muss nach Bozen kommen, und Sie werden mich daran nicht hindern können. Ich habe meine Reise schon vor Monaten geplant. Sie können mich nicht aufhalten. Das Flugticket ist schon gekauft, und ich werde morgen fliegen. Ok? Zum Teufel mit Ihrer Sicherheit!"

„Ich habe Sie gewarnt", sagte der Kommissar. „Und Sie sind ein erwachsener Mensch, Herr Saurer. Wenn Sie meinen Rat nicht befolgen wollen, nun gut, dann kann ich auch nichts machen. Wir haben Sie gewarnt, eindringlich gewarnt, verstanden? Und Sie sollten auch wissen, dass dieses Gespräch aufgezeichnet wird. Zu unserer Absicherung. Und sagen Sie uns wenigstens Bescheid, wenn Sie doch fliegen. Sagen Sie uns, wann und wo Sie italienischen Boden betreten. Dann werden wir versuchen für Ihre Sicherheit zu sorgen."

„Ach, leckt mich doch…!" Ein Fluch folgte und Saurer legte auf.

„Der verdammte Idiot, dieser sture Bock!", schimpfte Permann in Bozen und schüttelte den Kopf.

In Rio de Janeiro stand Helmut Saurer seltsam betroffen auf der Dachterrasse des Bürohauses, und versuchte klare Gedanken zu fassen. Sein Büro lag im vornehmen Stadtviertel von Rio, fast direkt am berühmten Strand von Ipanema, in bester Lage. Wenn sich Saurer auf der Dachterrasse aufhielt, leuchtete ihm im

Hintergrund, in etwa zwei Kilometer Entfernung der 704 Meter hohe Corcovado-Felsen mit der weißen, samt dem Sockel 38 Meter hohen Christus-Statue Cristo Redentor entgegen. Das weltberühmte Wahrzeichen von Rio, die weiße Christusfigur mit den ausgebreiteten Armen. Linker Hand zeichnete sich im leichten Dunst des jungen Morgens im Hintergrund des berühmten Copacabana-Strandes die Silhouette des Zuckerhutes ab. Doch Saurer hatte an diesem Morgen keinen Blick für die weltbekannten Attraktionen der Stadt.

Er atmete ein paar Mal durch. Dann stürmte er in sein Büro, und gab den Begriff „Südtirol" in die Suchmaschine ein. Er suchte das bekannteste Nachrichtenportal dieses Landes. Und las das Übliche. Es gab Politikerstreit mit der römischen Regierung um Geld und autonome Rechte. Ein nächtliches Unwetter mit Hagelschlag hatte es gegeben. Es gab Meldungen von zerstörten Apfelplantagen, Verkehrsunfällen, einem Bergunfall in den Dolomiten. Also nichts Interessantes und nichts von Bedeutung.

Er überflog einen weiteren Bericht. Die Polizei suchte einen dreifachen Serienmörder. Ein Mord war im Vinschgau passiert, einer in Bruneck, der dritte in Sand in Taufers. Das war allerdings nicht so alltäglich, aber so etwas passierte eben von Zeit zu Zeit. Statistisch gesehen alle zehn Jahre, dachte Saurer.

„Es geht um Ihre Sicherheit", hatte der Kommissar gesagt. Was zum Teufel sollte das? Was sollte denn passiert sein? Warum sollte seine Sicherheit in Gefahr sein, in Bozen, diesem Kaff? Er kannte in Südtirol ja kaum noch Jemanden, seit er sich von seiner Frau getrennt hatte. Seit er alle Kontakte abgebrochen hatte, sein altes, langweiliges Leben zurückgelassen, diese verdammte Provinz, die tödliche Routine, die Langeweile und das stabile Unglück seiner öden Beziehung.

Vor etwa sechs Jahren hatte sich in seiner Firma plötzlich die Option „Brasilien" aufgetan, und er hatte freudig zugegriffen. Er hatte seine Chance genutzt. Hier in Brasilien war zwölf Monate lang tropischer Sommer, der durch die steten Passatwinde angenehm gemildert wurde. Die Stadt sprühte vor Leben. Er liebte die wunderbaren Strände von Copacabana, Ipanema und Leblon, die kulturellen Möglichkeiten, die Sportstätten, die wunderbaren Frauen! Er hatte die Fußball-Weltmeisterschaft 2014 genossen, das Endspiel im riesigen Maracanã-Stadion, den Karneval.

Natürlich hatte er auch gearbeitet, hart gearbeitet für seine Firma. Er hatte überall in Brasilien Zahntechniker-Kongresse organisiert und hatte die neuesten Produkte seiner Firma vorgestellt. In den größten Städten des Landes, in São Paulo, Salvador da Bahia, Brasília, Fortaleza, Belo Horizonte, Manaus, Recife. Er hatte für seinen Chef den Markt in Brasilien neu erschlossen, und das alles in nur sechs Jahren, seit er in Brasilien war. Er war stolz auf sich, stolz auf seine Leistungen.

Aber nun musste er eben, wohl oder übel, für ein paar Wochen nach Südtirol zurück, um Ordnung zu machen.

„Keine Ahnung, was die Polizei von mir will. Wurst, egal, scheißegal", dachte Saurer. Er musste wohl, er dachte mit Grausen daran, auch mit diesem nervigen Kommissar sprechen. Gleich darauf versuchte er die Gedanken daran wie eine lästige Fliege zu verscheuchen.

„Hol's der Teufel!", dachte er und beschloss nicht mehr an die Warnung des Kommissars zu denken. Er wollte in Südtirol endlich seinen Scheidungsvertrag unterschreiben, seinen Besitzstand auflösen, und dann würde er schnellstens wieder abdüsen. Er würde als reicher Mann nach Rio zurückkehren, und seinem Glück würde nichts mehr im Wege stehen. Er würde in Brasilien die Puppen tanzen lassen und das Leben in vollen Zügen genießen!

Aus dem Tagebuch von Heinrich Walder

Samstag, 24. Februar 1979

Morgen muss ich fahren. Vor einigen Tagen habe ich zwei Zug-Fahrkarten zugeschickt bekommen. Sie liegen auf dem Nachtkästchen, wie eine Drohung. Bruneck–Terni, Terni–Rieti. Nach Rieti also. Vor einer Woche war mir dieser Name noch völlig unbekannt. Ich habe im Atlas nachgesehen. Rieti ist eine größere Stadt in der Provinz Latium, nördlich von Rom. Sie liegt in einem Becken zu Füßen der Apenninen.

Ich bin noch nie weiter weggekommen als bis nach Trient. Voriges Jahr war das, bei der Musterung. Aber damals hatte ich nicht alleine hinfahren müssen.

Morgen muss ich ganz alleine fahren, ins Niemandsland, ins Schwarze, so kommt es mir vor. Ich muss zum Militärdienst einrücken.

Mir ist so unendlich schwer ums Herz. Wem kann ich meine Sorgen, meine Ängste anvertrauen? Niemandem! Meiner Mutter? Nein, die vergeht sonst schon vor Sorge um mich. Sie hat gezittert, als sie mir heute Abend mit Weihwasser ein Kreuzzeichen auf die Stirn gemacht hat. Danach hat sie mich an sich gedrückt. Stumm. Das hat sie noch nie gemacht. Sie hat mich umarmt, und es hat so gutgetan. Eine Weile haben wir beide still geweint.

Ich beginne also heute mit diesem „Tagebuch". Ich spüre, dass mir etwas leichter ums Herz wird, während ich schreibe. Ich versuche mir einzureden, dass sich heute Tausende von jungen Männern in Italien in derselben Situation befinden wie ich. Aber die meisten von ihnen sprechen zumindest Italienisch. Ich kann nicht einmal das, trotz der Matura, welche ich im vorigen Sommer abgelegt habe. Nach acht Schuljahren kann ich mich mit meinem Schul–Italienisch kaum verständigen. Ich bin nicht der Einzige, dem es so geht. Das ist eine Schande für unser Land!

Ich schaffe das, ich schaffe das, rede ich mir ein, und dass ich am Militärdienst nicht sterben werde. Zugleich verfluche ich meine verdammte Verzagtheit, den mangelnden Mut und meine unglaubliche Provinzialität. Schlafen werde ich heute Nacht wohl nicht.

Sonntag, 25. Februar 1979, Rieti

Ich bin den ganzen Tag gefahren. Zuerst mit dem Bus nach Bruneck, und dann weiter mit dem Zug nach Bozen, Trient, Verona, Bologna, Florenz, Perugia, und endlich komme ich in Terni an. Bis dahin brauche ich nicht umzusteigen. Den ganzen Tag rattert der Zug über Weichen, stampft, zittert, schlingert in die Kurven. Ich sitze eingeklemmt in einem Abteil zwischen fremden Menschen. Nach Trient mache ich einer älteren Frau höflich Platz, so wie man es mir beigebracht hat. Sie bedankt sich nicht einmal dafür. Jetzt sitze ich im Gang auf einem kleinen Klapp-Sitz. Nein, die meiste Zeit muss ich stehen. Menschen mit Koffern drängen sich an mir vorbei, dann wieder ein Schaffner. Ständig werde ich angerempelt und herumgeschubst. Draußen ziehen fremde, graue Städte vorbei, unbekannte Landschaften, die schon zu grünen beginnen. Zuhause liegt noch Schnee...

Ich werde brutal in die Welt hinausgeworfen. Meine Verzagtheit ist einem dumpfen Fatalismus gewichen. Mutter hat mir einige belegte Brote eingepackt, aber leider habe ich nichts zum Trinken mitgenommen. Der Durst plagt mich. Er trocknet meinen eh schon belegten

Mund, und dörrt die Kehle aus. Oder ist es die Angst und die Aufregung auf der Fahrt ins Ungewisse?

Am späten Nachmittag fährt der Zug endlich in die Stadt Terni ein. Sie liegt im Süden der Region Umbrien. Hier muss ich umsteigen. In Gedanken lege ich mir die Frage zurecht, wie ich nach dem Zug nach Rieti fragen könnte. „Dove va' il treno per Rieti?", frage ich schüchtern einen uniformierten Mann mit roter Schirmkappe, der am Bahnsteig steht. Das „parte" – fährt ab, fällt mir nicht ein, erst jetzt wären die Worte da. Doch es funktioniert trotzdem. „Binario tre" – Gleis drei, sagt er. Während der Fahrt habe ich mitbekommen, dass „binario" „Gleis" bedeutet.

Der Zug fährt erst in einer halben Stunde weiter. Ich haste in ein fürchterlich stinkendes Bahnhofs-WC, wo ich mich endlich erleichtern kann. Ein solches WC habe ich noch nie gesehen. Es ist einfach eine in den Boden eingelassene schmutzig gelbe Porzellanplatte, auf die man draufsteigt, niederhockt, und seinem Drang freien Lauf lässt. Ein Loch führt in die Tiefe. Überall liegen stinkende Exkremente und gebrauchtes Klopapier herum. Anschließend sauge ich mich an einem Wasserhahn fest, und trinke die lauwarme, nach Chlor schmeckende Brühe. Es hilft nicht viel, der Durst bleibt.

Endlich bekomme ich wieder einen Sitzplatz in einem Abteil. Fünf Minuten vor der Abfahrt nach Rieti öffnet sich die Abteiltür, und ein junger Mann setzt sich mir gegenüber. Er verstaut seine Sporttasche in der Gepäckablage über unseren Köpfen. Er mustert mich verstohlen und fragt dann: „Vai anche tu a Rieti? In caserma Verdirosi, scuola interforze per la difesa NBC?" So viel verstehe ich, dass er mich fragt ob auch ich nach Rieti in diese Kaserne fahren würde. „Sì", sage ich, ja. In dem Brief stand, dass ich mich in der genannten Kaserne einfinden muss. Ich möchte in meiner Erleichterung so viel zu ihm sagen, doch ich kann mir die Worte nicht zusammenklauben. „Allora possiamo andare insieme", sagt er freudig, „dann können wir gemeinsam dorthin fahren." Ich kann nur erfreut nicken, finde wiederum keine passenden Worte. „Come ti chiami?", fragt er etwas später. Als ich ihm meinen Namen nenne, schaut er ratlos. „Ma tu non sei Italiano? Bist du kein Italiener? ",,Sì, sì, sono Italiano, ma a casa io parlare tedesco", stammele ich. Die erste Person Singular des Verbs „parlare" will mir ums Verrecken nicht einfallen. Der junge Mann schaut irritiert und verständnislos. Er hat offensichtlich noch nie von der deutschen Minderheit im äußersten Norden Italiens gehört. Verstohlen mustert er mich immer wieder. Er findet mich komisch, vielleicht verrückt. Unser Gespräch versiegt. Trotzdem bin ich erleichtert, nicht allein in diese Kaserne gehen zu müssen.

Jetzt droht mich die Müdigkeit zu übermannen. Ich öffne ein Schiebefenster und stecke meinen Kopf hinaus. Der Fahrtwind zerrt an meinen Haaren. Die Landschaft fliegt vorbei, Frühling liegt in der Luft. Ich will meinen Kopf nicht mehr zurückziehen. Irgendwie beruhigen mich der kühle Fahrtwind und das Rattern der Räder. Immer wieder taucht der Zug in einen Tunnel, der Fahrtwind wird eiskalt. Lichter rasen vorbei. Endlich hält der Zug in Rieti. Wir sind da.

Ich hänge mich an den Jungen, und wir finden die Kaserne. Wir müssen warten und herumstehen. Einige Dutzend junge Männer stehen da. Irgendwann führt man uns in ein Magazin, in dem man uns olivgrüne Militärhosen, zwei Jacken, zwei kurze Unterleibchen, einen Winter-Pullover und eine Schildmütze vor die Nase wirft. Alles ist olivgrün. Anschließend erhalte ich noch einige kurze und lange Unterhosen, zwei Handtücher, schwarze, halbhohe Schuhe, hohe Schnürstiefel, Näh- und Schuhputzzeug.

Endlich führt man uns in einen riesigen Saal, in dem in Reih und Glied eiserne Stockbetten stehen. Dazwischen steht immer ein Spind. Man teilt mir ein Bett zu, und einen Spind, also einen hohen, schmalen Blechkasten. Ein Soldat mit zwei schmalen, schwarzen Winkeln auf der Schulter, ich kenne die militärischen Grade nicht, heißt uns die Militärklamotten anziehen. Meine Jacke ist viel zu groß, und wir sehen alle gleich aus. Es ist ein komisches Gefühl. Der Soldat zeigt uns wie man den sogenannten „cubo" macht, den „Würfel", und wie man die Betten bauen muss. Das funktioniert folgendermaßen: Die dünne Matratze, welche auf dem Gitterrost liegt, muss zusammengefaltet werden, ebenso das Leintuch, und darüber muss die Decke gespannt werden, perfekt und ohne jede Falte. Wenn es nicht perfekt gemacht wird, dann wird vom Kontrollierenden alles herausgerissen, und muss auch zwanzig Mal, wenn es notwendig ist, wieder neu gemacht werden. „Venti volte, se è necessario", erklärt er grinsend. Anschließend führt er uns in ein anderes Gebäude zum Abendessen. Riesige Schlangen bilden sich. Wir warten wohl fast eine Stunde, bis wir endlich an die Reihe kommen. Wie die Schafe vor der Schur, denke ich mir. Ein junger Soldat klatscht uns ein Stück kalte Pizza auf ein Blechtablett. Ein anderer füllt meine Blechschale mit Tee.

Jetzt liege ich hier auf dem Eisengitterrost wie alle, lehne mich gegen meinen „cubo", den Bettwürfel, und schreibe in dieses Heft. Vor fünf Minuten war einer da und hat gegen mein Eisenbett getreten. Er baut sich vor mir auf und befiehlt mir aufzustehen. In barschem Ton fordert er ein T-Shirt, eine kurze und eine lange Unterhose von mir. Ich habe ihn nicht sofort verstanden, und er hat mich angebrüllt. Ich muss meinen Spind öffnen, und er zeigt auf das Geforderte. Neben mir ergeht es den Neuen gleich wie mir. Was sollen wir tun? Wir geben ihnen die verlangten Sachen. „Quando vai in congedo, poi chiedere anche tu la roba", sagt er grinsend. Ich reime mir zusammen, was das heißt, nämlich dass ich, wenn ich einmal „in congedo", in den endgültigen Urlaub, gehen würde, dieselben Sachen von jungen Rekruten fordern könnte. Danach zieht er wort- und grußlos ab. Ich bin verwirrt und verunsichert. Alles ist so neu, so fremd.

Ich denke an zuhause und werde traurig. Ich bin unendlich weit weg von zuhause, und ich werde wohl eine ganze Weile nicht heimkommen. Nach zehn Uhr geht das Licht aus, und ich schreibe die letzten Zeilen im Dunkeln. Was wird mich morgen erwarten? Ich werde es wohl früh genug erfahren.

Montag, 26. Februar 1979, Rieti

Um sieben Uhr lassen Tritte gegen meine „branda", das Eisenbett erzittern. Wir werden geweckt, müssen uns anziehen, mit kaltem Wasser waschen, und danach kommt die „adunata", das Versammeln auf dem Kasernenhof. Wir werden in Reih und Glied aufgestellt. Die Trikolore wird hochgezogen, die italienische Hymne kommt aus einem Lautsprecher. Den ganzen Tag werden wir herumgescheucht. Ein „caporale maggiore", ein Obergefreiter, führt uns in einen Saal. Brüllt herum, erklärt die militärischen Grade, soviel bekomme ich mit. Immer wieder fällt das Wort „ubbidienza" und nochmals „ubbidienza", das heißt Gehorsam, der unbedingt zu leisten sei. Nicht erfolgter Gehorsam hätte eine Reihe von Strafen, von „punizioni", zur Folge. Ausgangssperren, aberkannten Urlaub, und für schwerere Vergehen wird man vor ein Militärgericht gestellt und es gibt Gefängnis. Wir werden offensichtlich eingeschüchtert, gefügig gemacht. Anschließend scheucht uns der Obergefreite in den Kasernenhof, und jagt uns stundenlang über den Hof. Wir marschieren, müssen mit den Füßen stampfen, uns wenden, wir zählen die Schritte mit, stehen habt Acht. Immer wieder gerät der Haufen aus dem Takt. Der Obergefreite schreit und tobt. Auf sein Kommando müssen wir uns vorstellen. Müssen unseren Namen brüllen, Soldat soundso, die Mannschaft, den Zug, die Kompanie, das Bataillon. Ich stocke, schreie nicht laut genug, bringe alles durcheinander. Der Obergefreite tobt. „Presentati idiota!", stell dich vor du Idiot, und „che nome di merda è questo? Was ist das für ein Scheißname?" Die anderen lachen, und werden sofort brüllend von dem Mann zurechtgestutzt.

Marschieren, Marschieren, Marschieren, Wutausbrüche und Gebrüll, zum Mittagessen anstehen. Dann gibt es eine Stunde Ruhe in der „camerata", der Stube.

Nachmittags überfallen mich wie aus dem Nichts rasende Kopfschmerzen. Die hatte ich sonst noch nie. Mir wird ganz schwarz vor Augen. Es hilft nichts. Ich muss wieder hinaus auf den Hof.

Jeder von uns erhält ein altes amerikanisches Gewehr ausgehändigt. Wir müssen es auseinanderbauen, ölen und wieder zusammenbauen. Wieder Marschieren, Stampfen, Gebrüll.

Am Abend kommt ein deutschsprachiger Südtiroler an mein Bett. Er heißt Helmut Saurer, und kommt aus Branzoll. Eigentlich müsste ich mich jetzt freuen, dass es noch einen Deutschsprachigen hier gibt. Aber bei mir kommt keine rechte Freude auf. Er ist so anders als ich, und ich kann mir nicht vorstellen, dass ich sein Freund werden kann. Am Wochenende, erklärt er, dürften viele Soldaten nach Hause fahren, für 48 Stunden in den Urlaub, aber für uns würde sich das nicht lohnen. Wir sind viel zu weit von zuhause weg. Die meiste Zeit würde für die Fahrt draufgehen. Ins Kino könnten wir gehen, zusammen, sagt er. Ja, sage ich.

Am Abend kommt pünktlich mein Heimweh wieder.

Donnerstag, 1. März 1979, Rieti

Ein Tag ist wie der andere. Aufstehen, schnelles Waschen, Anstellen in Reih und Glied, Habt-Acht-Stehen auf dem Hof, Marschieren, Gebrüll, Schlange stehen, Mittag essen. Meist gibt es zähes Fleisch und Brot und Tee. Es heißt ständig ein altes Gewehr auseinanderbauen, ölen und wieder zusammenbauen. Marschieren, Gebrüll, sich vorstellen, wieder Gebrüll, Abendessen. Man darf drei Stunden ausgehen, wenn man nicht wegen eines kleinen „Vergehens" bestraft worden ist. Bis 22.00 Uhr muss man in die Kaserne zurückkehren. Um 22.30 Uhr geht das Licht aus.

Abends habe ich mit meiner Mutter telefoniert. Sie macht sich Sorgen um mich, das spüre ich. Ich habe immer noch starke Kopfschmerzen und Heimweh.

Sonntag, 4. März 1979, Rieti

Es war grauenhaft! Am Samstag war ich mit Helmut Saurer im Kino. Ein Saal, voll von Soldaten. Es lief ein sogenannter Zombie-Film. Zombies sind „Untote", lebende Leichen, die die Menschheit heimsuchen, und Jagd auf Menschen machen. Ich musste mich fast erbrechen. Blut, überall Blut, zerfetzte Menschen, Zombies, die durch die Straßen liefen. Menschen wurden bei lebendigem Leib aufgefressen. Gedärme wurden herausgerissen, wüste Szenen! Ein Irrer operierte auf einer Insel Menschen die Gehirne heraus, und machte sie zu willenlosen lebenden Toten, zu Zombies. Es war grauenhaft! Dazu kamen meine rasenden Kopfschmerzen.

Saurer hat sich allerdings köstlich amüsiert, er hat gelacht und hat sich auf die Schenkel geklopft. Als die Gewaltorgie endlich zu Ende war, habe ich zu ihm gesagt, ich würde mir nie wieder so einen Film anschauen wollen. Er hat mich nur verständnislos angeschaut. Danach wollte er Bier trinken. Ich habe nur eines geschafft, er hat wohl fünf Große getrunken, bis er vollkommen besoffen war. Sein Geschwätz ist stumpfsinnig und unglaublich dumm. Nun ist glasklar, ich werde nie einen Draht zu ihm finden.

Am Sonntag waren wir aus Langeweile wieder im Kino. Diesmal lief ein grauenhafter Porno. Die Menschen sind übereinander hergefallen wie wilde Tiere, ja schlimmer. Tiere nehmen sich nicht einander die Ehre, die Würde und den Anstand. Sie behandeln einander nicht wie ein Stück Dreck. Wieder musste ich mich fast erbrechen. Nachträglich schäme ich mich dafür, dass ich nicht aufgestanden und gegangen bin. Ich hatte nicht den Mut dazu. Saurer hat sich offensichtlich wieder prächtig amüsiert. Als wir endlich aus dem Kino waren, hat er mich gefragt, wie viele Frauen ich schon „gebumst" hätte. Daraufhin bin ich wortlos gegangen. Jetzt bestraft er mich dafür mit Missachtung.

Ich habe erst einmal ein Mädchen geküsst. Wir waren einige Monate befreundet, und es war schön und unschuldig. Ich habe nicht noch einmal vor, mir mit solchen Filmen meine Sehnsucht nach Liebe zu beschädigen. Ich denke ständig an zu Hause, und während ich diese letzte Zeile schreibe, muss ich weinen.

Mittwoch, 7. März 1979, Rieti

Ich bin erst die zweite Woche hier! Mir kommt manchmal vor, ich sei schon eine ganze Ewigkeit in dieser Kaserne. Jeder Tag verläuft gleich. Aufstehen, marschieren, Gewehr auseinandernehmen, ölen und zusammenbauen. Vor dem Essen Schlange stehen, Geschrei, Stumpfsinn. Alles wie gehabt.

Am Abend läuft hier oft ein Soldat nackt mit steifem Schwanz durch die Stube, und schaut provozierend-lasziv in die Runde. Er ist offensichtlich schwul. Ich habe nichts gegen Schwule, aber sein exhibitionistisches Gehabe stößt mich ab.

Saurer behandelt mich wie Luft. Wir sprechen nicht mehr miteinander. Einmal hat er mir „du schwule Sau!" zu gezischt. Ist das die Rache dafür, dass ich mit ihm nicht mehr ins Pornokino gehe?

Donnerstag, 15. März 1979, Rieti

Ich bin die dritte Woche hier in Rieti. Man behandelt mich nicht schlecht, wenn auch als Sonderling, ja wie ein exotisches Tier. Alle starren auf mein Namensschild auf der Brust, das ich mir auf die Uniformjacke heften musste. Nähere Kontakte scheitern an meinen mangelnden Sprachkenntnissen. Ich bin überall „il tedesco", „der Deutsche".

Manchmal habe ich immer noch diese rasenden Kopfschmerzen. Ich habe den Verdacht, dass ich mich bei der Zugfahrt hierher schrecklich erkältet habe. Ich habe mich fahrlässig lange dem kalten Fahrtwind ausgesetzt. Ich bin dünn geworden, und habe wohl gar einige Kilos abgenommen.

Allmählich verstehe ich, warum Soldaten in Kriegen aufeinander schießen. Wir werden willenlos und stumpf gemacht. Es heißt einfach die Befehle ausführen, dann hat man keine Probleme, und es gibt keine Strafen. Das ist alles. Wir haben willenlos das zu tun, was man uns befiehlt. Denken oder gar Kritik üben, würde nur Probleme bringen. Man behandelt uns wie Nummern, nicht wie Menschen!

Gestern hat man uns auf Lastwagen auf ein steppenartiges Feld vor die Stadt gekarrt. Auf einem Feld in der Ebene stehen gottverlassen einige Betonmauern da. Sonst gibt es im weiten Umkreis nichts. In der Ferne steigen die Berge des Apennins in den Himmel. Ich nehme mir vor, nicht zu lange hinzuschauen, denn sonst packt mich das Heimweh nach den heimatlichen Bergen.

Etwas an der Organisation dieses Abenteuers ist offensichtlich schiefgelaufen, denn wir stehen uns nur die Beine in den Bauch, und warten, stundenlang. Oder es ist Absicht, um uns abzustumpfen. Endlich dürfen wir uns hinlegen, und wir liegen dann den ganzen Vormittag tatenlos im Steppengras. Nichts tut sich. Wir bekommen nichts zu essen und nichts zu trinken. Der „Capitano", der Hauptmann, flucht immer wieder gotteslästerlich.

Endlich rollt ein „camion", ein Lastwagen daher, und hält in der Nähe. Der Fahrer wird mit einem heftigen Wortschwall und wüsten Beschimpfungen empfangen. Wie sich herausstellt, hat man endlich die Übungsmunition gebracht. Wir sollen Handgranaten werfen lernen. Der Hauptmann zeigt uns eine Übungsgranate, und erklärt, wie wir es anstellen sollen. Das sei keine richtig scharfe Granate, erklärt er, aber unsachgemäß behandelt, oder zu wenig weit geworfen, würde auch sie schwerste Verletzungen zur Folge haben. Danach heißt er uns zurücktreten, und demonstriert uns den richtigen Wurf. Er hält die Granate in der Rechten, zieht mit der Linken den Ring ab, zählt laut bis drei, und wirft die Granate weit von sich. Darauf hechtet er hinter die Betonmauer in Deckung. Im Steppengras vor ihm explodiert die Granate. Es knallt, ein kleiner Rauchpilz steigt auf, und eine Wolke von zerfetzten Papierschnipseln stiebt in die Luft. Jetzt sind wir an der Reihe, einer nach dem Anderen. Nur einmal gibt es Aufregung, als ein Rekrut die Granate viel zu wenig weit wirft. Sie explodiert, knapp hinter der Betonmauer. Papierfetzen wirbeln durch die Luft, Staub und Gras. Rauch erhebt sich. Der Hauptmann stößt einen wüsten Schwall von Verwünschungen aus. Bei meinem Handgranaten-Wurf geht Gott sei Dank alles gut.

Montag, 19. März 1979, Rieti

Wieder werden wir auf Lastwagen verladen, und auf das Steppenfeld vor die Stadt gekarrt. Übungsschießen! Zuerst Übungsmunition, Platzpatronen, dann scharfe Munition! Ich bin so nervös und aufgeregt, dass ich die Anweisungen falsch verstehe, und den Fehler mache, nach jedem Schuss zu repetieren. Das wäre nicht notwendig gewesen, denn das Gewehr ist halbautomatisch. Es lädt also von selbst nach, und stößt die leeren Hülsen aus. Bei mir fliegt eine noch nicht verschossene Patrone nach der anderen heraus. Als der Hauptmann dies bemerkt, schreit und tobt er, rot im Gesicht wie ein Truthahn, und knallt mir seine Stiefel in die Rippen. Ich verstehe einfach nicht, und repetiere das Gewehr weiterhin nach jedem Schuss. „Armes Italien, mit solchen Idioten-Soldaten!" Und mit mir ließe sich kein Krieg gewinnen, tobt der Hauptmann. Saurer liegt in meiner Nähe auf dem Boden, schüttelt den Kopf über meine Dummheit und krümmt sich vor Lachen.

Sonntag, 25. März 1979, Rieti

Der große Tag des Schwures! Heute wurden wir vereidigt. Wir mussten schwören den Idealen der Italienischen Republik treu zu dienen, die Verfassung und die Gesetze zu achten und den Staat zu verteidigen. Auch mit unserem Leben, wenn dies notwendig wäre. „Lo giuro", ich schwöre es, mussten wir dann alle brüllen. Der Sinn dieses

Schwures wird mir jetzt erst richtig bewusst, während ich hier liege und schreibe. Ich bin jetzt ein ausgebildeter und vereidigter Soldat, der im Notfall auch in einen Krieg geschickt werden könnte. Eine grauenhafte Vorstellung!

Für die Italiener scheint der Tag des Schwures das höchste der Gefühle zu sein, eine große Ehre, ja, ein Beweis der Männlichkeit.

In den letzten Tagen war hier eine Riesen-Aufregung zu spüren. Alle putzten sich für diesen Tag heraus. Die Eltern der Soldaten sind gekommen, die „nonni", die Großeltern, die Verwandten, die Freundinnen.

Wir müssen in Paradeuniformen aufmarschieren, ein Gewehr mit aufgepflanztem Bajonett in der Hand, uns in Formationen präsentieren. Ein hoher Offizier, erkennbar an den vielen Sternen an den Schulterstücken und an der weißen Feder auf dem Hut, verliest die Schwurformel, und wir müssen möglichst begeistert „lo giuro", ich schwöre es, brüllen.

Meine Begeisterung hat sich allerdings in Grenzen gehalten. Ich spürte nichts als Beklemmung, während Saurer, herausgeputzt wie ein Pfau, die Situation sichtlich genoss. Er strahlte vor Stolz. Gute Nacht!

Mittwoch, 28. März 1979, Rieti

Heute holt mich der Hauptmann in sein Büro, und eröffnet mir, dass ich demnächst wieder ins „Alto Adige", geschickt würde, also nach Südtirol zurück. Ich sei „non idoneo", nicht geeignet, wie er sich ausdrückte, den „corso NBC" abzuschließen, und zwar wegen Sprachproblemen. „NBC" heißt, ich hätte eine Ausbildung zum Experten für nukleare, biologische und chemische Waffen absolvieren sollen. „Non idoneo", nicht geeignet, also. Ich juble innerlich, darf es aber nicht zeigen.

Meine bisherige Ausbildung zum künftigen NBC-Spezialisten hat darin bestanden, dass man mich einmal in ein Zelt gejagt hat, in das anscheinend vorher Tränengas eingeleitet worden war. Dort musste ich mir mit geschlossenen Augen, also blind, eine Gasmaske aufsetzen. Ein anderes Mal hat man mir gezeigt, wie man einem Anderen eine Spritze in den Hintern jagt.

Meine Zeit in Rieti ist also zu Ende. Wahrscheinlich ist dem Hauptmann auch mein jämmerlicher Zustand aufgefallen. Vielleicht schickt er mich aus Mitleid zurück, denn ich bin abgemagert bis auf die Knochen. Ich denke, das ist die Folge meiner heftigen Kopfschmerzen, aber auch mein Heimweh hat sicher dazu beigetragen, dass ich so stark an Gewicht verloren habe.

Montag, 2. April 1979, Meran

Frühmorgens Aufbruch in Rieti, dann erfolgt die lange Zugfahrt nach Meran. Wieder ist alles neu, die Kaserne, die Stadt, die Soldaten. Wieder stehen wir Neuen herum, in der Schlange, müssen warten und nochmals warten. Wenn man eines lernt beim Militär, dann: Warten, Nichtstun und Stumpfsinn ertragen! Man macht willenlose Marionetten aus uns.

Als uns ein Obergefreiter von einem Gebäude auf dem Kasernengelände zum anderen führt, tauchen plötzlich zwei einfache Soldaten auf, und brüllen herum. Der Obergefreite schaut weg, senkt den Kopf, hält sich heraus. Demonstrativ stülpen die Zwei das Schild ihrer Mütze hoch, und zeigen auf die Sterne, die sie dort mit einem Kugelschreiber aufgemalt haben. Elf davon sind schwarz ausgemalt. Ich begreife. Ein schwarz ausgemalter Stern steht für einen Monat Dienstzeit. Die Zwei werden innerhalb dieses Monats „in congedo" gehen, in den endgültigen Urlaub. Ein Dritter steht offensichtlich Schmiere. Die Zwei, wie gesagt einfache Soldaten, schüchtern uns ein. Sie drohen uns, dass, wenn wir nicht spuren würden, sie uns die Hölle heiß machen würden. Sie kommandieren, brüllen Befehle, befehlen uns „missili", zu marschieren, zu wenden, mit den Füßen zu stampfen, und habt Acht zu stehen. „Missili", Raketen, nennen sie hier uns frische Rekruten. Wir stehen stramm, wagen nicht zu protestieren. Einer von ihnen holt dann ein Feuerzeug heraus, und zündet die Federn auf unseren Alpini-Hüten an, so dass nur mehr ein stinkender, rauchender Kiel zurückbleibt. Ich habe schon von der Rivalität zwischen den einzelnen Truppenabteilungen gehört. Ich bin als „Alpino", als Gebirgssoldat, bei einer „Cavalieri"-Truppe, in einer Panzereinheit gelandet. Die Zwei brüllen und biegen sich vor Lachen.

Niemand schreitet ein. Kein höherer Dienstgrad lässt sich blicken, und gebietet dem beschämenden Schauspiel Einhalt. Wo bin ich hier nur gelandet?

Dienstag, 3. April 1979, Meran

Nachdem ich gestern Abend den Eintrag gemacht habe, ging es erst richtig los.

Eine Gruppe von „nonni", „Großvätern", so nennt man hier die dienstältesten Soldaten, taucht plötzlich schreiend in der Mannschaftsstube auf, in die man uns jungen Soldaten eingewiesen hat. Sie kommandieren uns aus den Betten, und machen uns in Unterhosen Habt Acht stehen. „Du da" und „du" und „du da", schreit einer und zeigt auf mich, und einige andere neben mir. „Missili, mettetevi l'elmetto e gli anfibi, e andate sull'armadio!", befiehlt man uns schreiend. Wir sollen uns den Helm aufsetzen, die Stiefel anziehen, und in Unterhosen auf den Spind klettern! Wir schauen uns eingeschüchtert an, zögern. „Subito, se no, avrà consequenze dure!" Wenn wir nicht gehorchen würden, würde das ernste Konsequenzen für uns haben. Was bleibt uns anderes übrig als zu gehorchen? Oben angekommen, befiehlt man uns Kniebeugen zu machen und „Kuckuck" zu rufen. Mit dem behelmten Kopf stoßen wir immer wieder an die Decke. Brüllendes

Lachen! Nach zehn Minuten ist der Spuk vorbei, aber was war das nur für eine beschämende Vorstellung gewesen?! Nur ein einziger junger Soldat weigert sich auf den Spind zu klettern.

Die Konsequenzen für ihn folgen schon in der Nacht. Ich höre einen Schrei, dann davonlaufende Schritte. Jemand macht Licht. Der Rekrut, welcher sich abends geweigert hat auf den Spind zu klettern, ist mitten in der Nacht mit einem Kübel Wasser übergossen worden. Sein Bett trieft vor Nässe. Den Rest der Nacht muss er in seinem nassen Bettzeug verbringen.

In der Kaserne leisten relativ viele deutschsprachige Südtiroler ihren Militärdienst ab. Sie erklären uns die Gebräuche in der Kaserne: "Das geht hier einige Monate so. Darauf müsst ihr euch einstellen. Es erwischt jeden. Besser ihr macht, was man von euch verlangt, denn sonst zahlt ihr nur drauf! Wenn ihr "Großväter" seid, dürft ihr euch dafür an den Jungen rächen!"

Die Schikanen werden also von Generation zu Generation weitergereicht. Eine schöne Vorstellung ist das! Warum gebietet niemand diesem beschämenden Treiben Einhalt?

Freitag, 6. April 1979, Meran

Die Schikanen gehen weiter. Noch einmal, das war schon in Rieti so, verlangt ein "nonno" von mir die Herausgabe von zwei Unterhosen und einem T-Shirt. Entweder ich kaufe mir die Sachen nach, oder ich muss sie mir später irgendwo wieder stehlen. Mit einem Besenstiel, den man in den Türspalt des Spindes zwängt und einem Tritt knacken manche die Blechkästen, und stehlen sich die Sachen wieder zusammen. Ich werde mir ein Vorhängeschloss kaufen müssen. Zudem verlangt der "nonno", der Großvater von mir ihm seinen "cubo", den Bettwürfel zu machen. Zweimal ist er nicht zufrieden, und reißt das Bettzeug wieder auseinander. Zwei Mal muss ich ihm sein Bett bauen.

Was hätte ich dagegen tun können? Nichts, wenn ich irgendwie meine Ruhe haben will.

Gestern tauchen abends in der Stube wieder „Großväter" auf, und kommandieren uns, die Füße aus dem Bett zu strecken. Einer hält eine Dose schwarzer Schuhwichse, der andere „behandelt" damit unsere Füße mit einer Bürste. Anschließend müssen wir in den Waschraum, und unsere schwarzen, stinkenden Füße mit dem kalten Wasser waschen. Es ist fast ein Ding der Unmöglichkeit unsere Füße wieder sauber zu kriegen. Die „nonni" kontrollieren das Ergebnis. „Hygiene" nennen sie das, die sie uns „Jungen" beibringen müssten. Der Rekrut, der schon vor drei Tagen nicht auf den Spind geklettert ist, weigert sich wieder standhaft seine Füße vorzuzeigen. Er zeigt unglaublichen Mut, für den ich ihn insgeheim bewundere.

Wieder folgt die nächtliche Strafe. Ich erwache durch seinen Schrei. Davonlaufende Schritte dröhnen durch die Stube. Licht! Diesmal haben sie dem kalten Wasser Asche und Ruß beigemengt. Ein Bild des Jammers! Jetzt muss der arme Rekrut auch noch im nassen Dreck liegen. Ich sehe ihn weinen. Aber niemand wagt es, sich um ihn zu kümmern, ihn zu trösten. Auch ich nicht.

Heute habe ich Saurer wiedergesehen. Auch er ist also hier. Während ich in der Essensschlange stehe, kommt er mit drei Kumpanen grinsend an mir vorbei und zischt: „Ah schau, die schwule Sau ist auch da!" Die anderen mustern mich demonstrativ von Kopf bis Fuß und lachen schweinisch.

Ich habe Heimweh. Viele haben einen Kurzurlaub von 48 Stunden erhalten. Ich nicht. Ich war schon sechs Wochen nicht mehr zuhause! Wenn ich an zuhause und an Mutter denke, kommen mir die Tränen.

Mittwoch, 11. April 1979, Meran

Am Montag hat man mich einem Maresciallo, einem Unteroffizier, zugewiesen. Er ist unter anderem für die Treibstoffversorgung in der Kaserne zuständig.

Nun sitze ich den ganzen Tag im Büro, betanke draußen die Gelände- und Lastwagen, die vorbeikommen und erledige die Buchführung. Nachdem der Unteroffizier mir alles erklärt hat, ist er den ganzen Tag nicht mehr aufgetaucht. Er lässt mich in Ruhe meine Arbeit machen, und scheint auch sonst in Ordnung zu sein.

Der Raum ist unbeheizt. Mir ist furchtbar kalt und langweilig. Ich friere in dem Loch, während draußen schon der Frühling ausbricht. Ich komme nur zum Mittagessen hinaus. Wenn es so weit ist, sperre ich mein Büro zu, und stehe Schlange, bis ich endlich meinen Fraß bekomme. Die Alten, die „nonni" stellen den Schild ihrer Kappe auf, präsentieren ihre dunklen Sterne, und marschieren an der Schlange vorbei, um dann sofort ihr Essen zu fassen. Neun Sterne müssen es sein, dann haben sie als „nonni" sozusagen Narrenfreiheit, und sie machen, was sie wollen. So etwas wäre in Rieti, in meiner früheren Kaserne, unmöglich gewesen.

Dieses Phänomen nennt sich „nonnismo", das Kommando der Großväter, diesen Ausdruck habe ich inzwischen gehört. Offiziell ist „nonnismo" natürlich verboten, aber die Offiziere scheinen ihn hier stillschweigend zu tolerieren. Wir jungen Soldaten werden von unseren eigenen, älteren Kameraden auch noch gedrillt, herumkommandiert und schikaniert. Langsam verstehe ich die Zusammenhänge. So wird jeder Zusammenhalt innerhalb der Truppe verhindert. Wir werden auseinanderdividiert, und somit wird jede Auflehnung, jedes Aufmucken im Keim erstickt. Die Offiziere billigen deshalb die Schikanen, und sehen stillschweigend weg.

Helmut Saurer und seine drei „Freunde", Kaspar Benedikt, Karl Brandis und Oskar Hofer, stecken immer beisammen. Man sieht sie selten allein. Wenn sie mich sehen, tuscheln sie, stecken die Köpfe zusammen, spitzen ihre Münder höhnisch zum Kuss und lachen. Gestern, als ich an ihnen vorbeimusste, bückt sich Hofer. Saurer hält seine Hand an seinen Hintern, formt mit Daumen und Zeigefinger einen Ring und steckt seinen Finger hindurch, während mich Benedikt provozierend näherkommen heißt. Die Geste ist eindeutig. Man macht einen Schwulen aus mir. Ich werde rot wie eine Tomate und wage mich nicht zu wehren.

„Schau wie geil er schon ist!", ruft Saurer, und die anderen lachen brüllend. Ich möchte vor Scham im Boden versinken. Wenn ich ihnen begegne, rast mein Herz. Ich weiß nicht mehr, was ich tun soll. Ich habe mir in Rieti, ohne es zu wollen, einen Feind gemacht. Inzwischen habe ich deren vier.

Freitag, 13. April 1979, Meran

Ich kann jetzt mein Tagebuch in meinem „Büro", in meinem fensterlosen, dunklen Loch, schreiben. Einerseits bedeutet das eine Erleichterung, denn ich bin hier vor neugierigen Blicken sicher. Andererseits war abends das Schreiben immer ein Trost gegen das Heimweh, welches mich regelmäßig überfällt. Außerdem ist mein Schreiben eine Beruhigung für mich.

Meine Nerven flattern inzwischen, wenn ich dem „infernalischen Kleeblatt", Saurer, Benedikt, Hofer und Brandis begegne, ich zittere und schwitze dann regelrecht. Sie haben sich auf mich eingeschossen. Gestern haben sie mich in der Stube heimgesucht und mich fertiggemacht. Ihr Beschimpfungs-Repertoire reicht von „schwule Sau", „Muttersöhnchen", „Feigling" zu „Null" und „Dorftrottel". Ich kann kaum noch schlafen.

In der Nacht haben die „nonni", wir deutschsprachigen Südtiroler nennen sie die „Alten", das Eisenbett des Soldaten, welcher sich bisher standhaft geweigert hat, auf den Spind zu steigen, regelrecht auf den

Kopf gestellt. Er ist herausgefallen und ist schwer auf dem Boden aufgeschlagen. Daraufhin hat er: „Ich tue alles was ihr wollt, verdammt, ich mache alles was ihr wollt, aber lasst mich jetzt bitte in Ruhe!", gebrüllt und hat geweint. Sein Widerstand ist gebrochen. Ich hatte ihn heimlich bewundert.

Montag, 16. April 1979, Meran

Ich habe vor dieser kommenden Situation lange schon Angst gehabt. Gestern Abend war es so weit. Heute habe ich meine erste Wache hinter mir, die Nachtwache. Das bedeutet, dass man von einem Obergefreiten in die Wachstube geführt wird. Dort erhält man einen alten Schießprügel, den man, aus Sicherheitsgründen gegen eine Sandsackbarriere gerichtet, mit scharfer Munition laden muss. Anschließend wird man vom Obergefreiten auf seinen Wachposten in der Kaserne geführt. Gestern musste ich ein überdachtes Feld bewachen, unter dem alte Panzer stehen, und dort stundenlang auf und abmarschieren.

Die Einsamkeit ist grenzenlos, und man fühlt sich schrecklich allein und sich seines völlig sinnlosen Daseins bewusst unter einem weiten, kalten Himmel. Die Kälte des Weltalls scheint mich zu durchdringen. Ich bin ein Nichts, ein Wurm unter dem Sternenhimmel. Nur wenn man Glück hat, glitzern die Sterne kalt am Himmel, und der Mond wirft sein fahles Licht über die Bergketten der Ötztaler und Sarntaler Alpen, und über die Berge des Ultentales. Wenn es bewölkt ist, sieht man kaum die Hand vor Augen, so dunkel ist es. Die Situation ist dann noch trister, und die Zeit kriecht so langsam dahin, als wäre man eine kleine, schleimige Schnecke. Jede einzelne Minute ist dir bewusst. Man zieht seine Kreise, die stacheldrahtbewehrte Mauer stets im Blick. Die Nerven sind bis zum Äußersten gespannt.

Die Gefahr droht nicht etwa von draußen, sondern man muss ständig vor einer Inspektion Angst haben. „Alto là, chi va là?", muss man dann rufen, wenn man sie kommen sieht, „Hände hoch, wer ist da?", das Gewehr im Anschlag. Unsere Aufmerksamkeit kann jederzeit auf die Probe gestellt werden. Man hat uns auch davor gewarnt, dass jederzeit irgendjemand über die Mauer klettern könnte, und dann hätten wir die Pflicht zuerst zu rufen, und dann zu schießen, wenn die Person nicht sofort Halt macht, und sich ergibt. Es sei schon passiert, dass jemand über die Mauer gestiegen sei, und dabei erschossen wurde. Das erzählt man sich in der Kaserne. Der Schütze habe nicht etwa eine Strafe bekommen, sondern im Gegenteil, er habe eine Belobigung für seine Wachsamkeit in Form eines Sonderurlaubes erhalten.

Nach zwei Stunden Wache wird man wieder vom Obergefreiten abgeholt. Das bedeutet einen Wachwechsel. Jetzt darf man sich ein paar Stunden ausruhen. Das Ganze wiederholt sich zwei, drei Mal in der Nacht, bis endlich der Morgen graut. Ich bin heilfroh, dass ich alles überstanden habe. In zehn Tagen oder in zwei Wochen schon werde ich wieder Wache schieben müssen.

Donnerstag, 19. April, Meran

Alles ist wie immer. Unruhige, schlaflose Nächte. Das Quietschen der Eisenbetten ist wie immer, wenn sich jemand umdreht. Und das Schnarchen! Ich schlafe immer schlechter, seit mich die Vier bei jeder Gelegenheit demütigen und schikanieren.

Ein Tag ist stumpfsinniger als der andere. Immer ist alles gleich, das Aufstehen, die Katzenwäsche mit kaltem Wasser, das morgendliche Antreten auf dem Hof, das Aufziehen der italienischen Trikolore bei Lautsprechermusik, das Salutieren. Nach einem ersten Schlange-Stehen gibt es einen schlabbrigen „Kaffee" und verpackte, alte, muffig schmeckende Kekse, die man darin aufweicht. Ich trinke nur noch Tee, seit ich das Gerücht vernommen habe, dass man uns unter den „Kaffee" Brom mischt, ein chemischer Stoff, mit dem man unsere jugendlichen sexuellen Begierden zügeln möchte. Danach schlurft man zur „Arbeit", wenn man nicht vorher neben der Stube die „cessi", die armseligen, verschissenen Bodenlöcher, putzen muss. Oder die alten, gelblich verfärbten Waschbecken, und das alles nur mit einem alten Lappen, und mit etwas Seife und Wasser. Den Fliesenboden der Stube putzen wir mit ausgestreutem Sägemehl, in das man Dieselöl hat hineintropfen lassen. Das Öl soll den Staub binden, während man das Sägemehl wieder zusammenkehrt. Natürlich stinkt alles eine Weile zum Himmel, und der Fliesenboden glänzt fettig. Der Reinigungseffekt ist sehr fraglich. Egal, nur nicht darüber nachdenken!

Dann schlurft man zur Arbeit. Danach kommt das Mittagessen, vorher heißt es wieder Schlange stehen. Man bekommt ein Stück zähes Fleisch, Nudeln, Pizza, danach folgt eine kurze Mittagspause, wieder Arbeit, das Abendessen. Zu Abend isst kaum jemand mehr, denn am Abend werden nur armselige Reste verteilt. Alles strebt der Stadt zu. Wer Geld hat, isst in der Stadt eine anständige Pizza, trinkt Bier. Nur wer eine „punizione", eine Strafe absitzen muss, bleibt in der Kaserne. Die deutschsprachigen Südtiroler bleiben in der Stadt unter sich, so wie auch die Italiener unter sich bleiben. Ich werde also auch beim Militär kaum Italienisch lernen können!

Das Geld reicht nur für wenig. Unser „Lohn", den wir monatlich ausbezahlt bekommen, ist unsagbar kläglich. Es sind nur ein paar tausend Lire.

Meist bin ich mit Robert, einem Jungen aus dem Gadertal unterwegs. Auch er ist ein Außenseiter wie ich. Wir sitzen dann an der Promenade und bewundern wehmütig die Mädchen, die an uns vorbeiflanieren. Sie anzusprechen, trauen wir uns nicht. Dazu sind wir viel zu schüchtern, und zu verunsichert.

Abends bis 23 Uhr müssen alle wieder in der Stube sein. Viele, besonders die deutschsprachigen Südtiroler, kommen betrunken zurück, und dann gehen die Gemeinheiten der „Alten" gegen uns „Jungen" wieder los.

Einige von den Alten haben offensichtlich erfahren, dass der blonde Junge, der im Eisenbett neben mir schläft, ein Mitglied der Südtiroler Rodler-Mannschaft ist. Gestern Abend marschieren sie auf, und befehlen dem Jungen in Unterhosen Habt Acht zu stehen. Grinsend tragen sie fünf Stahlhelme mit sich. Sie haben offensichtlich eine neue Gemeinheit ersonnen. Der Junge muss sich auf allen Vieren auf den Boden niederbücken. Zwei Helme werden um seine Knie geschnallt, in weitere zwei muss er seine Ellenbogen stecken. Der letzte Helm wird auf seinen Kopf gesetzt. Er wird unter „uno, due, tre", eins, zwei, drei von zwei „Alten" angeschoben, und dann losgelassen. Unter ihrem Gelächter rodelt der Junge ratternd über die Steinfliesen, und knallt krachend gegen die Eisenbetten oder die Spinde. „Slittino" nennen sie das, „die Schlittenfahrt". Vier, fünfmal muss der Junge durch den langen Gang zwischen den Stuben rodeln, bis sie ihn endlich wieder gehen lassen. Er nimmt es zum Glück sportlich und einigermaßen gelassen hin. Ich vermute, dass das nicht seine letzte Schlittenfahrt auf den Steinfliesen gewesen sein wird. Sie haben es als zu lustig empfunden.

Mein Unteroffizier hat mir heute meinen ersten „permessino" ausgestellt, die Erlaubnis für einen 48-Stunden-Kurzurlaub. Nur mein Hauptmann muss ihn morgen noch genehmigen und unterschreiben. Ich kann Niemandem sagen, wie sehr ich mich darauf freue!

Sonntag, 22. April, Meran

Ich bin am Boden zerstört. Als ich am Freitagnachmittag mit dem Erlaubnisschein in das Büro meines Hauptmanns getreten bin, um mir meinen 48-Stunden-Urlaub genehmigen zu lassen, hat der Hauptmann den Zettel vor meinen Augen zerrissen. Normalerweise ist das alles nur eine Formsache, und der Urlaub wird sofort genehmigt. „Ah, tu Walder con la tua benzina, resti pure in caserma, non te l'hai meritato di avere queste 48 ore!" Ach, du mit deinem Benzin, bleib ruhig in der Kaserne, du hast dir diese 48 Stunden nicht verdient! Ich stehe da wie betäubt, und der Hauptmann grinst schadenfreudig über sein ganzes Froschgesicht. Er mag mich nicht, das weiß ich jetzt endgültig. Ich bin in seinen Augen wohl überhaupt kein Vorzeigesoldat. Er mag offensichtlich harte Männer. Er, der kleine, krummbeinige Hauptmann, der aussieht wie eine bösartige Kröte.

Die Vierer-Bande um Saurer quält mich weiter. Auch sie müssen in der Kaserne bleiben, weil sie irgendetwas angestellt haben. Sie sind noch frustrierter als sonst. Ich, und auch immer mehr mein Gadertaler Freund Robert sind die Opfer, an denen sie ihre Frustrationen abreagieren. Sie schießen sich immer mehr auch auf meinen einzigen Freund ein, der daran genauso leidet wie ich. Oder vielleicht noch mehr.

Ich kann kaum noch schlafen, bin furchtbar nervös, habe ständig Kopfschmerzen. Ich werde von Panik erfasst, wenn ich den Vieren begegne. Mein Kalender sagt mir, dass ich das Ganze noch zehn Monate lang aushalten muss. Grauenhaft! Ich weiß nicht, wie das alles enden soll, und wie es enden wird. Ich habe Angst vor der Zukunft.

Der Kommissar atmete tief durch, und schloss das blaue Schulheft, das Tagebuch des vermutlichen Mörders Heinrich Walder. Er vergrub den Kopf in seinen Händen. Seine Gedanken tanzten. Dieser junge Mann, der teilweise so kindlich und anrührend schrieb, sollte der spätere Mörder Heinrich Walder sein, der drei brutale Morde auf dem Gewissen hatte? „Andererseits", dachte der Kommissar, „jedes Raubtier war einmal ein süßes Kuscheltierchen." Die Bestie war offensichtlich langsam in ihm herangewachsen und groß geworden.

Er dachte an die Worte des Psychologen Dr. Erhard Henning. Der Gerichtspsychologe hatte wohl recht gehabt. *„Die sogenannte 'kalte Rache' kann erst sehr viel später auf das auslösende Ereignis folgen, und das kann verschiedene Gründe haben."* Ja, so hatte er sich ausgedrückt.

Und: *„Jeder Rache geht ein Verlust voraus: Die Ehre, das Selbstwertgefühl, eine große Liebe, und wenn die Beschämung, die Demütigung tief genug ist, meldet sich bald die Rachgier, die Rachelust, die Rachsucht, ein süchtig machender Wunsch auf Wiedergutmachung."*

Permann konnte sich an die Worte des Psychologen mit dem traurigen Seehundblick genau erinnern.

„Einen Rächer treibt meist der Wunsch nach Wiederherstellung des Selbstwertes. Er wurde meist seelisch sehr schwer verletzt. Er wurde massiv überflutet vom Erleben seiner Kleinheit und Ohnmacht, seiner Schwäche und Bedeutungslosigkeit. Sein Selbstwertgefühl ist am Boden, er ist niedergeschlagen, ja niedergeschmettert. Er steht vor der Wahl, schwer traumatisiert in seiner Bedeutungslosigkeit weiter zu existieren, oder er gewinnt sein Selbstwertgefühl wieder, indem er sich an seinem Widersacher rächt."

Die bedrückende Lektüre hatte Fritz Permann müde und traurig gemacht. Was würde er im Tagebuch des Mörders noch zu lesen bekommen? Da musste noch irgendetwas Furchtbares, Bestürzendes passiert sein, das Walder komplett aus der Bahn geworfen und sein Inneres zerstört hatte. Der Kommissar wusste, er konnte in dieser Nacht nicht mehr weiterlesen. Er hielt diese Brutalität des Schicksals nicht mehr aus, diese kalte Fratze, die Menschen aus dem Hinterhalt überfiel, ihr Leben aus der Bahn warf, zerstörte und vernichtete. Ein unerbittliches Schicksal hatte offensichtlich einen harmlosen Jungen in eine brutale Bestie verwandelt.

Er musste jetzt endlich schlafen.

Christa! Seit drei Tagen war seine Frau wieder zuhause. Sie hatte ihre Krebsoperation gut überstanden.

Permann zog im Wohnzimmer leise seine Kleider aus, schlich sich ins Schlafzimmer und schlüpfte zu ihr ins Bett. Er kuschelte sich an seine schlafende Frau, spürte ihre Wärme und roch ihr wunderbar duftendes, blondes Haar. Schmiegte sich von hinten an sie, umarmte sie sanft. Sie seufzte leise im Schlaf.

Morgen schon würde sie mit der Chemotherapie beginnen. Sie würde ihre Haare verlieren, hatte man ihr gesagt. Diese wunderbaren Haare. Der Kommissar spürte, als er daran dachte, wie die Bitterkeit in ihm hochstieg, und wieder die Angst. Er musste den Kampf annehmen. Sie würden kämpfen, gemeinsam, und gemeinsam die Krankheit, diese Bestie, besiegen. „Ich kämpfe derzeit gegen *zwei Bestien*", dachte der Kommissar bitter, „und eine ist schlimmer als die andere!"

Er konnte nicht einschlafen. Regungslos lag er da. Draußen vor dem Fenster goss der Mond sein Silberlicht über die Stadt, und der Wind bewegte leise die Zweige des Kirschbaums im Garten.

Kommissar Fritz Permanns Gedanken kreisten wirr. Der Krebs, die Angst, Hoffnung, der Mörder. Alles kochte in seinem Gehirn. Sein Kopf war ein Dampfdrucktopf, der jeden Moment zu explodieren drohte. Und wieder kreisten seine Gedanken um den Mörder.

Warum zum Teufel hatte er so lange mit seinem Rachefeldzug gewartet? Der Polizeipsychologe mit dem traurigen Seehundblick tauchte wieder vor den Augen des Kommissars auf: „*Vielleicht wurde der Rächer neuerlich verwundet und verletzt, und der Rachefeldzug wurde dadurch ausgelöst.*"

Wenn er weiterlas, im Tagebuch von Heinrich Walder, würde er über sein Rachemotiv erfahren. Vielleicht.

Quästur von Bozen, am 28. Juni, 09.15 Uhr

Der Mann, der vor ihnen im Verhörzimmer des Präsidiums saß, war groß, schlank und stattlich. Eine Adlernase beherrschte sein schmales, scharf geschnittenes Gesicht. Er saß da, nachlässig auf den Besucherstuhl gelümmelt, und starrte Fritz Permann und Beatrice del Piero provozierend an.

„Das ist also Helmut Saurer, das mögliche vierte Opfer", dachte Permann, „Heinrich Walders schlimmster Quälgeist. Was für ein unsympathischer, arroganter Bursche!"

„Musste das wirklich sein?" Saurer unterbrach polternd seine Gedanken. „Mich am Flughafen von Verona polizeilich in Empfang zu nehmen, und mich nach Bozen zu eskortieren? Was soll das ganze Affentheater?"

„Affentheater? So würde ich unsere Sicherheitseskorte für Sie aber nicht bezeichnen. Wirklich nicht." Permann sprach langsam und bedächtig. „Wir veranstalten hier ganz und gar kein Affentheater und keinen Zirkus, und schon gar nicht Ihnen zu Ehren. Nein, ganz sicher nicht." Er blickte zur Seite, sah Beatrice an und sie nickten sich ernst zu.

Dann begann der Kommissar unvermittelt und direkt: „Herr Saurer, Sie kennen Karl Brandis, Kaspar Benedikt und Oskar Hofer."

Er wartete auf die Reaktion Saurers. Der bemühte sich nach Kräften sich nichts anmerken zu lassen, aber da war ein kleines Zucken, ein kurzes Verziehen seiner Mundwinkel gewesen, wie nach einer höchst unangenehmen Erkenntnis oder nach einem plötzlichen Erschrecken.

„Jaja." Saurers Stimme klang mürrisch.

„Ja, die Namen kommen mir tatsächlich bekannt vor. Aber es ist sehr lange her, dass ich diese Namen gehört habe. Ich glaube, wir haben damals gemeinsam den Militärdienst abgeleistet. In Meran. Danach ist der Kontakt zu ihnen abgerissen. Ist ja auch eine halbe Ewigkeit her. Was ist mit ihnen?"

„Und Heinrich Walder, den kennen Sie doch auch." Beatrice warf die Feststellung ein, ohne auf seine Frage einzugehen.

Saurer zuckte wieder leicht zusammen. Dann kamen seine Worte nach einer kurzen Pause schnell, so als würde er eine lästige Fliege von seiner Nasenspitze wegscheuchen wollen.

„Ja, den kannte ich auch. Der war damals auch in dieser beschissenen Kaserne in Meran."

„Sie wissen doch", fuhr der Kommissar fort, „was bei uns in Südtirol seit Mitte März dieses Jahres alles passiert ist."

Die Augen Saurers weiteten sich einen Moment vor Schreck. Hinter seiner Stirn hatte es zu kochen begonnen. Dann aber beschloss er weiterhin den Ahnungslosen zu spielen.

„Nein. Keine Ahnung. Ich hatte in den letzten Jahren praktisch keine Kontakte mehr. Zu niemandem mehr hier in Südtirol. Es gab nur die geschäftlichen Beziehungen zu meinem Arbeitgeber, und mit dem habe ich in Videokonferenzen und am Telefon nur über meine Arbeit gesprochen. Mein Leben spielt sich inzwischen praktisch nur mehr in Rio de Janeiro ab."

Dann klang seine Stimme auf einmal wieder unbeherrscht und zornig.

„Aber jetzt sagen Sie mir endlich: Was ist mit den vier Personen, die Sie genannt haben?"

Fritz Permann ließ sich Zeit. Die Stille lastete wie ein drohendes Gewitter über dem Raum. Der Kommissar und Beatrice merkten wie Saurer den Atem anhielt. Seine arrogante Maske begann offensichtlich langsam Risse zu bekommen.

„Brandis, Benedikt und Hofer wurden aus dem Hinterhalt erschossen. Einer nach dem anderen. Zuerst Karl Brandis in Schlanders, dann Kaspar Benedikt in Bruneck und schließlich Oskar Hofer in Sand in Taufers."

Der Kommissar sprach langsam, und ließ seine Worte auf Saurer wirken.

Dessen Gesichtsausdruck erstarrte zu einem ungläubigen Staunen. Ein Augenlid zuckte leicht. Der Kommissar und Beatrice ahnten, wie es hinter seiner Stirn fieberhaft arbeiten musste. Wieder kamen Permanns bedächtig gewählte Worte.

„Wir haben den berechtigten Grund zur Annahme, dass Sie sein viertes Opfer werden könnten. Er wird auch Sie töten, wenn wir es nicht verhindern können."

Jetzt blickten Helmut Saurers Augen plötzlich geweitet und schreckensstarr. Mit seiner Coolness war es vorbei. Die Angst hatte sich in seine Augen eingenistet. Eine ganze Weile brachte er nichts mehr heraus. Sein Mund öffnete und schloss sich unkontrolliert und lautlos. Als er endlich etwas herausbrachte, klang seine Stimme wie ein heiseres Krächzen.

„Alle drei erschossen? Und was ist mit diesem Walder?"

„Hm, ja. Heinrich Walder." Wieder ließ der Kommissar Saurer kurz zappeln. „Heinrich Walder ist wohl der Mörder der drei genannten Männer. So viel steht fest. Wir haben sein Geständnis."

Wieder ließ Permann Helmut Saurer eine ganze Weile warten, bevor er fortfuhr.

„Sie kannten die drei Ermordeten ja und auch Heinrich Walder, wie wir inzwischen wissen. Können Sie sich vorstellen, warum er die Drei erschossen hat?"

„Nein." Saurers Stimme klang brüchig. Von seiner Selbstsicherheit war nichts mehr übriggeblieben.

„Verdammt, nein! Wieso sollte ich das wissen? Und warum sollte ich sein viertes Opfer sein?"

Wieder schwieg Permann für eine ganze Weile. Auch Beatrice sah, wie Saurer hilflos wie ein Fisch im Netz zappelte.

„Nun ja, Herr Saurer. Wir haben Heinrich Walders Tagebuch gefunden, nachdem er bis zum jetzigen Zeitpunkt spurlos verschwunden ist. Ich bin noch nicht ganz durch mit der Lektüre seiner Tagebuchaufzeichnungen, aber was ich gelesen habe, reicht mir."

Plötzlich klang die Stimme des Kommissars schärfer.

„Sie und Ihre Kumpane haben Walder systematisch schikaniert, gedemütigt und fertig gemacht, und das in bösartigster Art und Weise."

Wieder legte der Kommissar eine Pause ein, und ließ das Gesagte auf Saurer wirken. Seine Arroganz war endgültig von ihm abgefallen. Als ihm das Schweigen im Raum unerträglich geworden war, schluckte er, fluchte und murmelte dann kaum verständlich.

"Verdammte Scheiße, verdammter Mist! Das ist doch alles nur Spaß gewesen. Wir haben ihn nur ein bisschen aufgezogen. Das war doch damals gang und gäbe beim Militär. Ich meine, dass man andere geneckt hat. Das war halt so damals."

Wiederum kam von niemandem mehr etwas. Die Stille lastete zunehmend drückend über ihnen. Permann konnte nicht anders, er wartete, und als er weiterredete, ließ er Saurer seine ganze Verachtung spüren, die in seiner Stimme mitschwang.

„Walder ist jetzt flüchtig und unauffindbar. Seine letzten Tagebucheinträge sagen ganz eindeutig aus, dass er jetzt Ihnen auch noch an den Kragen will… Nun ja, so ist es eben. Wir können das nicht ändern. Wir haben Sie gewarnt, nach Bozen zu kommen, Herr Saurer. Eindringlich gewarnt. Und nun ist es eben so wie es ist. Aber seien Sie sich sicher: Sie sind in höchster Lebensgefahr."

Beatrice sah, dass sich auf Saurers Stirn kleine Schweißperlen gebildet hatten. Sie nickte Permann kurz zu und fuhr fort.

„Herr Saurer, wie schon gesagt, Sie schweben in höchster Lebensgefahr. Wir haben Sie eindringlich gewarnt, aber Sie wollten nicht auf uns hören, und jetzt, da Sie halt einmal da sind, haben wir Personenschutz für Sie beantragt. Übrigens auf Kosten der Steuerzahler. Wir werden Sie Tag und Nacht überwachen müssen, solange Sie sich in Bozen aufhalten.

Die ganzen Vorsichtsmaßnahmen sind also kein Affentheater und kein Zirkus, wie Sie sich dazu geäußert haben. Und nun, da Sie schon mal hier sind, möchten wir Ihnen noch ein paar Ratschläge mit auf den Weg geben. Die sollten Sie, verdammt noch mal, peinlichst genau befolgen. Zu Ihrem eigenen Schutz. Erstens: Teilen Sie uns immer mit, wenn Sie ihr Haus unbedingt verlassen müssen. Zweitens: Öffnen Sie Niemandem. Drittens: Gehen Sie nicht an die Fenster, nicht auf den Balkon. Und viertens: Machen Sie kein Licht, bevor Sie nicht die Vorhänge zugezogen oder die Rollos heruntergelassen haben. Zu Ihrem eigenen Schutz, nehmen Sie diese Ratschläge verdammt ernst. Walder ist gefährlich, sehr gefährlich, das müssen Sie uns glauben!" Beatrice machte eine Pause und sah Saurer eindringlich an.

„Und jetzt, da Sie schon einmal gegen unseren Ratschlag da sind, sagen Sie uns alles, was Sie über ihn wissen, und sei es für Sie auch nur ein unwichtiges Detail. Wir wollen alles über Heinrich Walder wissen. *Alles*, verstehen Sie?"

Helmut Saurer schwitzte. Er war kleinlaut geworden, und brachte für eine ganze Weile nichts heraus.

„Nun, was wissen Sie über ihn?", drängte Permann.

Saurers Stimme klang leise und gebrochen. Seine Arroganz war von ihm abgefallen, so wie eine zersplitterte Glasscheibe aus dem Rahmen fällt.

„Das ist doch so verdammt lange her. Ich kann mich kaum noch an diesen Walder erinnern. Ich habe seit damals beim Militär nie wieder etwas von ihm gehört. Ihn nie wieder gesehen. Ich weiß gar nichts über ihn. Nun ja. Äähh…

Er war eher klein, schmal, unsicher. Scheu. Merkwürdig. Harmlos. Er hat sich damals nicht einmal getraut mir in die Augen zu schauen. Er soll ein Mörder sein?"

„Ja, er ist ein Mörder, glauben Sie mir. Ein kaltblütiger Mörder. Weiter, weiter! Sprechen Sie!", drängte der Kommissar. „Reden Sie! Was wissen Sie über ihn? Er ist flüchtig, und wir möchten ihn so bald wie möglich fassen. Auch in Ihrem Interesse. Reden Sie! Es geht um Ihr Leben!"

Der Mann aus der Finsternis war vom Oberpustertal her auf verborgenen Steigen und Wegen durch die Wälder und Wiesen gekommen. Er ging hoch über den Tälern, aber nur in der

Dämmerung und in der Nacht. Im Grauen des ersten Morgens nach seinem Aufbruch durchschritt er die Talsohle nahe der Stadt Bruneck. Er sah aus der Ferne die Lichter der Stadt, und im Dorfe St. Georgen erblickte er hie und da eine erste hell erleuchtete Fensterhöhle. Ein neuer Tag würde anbrechen.

Er wusste von der Zerbrechlichkeit des Lebens und des Glücks. Während er ging, stellte er sich die Menschen vor, die hinter den Fenstern ihrer Häuser lebten, sich sorgten, sich stritten, sich liebten oder hassten. Sie gingen zur Arbeit und kehrten am Abend wieder zurück. Es war immer dasselbe öde Leben, das immer weiter und weiter ging. Tag für Tag würde für sie vergehen, Monat für Monat, Jahr für Jahr. Sie würden alt werden und einsam und krank, und dann würden sie zu Grunde gehen, so wie auch er bald sein Ende finden würde. Das war immer schon so gewesen, und das würde immer so sein, denn eine Generation folgte auf die nächste. Eine endlose, sinnlose Kette.

Warum war das alles so, warum musste das so sein? Das hatte er sich oft gefragt in letzter Zeit. War es ein zürnender Gott, der die Menschen in die Welt geworfen und sich dann enttäuscht von ihnen abgewandt und sie in dieser kalten, grauen Welt allein gelassen hatte?

Er zuckte die Schultern. Er würde es nie erfahren. Niemand würde das je erfahren.

Der Mond stand als helle Kugel am Himmel, und tauchte das Tal, das sich gegen Norden hin öffnete, sowie die taunassen Wiesen vor ihm in ein einförmiges Grau.

Die Sinnlosigkeit seines Tuns schmerzte ihn. Er wusste es, der Tod des vierten Mannes würde gar nichts ändern. Der Mond würde auch morgen wieder aufgehen, so wie immer, und auch übermorgen, und in zwei, drei Tagen, wenn er mit allem fertig war. Der Mond würde auch noch in 1000 Jahren am Himmel erscheinen, wenn die Menschen nicht schon vorher diese Welt zerstört und zugrunde gerichtet und eine kalte, öde Wüste hinterlassen hatten.

Er stellte sich vor, wie die Menschen ein Weilchen über sein sinnloses Tun reden und rätseln würden. Wie sie für einen Moment erschauern würden, und dann würde alles wieder in der Vergessenheit versinken. Nichts würde sich ändern. Aber er musste es tun. Er war fest dazu entschlossen, seinen Weg zu Ende zu gehen.

Der letzte der vier Männer war lange Zeit unauffindbar geblieben, obwohl er sein Haus wieder und wieder und immer wieder aufs Neue beobachtet hatte. Schließlich hatte er die Frau von Helmut Saurer ausfindig machen können, und er hatte sie angerufen.

„Ich bin ein alter Freund von Helmut, und ich möchte ihn wieder einmal gerne besuchen. Ist er da?"

„Da haben Sie aber Glück", hatte Saurers Frau gesagt, „er ist sonst nur mehr sehr selten hier. Aber ab übermorgen wird er wieder für ein paar Wochen in Südtirol, in Bozen sein. Er war lange nicht mehr im Lande."

„Ah, sehr gut", hatte er geantwortet. „Dann werde ich ihn bald aufsuchen."

„Tun Sie das!", hatte die Frau geantwortet.

Der Mann aus der Finsternis stieß an die Ahr, und ging über einen dunklen Steig eine Weile durch den Auwald an ihrem Ufer entlang. Der Fluss floss ruhig und schwarz in seinem Bett dahin. Die Erlen standen am Ufer wie stumme Wächter. Der Vollmond lag wie eine blasse Leiche im Bachbett und leuchtete kalt. Das dunkle, ruhig dahinfließende Wasser kräuselte sich in ihm.

Er musste die Brücke über die Ahr überqueren. Er wusste, dass diese Stelle gefährlich für ihn werden könnte. Sie suchten nach ihm. Das war ihm klar, das wusste er mit Sicherheit.

Eine Weile verharrte er regungslos im Gebüsch hinter dem Restaurant Pizzeria Sunshine am Rande des Dorfes Stegen. Ruhig ließ er seine Augen umherschweifen; er suchte die Straße ab, die Gebäude, die Umgebung. „Sunshine", Sonnenschein. Er lachte bitter auf. „Aller Sonnenschein ist seit einem halben Jahr aus meinem Leben gewichen", dachte er. Dann wollte er aber nicht mehr daran denken, und verdrängte die Gedanken daran mit aller Macht.

Wo lauerten sie ihm auf? Seine Hand tastete nach seinen Waffen, dem Revolver 357 Magnum Colt Python und dann nach der Heckler & Koch-Pistole in seinem Rucksack. Der Python lag schwer in seiner Hand. Der Lauf glänzte silbern im Mondlicht. Er war bereit. Notfalls würde er sich den Weg frei schießen.

Er lauschte, spannte seine Muskeln an und wollte loslaufen. Im selben Moment sah er den Streifenwagen der Carabinieri vom Dorf Pfalzen herkommend auf den Kreisverkehr jenseits der Brücke zu fahren. Sie fuhren also Streife, fast im Schritttempo, und suchten nach ihm. Natürlich suchten sie nach ihm! Der Wagen rollte vorbei in Richtung der Industriezone von Bruneck und verschwand hinter einer Kurve. Noch wartete er regungslos.

Die Zeit tickte dahin. Er zog eine Dose Cayenne-Pfeffer aus dem Rucksack und streute ihn auf seine Fußspuren. Die Schärfe des Pfeffers würde die empfindlichen Nasen eventueller Spürhunde so sehr in Mitleidenschaft ziehen, dass sie mit Sicherheit die Lust ihm zu folgen verlieren würden. Er würde immer wieder Pfeffer ausstreuen.

Nach etwa fünf Minuten stürmte er los, huschte über die einsam und schwarz da liegende Brücke, unter der das Wasser im Mondlicht glitzerte, und rannte weiter über den Kreisverkehr in die Richtung, in der das Dorf Pfalzen lag. Nach fünfzig Metern erklomm er die Böschung, und lief über die Wiese hinauf zum Wald. Niemand hielt ihn auf.

Als er die ersten Bäume des Waldes erreichte, hielt er eine Weile keuchend inne. Er musste wieder zu Kräften kommen. Als er wieder ruhig atmete, stieg er auf Wildwechseln durch den lichten Kiefernwald zum Dorfe Pfalzen hinauf, das wie ein niedergestrecktes, dunkles Urtier in der Dämmerung dalag. Der Vollmond goss gleichgültig sein fahles Licht über die Hochebene, überschüttete ihn, den einsamen Wanderer, und tauchte den Kiefernwald in Dämmerlicht.

In den Wohnungen und Häusern von Pfalzen gingen die ersten Lichter an. In einer Stunde würden die Menschen losfahren, sie hasteten zur Arbeit, in die Schulen. Alles ging seinen gewohnten Gang. Alles war wie immer.

Der Morgen begann endgültig zu dämmern. In der Nähe des Weilers Hofern fand er zwei riesige Felsblöcke im Wald, die, wie von einer Riesenhand übereinandergeworfen, da lagen. Er zwängte sich in den Spalt dazwischen. Hier würde er sicher sein. Eine Weile verharrte er regungslos, atmete ruhig. Dann nahm er ein Brot und ein Stück Speck aus dem Rucksack und sein Taschenmesser. Schnitt ein Stück Speck und Brot ab und kaute. Noch einmal tastete er nach den Waffen. Er ergriff den sechsschüssigen Python und legte ihn griffbereit neben sich. Seine Finger glitten über den kalten Stahl und drehten die Trommel. Eine Patrone steckte darin, eine einzige; sie würde reichen. Noch ein paar Nächte, und dann würde es so weit sein. Judgement Day, kam ihm in den Sinn, der jüngste Tag, der Tag der Abrechung! Er lächelte. Der Mann nahm seine zweite Jacke aus dem Rucksack und warf sie sich über die Schultern. Ihm würde nicht kalt werden an diesem Tag. Er streckte sich aus, legte seinen Kopf auf den Rucksack und schlief fast augenblicklich ein.

Plötzlich schrak er auf und war auf einen Schlag hellwach. Seine Hand zuckte zur Heckler & Koch in seinem offenen Rucksack. Er hatte etwas gehört! Was zum Teufel hatte er gehört? Und da war es wieder. Ein Kiefernzapfen fiel mit einem leisen, dumpfen Laut auf den Waldboden. Vorhin war es dasselbe Geräusch gewesen, das ihn hatte erwachen lassen. Sein Blick jagte über die Kiefernstämme hinauf, und dann sah er es. Er atmete erleichtert aus.

Ein Eichhörnchen saß seelenruhig auf einer Astgabel, und benagte emsig einen Kiefernzapfen. Immer wieder zuckte sein Köpfchen mit den schwarzen Knopfaugen hoch, und das Tier blickte neugierig in die Runde. Sein buschiger Schwanz ragte steil in die Höhe, und die Sonne, welche schon weit im Westen stand, färbte sein Fell brandrot. Der Mann musste plötzlich lächeln. Eine Weile noch turnte das Tierchen vor ihm herum, dann ließ es den abgenagten Zapfen fallen und tanzte grazil über den Stamm auf und ab. Plötzlich verschwand es.

Die Züge des einsamen Mannes verhärteten sich wieder. Noch einmal aß er Speck und Brot. Erst jetzt fiel ihm auf, dass er seine Feldflasche vergessen hatte und fluchte innerlich. Er hatte höllischen Durst vom salzigen Speck bekommen. Aber er musste warten. Geduldig harrte er in seiner Höhle aus, bis es dämmerte. Dann brach er wieder auf.

Er wusste, dass er immer weiter nach Westen wandern musste, bis er zum Dorf Franzensfeste kam. Von dort aus würde er das Eisacktal überqueren müssen, um sich dann gegen den Süden hin zu wenden.

Seine Pupillen weiteten sich in der Dunkelheit, gewöhnten sich schnell an das fahle Licht des Vollmondes. Mühelos fand er die Steige und Wildwechsel auf seinem einsamen Weg nach Westen. Endlich stieß er auf ein kleines Bächlein. Er warf sich nieder, und soff wie ein Tier. Dann wanderte er weiter, durch Wälder und Felder dem Dorfe Terenten zu, nach Weitental, und auf die Hochebene von Meransen. Dort bog er dann leicht nach Süden ab. Unter ihm lag das Dorf Mühlbach und das Dörfchen Spinges.

Der Morgen begann zu grauen. Unter ihm blickte der Ort Franzensfeste und die gleichnamige, imposante, hell erleuchtete Festung zu ihm herauf, die in den 1830er Jahren aus Granitblöcken und Abermillionen von Ziegelsteinen von den Österreichern gegen den Feind aus dem Süden erbaut worden war. Erbaut gegen einen Feind, welcher dann niemals gekommen war.

Auf der Autobahn unten im Eisacktal rasten Lichter in einem nie abreißenden Strom nach Norden und Süden.

Schließlich fand er oberhalb des Örtchens Spinges eine verlassene Jagdhütte. Die Fensterläden waren geschlossen. Alles war still, kein Rauch stieg aus dem Kamin. Er beobachtete die niedere Holzhütte eine Weile, bis er sicher war, dass sie verlassen war. Vor der Hütte fand er ein rostiges Stück Eisen. Er setzte es in den Spalt zwischen Betonboden und Tür, und drückte dagegen. Mit einem ächzenden Laut sprang der Riegel der Tür aus dem Schloss und er trat in das niedrige Holzgebäude. Er klemmte ein Holzscheit zwischen Türstock und Tür und dadurch bleib sie einen Spalt breit offen. Er würde es hören, wenn jemand kam. In der Dunkelheit fand er ein einfaches Bett, auf welchem eine dünne Matratze lag. Er streckte sich aus, legte seine Heckler & Koch griffbereit neben sich und fiel müde in einen traumlosen Schlaf.

Als er erwachte war es später Nachmittag. Er hatte geschlafen wie ein Stein und er war sich nicht mehr sicher, ob er in der Hütte einen Besucher rechtzeitig kommen gehört hätte. Er fluchte innerlich und packte hastig seinen Rucksack. Seine Aufmerksamkeit durfte nicht nachlassen. Er fand eine leere Bierflasche mit einem Schnappverschluss, und packte sie ein. Ab jetzt würde er Wasser mitnehmen können.

Gegen Abend hin knatterte ein Hubschrauber am Himmel über ihm. Wieder lächelte der einsame Mann. Sie suchten nach ihm, sie suchten verzweifelt und mit allen Mitteln nach ihm, doch es würde vergeblich sein. Er brach auf und schritt weiter durch die Dämmerung.

Als er um eine steile Hügelkuppe bog, stand der dunkle Wanderer plötzlich einem anderen Mann gegenüber. Beide fuhren erschrocken zusammen. Die Hand des Mannes zuckte wie ein Blitz nach der Heckler & Koch in der Jackentasche. Dann erst fiel sein Blick auf den Korb in der Hand des fremden Mannes. Es war nur ein verspäteter Pilzesammler! Wahrscheinlich war er in seinem Sammlerrausch von der Dämmerung überrascht worden. Da war keine Gefahr, wirklich nicht. Der dunkle Mann lächelte.

Der Pilzesammler grinste erleichtert zurück, und fragte schüchtern. „Raccoglie funghi anche Lei?" Sammeln auch Sie Pilze?

Der dunkle Wanderer nickte.

Der Pilzesammler atmete erleichtert aus und wischte sich über die Stirn. „Avevo paura, che Lei fosse della guardia forestale. Oggi non è il giorno giusto, vero? Ma ce ne sono così tanti!" Ich hatte schon Angst, dass Sie von der Forstwache sind. Heute ist nicht der passende Tag, richtig? Aber es gibt so viele.

Der Pilzesammler blickte ihn treuherzig an, lächelte verschwörerisch und kniff ein Auge zusammen.

Aber auf einmal erstarb das Lächeln des dunklen Mannes. Sein Blick gefror wieder zu Eis, als er harsch hervorstieß: „Sammle so viel du willst, solange du es noch kannst!" Dann ließ er den verdutzten Mann stehen und ging weiter, ohne ihn weiter zu beachten. Seinem Ziel entgegen. Niemand würde ihn aufhalten können. Niemand.

Die Sterne über ihm funkelten kalt. Unten im Tal rasten immer noch die Autos in einer nie abreißenden Folge in den Süden und in den Norden, eine rote und eine weiße Schlange, irgendeinem sinnlosen Ziel entgegen. Es würde nie aufhören. Nichts würde je aufhören! Nicht die Sinnlosigkeit und nicht der Schmerz.

Er musste weiter. Weiter! Mit traumwandlerischer Sicherheit des Jägers fand er die Wildwechsel und die einsamen Pfade. Er erreichte den Ort Schalders, ließ die Radlsee-Hütte hoch über der Stadt Brixen hinter sich und dann die Dörfer über dem Eisacktal, Latzfons und Villanders.

Im Morgengrauen kroch er oberhalb des winzigen Weilers Dreikirchen bei Barbian in einen verwitterten Stadel, und schlief auf einem Heustock in den Tag hinein.

Am frühen Abend erwachte er wieder. Er wusste, dass heute seine letzte lange Nachtwanderung bevorstand. Wieder brach er auf und schritt entschlossen seinem Ziel entgegen.

Auf einer Lichtung oberhalb von Lengstein am Ritten ästen drei Rehe friedlich im Mondlicht. Als sie den einsamen Wanderer witterten, hoben sie die Köpfe und ihre Lichter funkelten für einen Moment wie Sterne im Mondlicht. Dann, ganz plötzlich nahmen sie Witterung auf und hetzten in langen Sprüngen dem sicheren Waldrand zu.

Noch in der Dunkelheit erreichte er Oberbozen und den Weiler Maria Himmelfahrt. Von hier aus, das wusste er, führte ein schmaler, asphaltierter Fahrweg durch den Wald hinunter in die Stadt.

Oberhalb des Buschenschanks „Ebnicherhof" machte der dunkle Nachtwanderer auf einer kleinen, einsamen Waldlichtung Halt. Unter ihm leuchtete im Kessel, wie von einer Riesenhand hingestreut, ein glimmendes Kohlenfeuer. Die Lichter der Stadt Bozen. Er erkannte die Straßenzüge, die dunkle Linie des Flusses Eisack, der Talfer, der Etsch. Er saß da, unbeweglich, schaute, kaute Speck und Brot und trank aus seiner Flasche. Alles um ihn herum war ruhig und friedlich.

Seine kalten, leblosen Augen starrten in die beginnende Morgendämmerung. In ihm war nun nichts mehr, Schmerz nicht mehr und kein Mitleid.

Eine Zeitlang in seinem Leben hatte er noch gedacht, dass sich sein Schicksal zum Guten wenden könnte. Aber dann hatte ihm die Wirklichkeit, das Leben noch einmal brutal ins Gesicht geschlagen. Und jetzt war alles in ihm abgestorben, seine Hoffnung, die Trauer, der Schmerz, das Mitleid, die Wut und der Hass. Er wollte nur noch funktionieren, funktionieren wie eine Maschine, einen Tag und eine Nacht nur noch.

Nach einer Weile des Schauens zuckte er leicht mit den Schultern. Sein Weg würde morgen zu Ende gehen. Er kroch in den Buschwald, streckte sich aus und legte seinen Kopf auf den Rucksack. Hier würde er schlafend den nächsten Abend abwarten und dann würde er durch den Wald hinuntersteigen in die Finsternis, in die Hölle, seinem letzten Ziel entgegen.

Aus dem Tagebuch von Heinrich Walder

Mittwoch, 25. April 1979, Meran

Mein Freund Robert aus dem Gadertal lag heute in der Mittagspause an den Bettwürfel gelehnt auf dem Gitterrost seines Eisenbettes. So machen es alle in der Mittagspause; sie ruhen sich aus und dösen eine Stunde vor sich hin. Er hat sein Bett neben der Durchgangstür von einer Stube zur anderen. Auf einmal springt er mit einem wilden Schrei aus seinem Bett. Seine Hose qualmt. Unter seinem Bett brennt lichterloh ein Haufen zusammengeknülltes Toilettenpapier. Aufregung, alle schreien durcheinander. Da sehe ich in der Nachbar-Stube das infernalische vierblättrige Kleeblatt beieinanderstehen und wiehernd lachen. Sie krümmen sich vor Lachen und klopfen sich brüllend auf die Schenkel. Natürlich hat niemand etwas gesehen, nichts sehen wollen. Ich bin mir sicher, dass es einer der Vier gewesen ist, der das Feuer entfacht hat. Es war ein Leichtes aus der Deckung der Nachbar-Stube in unsere zu schleichen, das Klopapier unter dem Hintern meines Freundes zu platzieren und anzuzünden.

Mein Freund Robert ist geschockt, sein Gesicht ist käseweiß. Zum Schaden (seine Hose hat ein riesiges Brandloch und ist unbrauchbar geworden) hat er noch den Spott. Ich möchte nicht wissen, wie sein Hintern aussieht! Man lässt uns also ab jetzt nicht einmal in der Mittagspause unsere Ruhe.

Montag, 30. April 1979, Meran

Endlich habe ich meinen ersten 48 Stunden-Urlaub erhalten. Ich war das erste Mal seit meinem Einrücken vor gut zwei Monaten zu Hause.

Als ich die Kaserne hinter mir ließ, atmete ich auf. 48 Stunden keine Demütigungen und keine Schikanen! Ich freute mich so sehr meine Mutter zu sehen, und mein Dorf!

Sie hat geweint, und ich auch. Mutter ist erschrocken, als sie mich gesehen hat. Ich habe wohl sehr viel an Gewicht verloren.

Ich wollte die Stunden und die Minuten festhalten, bevor ich wieder fahren musste, vergeblich! Mit der Fahrt nach Meran kam wieder die Beklemmung. Ich wusste, mich würde wieder nur die Hölle erwarten.

Und nun bin ich wieder hier und alles geht weiter wie bisher. Die Vierer-Bande hat mich wieder in ihren Fängen. Die Demütigungen gehen weiter. Ich weiß nicht, wie lange ich das noch aushalten kann. Meinem Freund Robert geht es noch schlechter. Er ist ein nervliches Wrack geworden!

Donnerstag, 3. Mai 1979, Meran

Die Viererbande erpresst mich. Sie wissen, dass ich morgen von 23 Uhr bis ein Uhr nachts meinen Wachturnus habe. Sie wollen länger ausgehen, nicht nur bis 23 Uhr, und sie wollen um 0.45 Uhr über die Mauer zurückkommen. Ich habe in diesem Abschnitt Wache und muss sie ungehindert über die Mauer steigen lassen. Sonst würden sie mir das Leben noch mehr zur Hölle machen wie bisher, was ich ihnen aufs Wort glaube. Soweit die Drohung. Ich musste es ihnen zusichern. Was hätte ich tun können? Ich werde diese Nacht und auch morgen, kein Auge zu tun können. Was, wenn gerade zu dieser Zeit eine Inspektion stattfindet? Dann bin ich dran.

Samstag, 5. Mai 1979, Meran

Ich bin so müde, dass ich befürchte, plötzlich bewusstlos umzufallen. Seit zwei Tagen habe ich kein Auge mehr zugetan. Ich musste die Schande über mich ergehen lassen. Um 0.50 Uhr warf einer aus der Bande eine Bierflasche über die Mauer. Das war das Signal, dass sie jetzt über die Mauer steigen wollten. Mir pochte das Herz bis zum Hals. Nur keine Inspektion jetzt! Wenn sie mich erwischen würden, müsste ich vors Militärgericht, und das würde einige Monate Militärgefängnis im berüchtigten italienischen Ort Gaeta bedeuten. Diese Monate würden natürlich an meine Militärzeit angehängt werden. Vorher hatte ich mir ausgemalt, was ich tun könnte. Ich hätte einen von ihnen von der Mauer schießen können, ohne dafür zur Rechenschaft gezogen zu werden. Ich malte mir schon aus, wie der Kopf von Saurer oder Benedikt zerplatzen würde. Das wäre ein Peiniger weniger gewesen.

Dann bin ich über meine Gedanken zutiefst erschrocken. So weit bin ich schon gekommen, dass ich mir ausmale, wie ich einen von ihnen umbringe... Aber das würde mein Ende bedeuten. Die restlichen Drei würden mich umbringen. Also musste ich die Schande über mich ergehen lassen. Die Vier huschten betrunken über die Mauer, und ich wäre am liebsten vor Scham im Erdboden versunken. Saurer hat mir noch höhnisch zugezischt: „Danke Walder, und bis zum nächsten Mal!" Es wird also nicht aufhören. Natürlich nicht!

Dienstag, 8. Mai 1979, Meran

Mein Gadertaler Freund Robert ist nicht aus dem 48-Stunden-Urlaub zurückgekehrt. Ich habe die Befürchtung, dass er nervlich vollkommen zusammengebrochen ist. Heute hat mir Hofer in der Essens-Reihe ein Bein gestellt. Es ist ihm gelungen von hinten an mich heranzuschleichen. Ich konnte mich im Fallen nicht abstützen, und bin der Länge nach hingeschlagen, was allgemeines Gelächter zur Folge hatte! Ich habe den Verdacht, dass mein Nasenbein gebrochen ist. Meine Nase hat geblutet wie verrückt.

Mittwoch, 9. Mai 1979, Meran

Ich musste wegen meiner Nase in die „infermeria", zum Militärarzt. Das Nasenbein ist angebrochen. Natürlich habe ich mich nicht getraut, die Wahrheit zu sagen, den Grund anzugeben warum ich mir meine Nase gebrochen habe. Ich habe irgendetwas erfunden. Die Vier würden mich totschlagen, wenn sie wegen mir bestraft würden.

Ich schlafe nicht, und habe ständige Kopfschmerzen. Wenn ich mal einschlafe, zucke ich bald wieder hoch. Ich habe Angstzustände. Ich kann Niemandem mehr trauen. Mein Freund Robert ist immer noch nicht da und ich vermisse ihn so sehr. Er ist der Einzige, mit dem ich ein wenig reden konnte. Ich habe den Eindruck, alle haben sich aus Angst vor dem Quartett völlig von mir abgewandt. Alle ignorieren mich.

Montag, 14. Mai 1979, Meran

Ich bin aus meinem zweiten 48-Stunden-Urlaub zurückgekehrt. Zuhause habe ich fast nur geschlafen. Endlich bin ich ein bisschen ausgeruht. Ich befürchte aber, dass meine Dauermüdigkeit schnell zurückkehrt. Nervosität und Angst sind meine ständigen Begleiter! Bei meiner Arbeit kann ich mich kaum noch konzentrieren. Ich habe Angst, Fehler zu machen. Ohne mein Tagebuch würde ich verrückt werden.

Mittwoch, 16. Mai 1979, Meran

Mein Gadertaler Freund Robert ist wieder zurück. Er sieht blass und abgemagert aus. Er wollte nicht reden. Abends habe ich ihn zufällig allein in der Stadt getroffen. Zuerst wollte er vor mir davonlaufen, aber dann hat er mir ein wenig von seinem Nervenzusammenbruch erzählt. Auch er traut sich mit Niemandem über die Schikanen zu reden. Er hat Angst, dass wir Zwei zusammen gesehen werden. Sie haben ihn fürchterlich bedroht, ihm Konsequenzen angedroht, wenn wir „zwei Schwulen" uns treffen würden. So weit ist es schon gekommen.

Samstag, 19. Mai 1979, Meran

Wieder hatte ich Wache, und wieder musste ich die Vier nach dem Zapfenstreich über die Mauer steigen lassen. Meine Scham ist unendlich, und mein Selbstbewusstsein ist total auf dem Boden.

Noch erschreckender war, dass ich bei meiner zweiten Wache von drei Uhr bis fünf Uhr schreckliche Rachegedanken gehabt habe. Ich habe mir vorgestellt, wie ich mit meinem geladenen Gewehr in die Stube stürme, und einem Schwein nach dem anderen in den Kopf schieße. Ich habe mir vorgestellt, wie ich die vier auslösche. Danach wäre alles vorbei. Ich sah das Blut und das Gehirn spritzen. Für einen Augenblick war ich vollkommen ruhig.

Mein Gott, wie weit bin ich gekommen? Wie tief bin ich schon gesunken?

Freitag, 25. Mai 1979, Meran

Heute vor drei Monaten bin ich eingerückt. Es sind erst drei Monate! Die Zeit will nicht vergehen. Es gab Zeiten, da war ein Monat ein Rauschen, und schon war er vorbei. Jetzt zähle ich die Minuten, die Stunden, die Tage. Jeden Abend schneide ich einen vergangenen Tag aus meinem Taschenkalender. Noch 270 Tage! Mein Gott, wie soll ich das Ganze so lange aushalten? Die Quälereien und die Demütigungen gehen weiter, immer weiter...

Montag, 4. Juni 1979, Meran

Es sind schon zehn Tage, dass ich nichts mehr in mein Tagebuch geschrieben habe... Ich bin immer so müde, dass ich mich nicht einmal dazu noch aufraffen kann. Die Tage und Nächte sind eine einzige Qual. Ich muss immer das gleiche Elend am Tage aushalten, die Hölle und die Demütigungen der Vier. Sie scheinen sich in ihrer Grausamkeit einander überbieten zu wollen. Sie sind Sadisten. Warum hat es mich getroffen? War es eine unglückliche Fügung des Schicksals? Vielleicht. Ich hätte mich gleich am Anfang entschlossener verbal und auch physisch gegen ihre Angriffe wehren sollen. Jetzt ist es zu spät. Sie haben sich auf mich und meinen Freund Robert eingeschossen.

Ist er überhaupt noch mein Freund? Wir trauen uns nicht einmal mehr miteinander zu reden. Die wilden Drohungen der Vier haben uns voneinander entfremdet. Wir sind ihre wehrlosen Opfer, an denen sie ihren Frust abreagieren. Sie scheinen an unserer Angst und an unserer Verzweiflung zu wachsen und sie haben ihren Spaß. Einen Riesenspaß.

In den Nächten falle ich manchmal vor Müdigkeit in einen bewusstlosen Schlaf, und erwache dann ganz plötzlich wieder mit einem Herzrasen. Es ist die Angst, die mich immer wieder packt und nicht mehr einschlafen lässt. Rund um mich schnarchen die Soldaten und wälzen sich in den quietschenden Eisenbetten. Meine Nächte sind eine Qual und ein einziges, trostloses Elend!

Zumindest vor den Gemeinheiten der „Alten" sind wir jetzt einigermaßen sicher. Jetzt sind die noch jüngeren Rekruten an der Reihe.

Donnerstag, 14. Juni 1979, Meran

Endlich gibt es einen Freudentag für mich! Heute werde ich am späten Nachmittag in das Büro meines krötengesichtigen Hauptmannes gerufen. Mir schwant schon Schlimmes, denn er mag mich nicht.

„Walder", sagt er mürrisch, „man hat dir einen Ernteurlaub genehmigt! Morgen gehst du nach Hause und trittst deinen Urlaub an. Das sind zehn Werktage. Du kommst also am Sonntag, den 1. Juli am Abend wieder in die Kaserne zurück. Bedank dich bei deiner Mutter, du Faulpelz!" Mit diesen Worten knallt er mir das Urlaubs-Formular unter die Nase. Ich stehe da, wie vom Blitz getroffen. Ich bin wie gelähmt und stehe wie erstarrt vor Freude da. „Verschwinde, du Trottel", schnauzt er mich an.

Ich knalle die Hacken zusammen, salutiere und verschwinde wie der Blitz. Ach Mutter, du hast es tatsächlich geschafft! Ich habe gar nicht mehr zu hoffen gewagt, dass das Gesuch angenommen werden könnte. Mutter hat ja den Hof seit dem Tod meines Vaters verpachtet. Man hat ihr auf der Gemeinde geraten, dennoch um einen Ernteurlaub anzusuchen. Man kann nur staunen, denn das Gesuch ist tatsächlich angenommen worden. Der italienische Staat ist anscheinend unberechenbar, sei es im Guten wie auch im Schlechten! Ich könnte vor Freude an die Decke springen. Mutter, Mutter ich komme!

Dienstag, 3. Juli 1979, Meran

Ich konnte und wollte Mutter zuhause beim besten Willen nicht auch noch mit meinen Problemen belasten. Sie spürt, dass es mir schlecht geht, und doch habe ich mein Elend verschwiegen. Sie macht sich auch so schon genug Sorgen um mich. Mutter hat versucht mich in den zwei Wochen etwas aufzupäppeln. Die vier Quälgeister war ich am Tage los, wofür ich unendlich dankbar bin. In der Nacht besuchten sie mich aber immer wieder in meinen Träumen. Dann wache ich schreiend auf und brauche eine Weile, bis ich realisiere, wo ich bin. Das plötzliche Aufwachen, die Nervosität, die Angst und das Herzrasen werde ich wohl nicht so schnell loswerden. Ich habe mich erholt, und bin etwas hoffnungsvoller. Ich werde weiterkämpfen. Noch 240 Tage...

Hier in der Kaserne hat mich die Hölle wieder. Saurer & Co. haben mich gebührend empfangen. „Wo warst du? Wo warst du, du faules Schwein, du Drückeberger... Dafür wirst du teuer bezahlen!", und so weiter und so weiter. Ich will hier gar nicht wiedergeben, was sie alles zu mir gesagt haben. Entsetzlich!

Dienstag, 10. Juli 1979, Meran

Mein Gadertaler Freund Robert hat aufgegeben. Er ist völlig apathisch geworden, und spricht mit Niemandem mehr. Er lässt die Gemeinheiten der vier Schweine über sich ergehen, ohne eine Miene zu verziehen. Wie es Robert innerlich geht, kann man nur erahnen. Es ist ein Bild des Jammers. Sehe ich auch so aus, frage ich mich. Ich weiß nicht, wie das hier alles noch enden wird...

Vor zwei Tagen hat mir einer der Vier in der Nacht, im Schlaf, einen Kübel dreckiges Wasser über den Kopf gekippt. „Strafe muss sein!", hat mir Saurer am Morgen höhnisch ins Gesicht gesagt.

Donnerstag, 12. Juli 1979, Meran

Ich lebe von einem 48-Stunden-Urlaub zum nächsten. Nur die Aussicht darauf lässt einen das hier aushalten. Morgen ist es wieder einmal so weit, dass ich nach Hause fahren darf. Noch 230 Tage!

Mittwoch, 25. Juli 1979, Meran

In den letzten Wochen haben sie mir in der Nacht zweimal Wasser über den Kopf geleert, und einmal hat mir einer der Vier die Schuhbänder durchgeschnitten, während ich in der Mittagspause auf dem Gitterrost eingenickt bin. Die Schikanen gehen weiter und immer weiter.

Heute ist ein denkwürdiger Tag: Vor fünf Monaten bin ich eingerückt. Noch 210 Tage, „all'alba", im Morgengrauen, wie man hier unter uns Soldaten sagt.

Dienstag, 30. Juli 1979, Meran

Ich habe Stress mit meinem Unteroffizier. Ich habe anscheinend ein paarmal vergessen, das Benzin und den Diesel zu verrechnen, mit dem ich die Gelände- und Lastwagen betanke. Er hat geschimpft, und das zurecht. Ihn darf ich mir in keinem Fall verärgern. Ihn, der mich noch ordentlich behandelt, solange ich die Arbeit einigermaßen zufriedenstellend erledige. Ich muss das nun irgendwie wieder ausgleichen, indem ich mehr Liter angebe, als wirklich getankt wurden. Wenn nicht diese verdammte Müdigkeit und die Niedergeschlagenheit wäre!

Donnerstag, 9. August 1979, Meran

Karl Brandis hat mich heute im Büro eingesperrt. Er hat, ohne dass ich es gemerkt habe, die Tür aufgemacht, innen den Schlüssel abgezogen und die Türe von außen zugesperrt. So habe ich meine Mittagspause im Büro verbringen müssen, ohne Essen. Erst kurz vor eins hat er wieder aufgesperrt und ist davongerannt. Natürlich habe ich ihn auch von hinten erkannt. Ich kenne meine Peiniger! Jeden Tag passiert irgendeine Gemeinheit...

Ich beginne immer mehr diesen verdammten Militärdienst zu verfluchen. Ein Tag ist sinnloser als der andere. Wir schlagen die Zeit tot, und vielleicht irgendwann auch einander. In den Nächten bedrängen mich immer mehr meine furchtbaren Rachegedanken. Die Frustration und die Langeweile machen aus uns jungen Männern bösartige Monster!

Donnerstag, 16. August 1979, Meran

Morgen gibt es endlich wieder einen 48-Stunden-Urlaub. Während ich daran denke, weine ich vor Glück.

Dienstag, 21. August 1979, Meran

Mein Freund Robert ist tot! Er hat sich am Sonntag auf der Wache das Leben genommen. Er hat sich erschossen. Er hat es nicht mehr ausgehalten, keinen anderen Ausweg mehr gesehen. Und die vier Mörder sind unter uns. Mehr kann ich heute nicht mehr schreiben. Ich bin wie in Trance und stehe völlig neben mir. In mir ist alles leer und tot.

Freitag, 24. August 1979, Meran

Die Stimmung in der Kaserne ist sehr gedrückt. Über alle ist eine Ausgangsperre verhängt worden. Jeder Einzelne im Bataillon wird in den nächsten Tagen verhört werden.

Saurer hat mir heimlich zugezischt: „Pass auf, was du beim Verhör sagst! Wenn du uns belastest, bringen wir dich um! Das kannst du mir glauben, und wenn du still bist, lassen wir dich in Ruhe."

Ich quäle mich. Was soll ich tun? Ich hätte jetzt endlich die Chance die vier Teufel loszuwerden. Für eine Weile zumindest. Wenn ich gegen sie aussage, ist es wahrscheinlich, dass sie verurteilt werden und ins Militärgefängnis kommen. Aber die Frage ist, für wie lange? Für drei, vier Monate? Höchstens. Sie werden nichts zugeben, sich herausreden. Wird sonst noch jemand den Mut haben, gegen sie auszusagen? Ich wage es nicht zu hoffen. Auch bisher hat niemand einen Finger gerührt, um uns zu helfen, wahrscheinlich aus Angst, selber fertig gemacht zu werden. Sie würden irgendwann zurückkommen, und dann würde ihre Rache an mir grausam sein. Das ist sicher. Wenn sie drei, vier Monate bekommen, dann bleiben ihnen immer noch einige Monate, um mich endgültig fertig zu machen und auch mich in den Tod zu treiben. Ich bin zutiefst verunsichert und gespalten. Heute Abend aber komme ich zum Entschluss, dass ich es meinem toten Freund Robert schuldig bin, die Wahrheit zu sagen. Sonst könnte ich mir nie mehr wieder selber in die Augen schauen. Die Vier haben Robert in den Tod getrieben. Ich habe fest vor, gegen sie aussagen. Ich muss es tun! Aber ich habe Angst davor, furchtbare Angst!

Sonntag, 26. August 1979, Meran

In der Kaserne ist die Hölle los! Alles hat sich verändert. Die Offiziere, welche bisher immer demonstrativ weggesehen haben, scheinen jetzt, endlich, aufgewacht zu sein. Man gibt zu, dass es in der Kaserne einen exzessiven „nonnismo" gegeben hat, die „Herrschaft der Alten". Gezwungenermaßen hat man das zugegeben, so glaube ich, denn es ist eine Untersuchung der traurigen Geschichte im Gange. Der Befehl dazu ist scheinbar von ganz oben gekommen.

In der Kaserne laufen derzeit auffallend viele Offiziere mit weißen Federn auf dem Hut und vielen Sternen auf den Schultern herum, höhere militärische Ränge also. Hauptmann Krötengesicht zeigt auffallend viel Aktivität. Ihn habe ich vorher nie in unserer Stube gesehen. Jetzt ist er ständig unter uns. Er droht uns. Wenn jemand weiterhin „nonnismo" betreibe, und er davon erfahre, würde er sofort bestraft. „Severamente punito", strengstens bestraft, sagt er, und jeder der gemobbt werde, solle dies umgehend anzeigen.

Die Mörderbande Saurer, Brandis, Benedikt und Hofer halten sich auffallend zurück. Nur einmal sehe ich die Vier beisammenstehen und leise lachen. Sie blicken zu mir herüber. Als ich hinsehe, fährt sich Saurer demonstrativ mit der Hand über die Kehle. Die Geste ist eindeutig. Eine Todesdrohung! Alle vier lachen dreckig. Ich wende mich schnell ab, mich fröstelt.

Dienstag, 28. August 1979, Meran

Ich wurde verhört, und ich habe meine Vorsätze nicht durchhalten können. Ich habe NICHT gegen die Mörderbande ausgesagt. Ich hatte zu viel Angst vor den Folgen meiner Aussage. Meine Angst hat gesiegt. Ich schäme mich in Grund und Boden dafür!

Zwar gab ich an gemobbt worden zu sein. Aber ich blieb allgemein und nannte keine Namen. Die „Alten" seien es gewesen, alle, und immer wieder. Alle jungen Rekruten seien behandelt worden wie ich.

Jetzt beim Schreiben steht es mir ganz klar vor Augen. Ich habe meinen toten Freund Robert verraten und auch mich selbst! Ich fühle mich ganz dreckig. Noch dazu ertappe ich mich beim Gedanken, ob sie wohl ihr Wort halten und mich ab jetzt in Ruhe lassen werden. Es ist schwer es niederzuschreiben, aber es ist die bittere Wahrheit: Ich bin auch noch ein dreckiger Egoist geworden, der seine Haut retten will. Weil ich irgendwie überleben will!

Montag, 3. September 1978, Meran

Die Untersuchungen sind vorbei. Die Mörderbande, die bei den Verhören wohl einige Male genannt worden ist, und einige der wildesten „Alten" mussten sich vor einem Militärgericht verantworten. Herausgekommen ist nicht viel. Sie erhalten vierzehn Tage Arrest und einige Monate Ausgangssperre. Es ist eine lächerliche Strafe! Es sind wohl zu viele Namen genannt worden, und es ist anscheinend nichts Konkretes ausgesagt worden. Niemand hat sich getraut, die vier Mörder festzunageln. An erster Stelle ich. Ich hätte der Kommission nur mein Tagebuch vorzulegen brauchen, dann sähe die Sache mit Sicherheit ganz anders aus.

Ich habe versagt, weil ich meine Haut retten will, weil ich Angst habe, weil ich egoistisch bin. Das muss ich mir offen eingestehen. Mit der Schande und mit dem Bewusstsein meiner Feigheit werde ich wohl leben müssen. Manchmal muss man offensichtlich Dinge tun, die unentschuldbar sind, nur damit man weiterleben kann.

Donnerstag, 13. September 1979, Meran

Nein, die Mörder halten natürlich nicht Wort. Sie sind beileibe nicht etwa „zahm" geworden. Sie trauen sich aber nicht mehr, mich ganz offen zu attackieren und zu quälen. Dafür sorgen die regelmäßigen Kontrollen und die Konsequenz, mit der man jetzt den „nonnismo" zu bekämpfen versucht. Für meinen Freund Robert allerdings kommen diese Maßnahmen zu spät.

Die versteckten Gemeinheiten von Saurer, Brandis, Benedikt und Hofer gehen weiter. Es sind obszöne Gesten, höhnisches Grinsen, verächtliches Kopfschütteln über mein vermeintliches Ungeschick, systematischer Ausschluss und verächtliche Ignorierung. Wann immer ich kann, flüchte ich vor ihnen. Ich lerne allmählich damit umzugehen. Ich lebe von Tag zu Tag, und zähle die Stunden und die Tage, bis zu meinem nächsten Kurzurlaub.

Mittwoch, 3. Oktober 1979, Meran

Gestern hat mich mein toter Gadertaler Freund Robert in meinen Träumen heimgesucht. Plötzlich stand er einfach da, und schaute mich mit seinen traurigen, toten Augen an. „Warum? Warum hast du mir nicht geholfen? Warum hast du mich verraten?", fragte er mich anklagend. „Warum hast du das gemacht?", fragte er mich eindringlich, und dann, auf einmal, flammten seine toten Augen in wildem Zorn feurig auf. Ich bin schreiend erwacht. Welch ein schrecklicher Traum!

Donnerstag, 18. Oktober 1979, Meran

Robert musste sterben, damit ich weiterleben kann. Ich habe ihn verraten. Mit seinem Tod hat sich viel verändert. Wäre er nicht gestorben, wer weiß, welches Ende ich genommen hätte?

Die Schuld nagt an mir, immer und immer noch sind es 120 Tage, bis ich von hier gehen darf.

Freitag, 23. November 1979, Meran

Die Schlaflosigkeit, die Nervosität und die Angstzustände sind immer noch meine ständigen Begleiter. Ich bin verbittert und hilflos. Ich mache mir Vorwürfe. Manchmal möchte ich nicht mehr leben und denke immer öfter an Selbstmord. Nur noch meine Mutter und der Hass den Vieren gegenüber halten mich noch zurück. Sie sollen nicht die Genugtuung haben, mich auch noch in den Selbstmord getrieben zu haben. Ist es nur die Novemberstimmung oder bin ich endgültig zu einem depressiven, mutlosen und verbitterten Menschen geworden? Die Mörderbande hat mein Leben zerstört.

Immer noch suchen mich schreckliche Gewaltfantasien heim. Nicht nur einmal spürte ich auf meinen Wachgängen den Drang mit entsichertem Gewehr in die Stube zu laufen und die Vier zu erschießen. Abzuknallen wie die Hunde. Einen nach dem anderen. Wer oder was mich noch zurückhält, weiß ich nicht. Vielleicht meine alte Mutter? Ein Rest Vernunft? Vielleicht auch einfach der Gedanke, dass ich nicht alle vier auf einmal erwischen würde, bevor man mich überwältigt?

Es bleiben immer noch 90 Tage.

Montag, 24. Dezember 1979, Meran

Welch ein unsagbar trauriges Weihnachten! Bis vor einem Jahr noch habe ich mich auf dieses Fest gefreut wie ein kleines Kind! Jetzt ist das Kind in mir endgültig gestorben. Manchmal glaube ich, ich bin allein auf dieser verdammten, kalten Welt. Ein zorniger Rachegott hat mich in diese Welt geworfen, und hat mich unter den Wölfen allein gelassen. Ich kann mich auch kaum noch aufraffen, in dieses Tagebuch zu schreiben. Wozu auch?

Der einzige Trost: Es bleiben „nur" noch 60 Tage!

Freitag, 25. Jänner 1980, Meran

Das Jahr 1980 ist schon 25 Tage alt, und der Countdown läuft. Es bleiben noch 30 Tage! Das genaue Datum meines „congedo", meiner endgültigen Entlassung vom Militärdienst, weiß ich noch nicht ganz genau. Die Mörderbande wird gut zwei Wochen „nachsitzen" müssen. Das bedeutet immerhin eine kleine Genugtuung für mich.

Mittwoch, 20. Februar 1980, Meran

Morgen müssen, nein, was schreibe ich denn, dürfen wir „congedanti", die wir morgen entlassen werden, am Abend im Hof antreten und dem „Silenzio", der „Stille" lauschen. Es ist ein rührseliges Trompetenstück.

Elf Mal habe ich es bereits gehört, Monat für Monat, und am Ende des Stückes kam dann immer das ausgelassene Gebrüll der "congedanti": „Fine! fine!", Ende! Ende! Der wilde Schrei nach Freiheit.

Ich lag jedes Mal still und sehnsüchtig auf meinem Eisenbett und lauschte und weinte. Ich kann es noch gar nicht fassen: Morgen wird der "Silenzio" für mich gespielt – und für meinen toten Freund Robert.

Freitag, 22. Februar 1980, Toblach

Ich musste am Abend während des „Silenzio" weinen wie ein Kind. Es war wohl die Erleichterung dem Ganzen endlich zu entrinnen – und die Trauer um meinen toten Freund Robert... Es tat so gut zu weinen, ich habe es so lange nicht mehr vermocht.

Nun liege ich hier und schreibe die letzten Zeilen in dieses Heft. Das Schreiben. Auch das Schreiben hat mir geholfen, am Leben zu bleiben. Heute müsste ich eigentlich jubeln und schreien vor Glück – und vermag es nicht. Ich fühle nur Erleichterung, vor allem aber Niedergeschlagenheit, Trauer und Verachtung für mich selbst wegen meines schändlichen Verrates an meinem Freund.

Ich bin gestern noch lange wachgelegen und habe an alles und zugleich an nichts gedacht. Ich bin zu keinem Ergebnis gekommen. Aber heute weiß ich: Ich habe Angst vor meinem Leben ...

Beatrice seufzte leise und schloss das Heft, das Tagebuch des Mörders Heinrich Walder. Dann saß sie eine ganze Weile stumm und bewegungslos da, das Gesicht in die Hände vergraben.

„Lies du es auch", Permann hatte ihr das Tagebuch am Morgen überreicht, „dann wirst du den Mörder Heinrich Walder ein bisschen besser verstehen können."

Ja, und nun hatte sie es gelesen, und es hatte sie alles andere als gleichgültig gelassen. Was für eine unendlich traurige, bedrückende Geschichte! Heinrich Walder hatte seit dem 22. Februar 1980, seit dem Tag seiner Entlassung vom Militärdienst all die Jahre weitergelebt, wahrscheinlich gebrochen, traumatisiert und niedergeworfen. Bis heute. Was hatte er in diesen Jahren noch alles mitmachen müssen, welche weiteren Schrecknisse hatte das Leben noch für ihn bereitgehalten? Welche Gespenster hatten ihn heimgesucht, welche Teufel hatten ihn weiterhin gequält?

„Aus einem Lamm hat das Leben einen einsamen, reißenden Wolf gemacht", dachte Beatrice bitter. Die kalte Rache, die Vergeltung für das Erlittene war erst nach Jahrzehnten erfolgt. Warum erst nach so einer extrem langen Zeit? Hatte es ein weiteres tragisches Ereignis in Heinrich Walders Leben gegeben, welches die Mordserie ausgelöst hatte? Es musste wohl so sein.

Während der Lektüre des bedrückenden Tagebuches hatte sie manchmal so etwas wie Mitleid für Heinrich Walder empfunden. Dann aber fand sie wieder in die Realität zurück. Nichts konnte Walders drei brutalen Morde rechtfertigen. Und er würde auch noch einen vierten Mord begehen wollen. Unerbittlich! Wenn sie ihn nicht endlich aufhalten konnten!

Bozen, 01. Juli, Hörtenbergstraße, früher Abend

„Dieser verdammte Verrückte!"

Helmut Saurer, stand vor einem der großen Fenster im Wohnzimmer und blickte hinaus, während die elektrischen Rollos an der Fensterfront zu seinem Garten herunterglitten. Die Dämmerung brach über die Stadt herein und der strömende Regen tat sein Übriges, dass sich die Finsternis schnell herabsenkte.

„Halten Sie sich nicht an den Fenstern auf, und bevor Sie Licht machen, lassen Sie den Sichtschutz herunter. Nur so können wir einigermaßen für Ihre Sicherheit garantieren." So hatte es ihm der Sicherheitsexperte der Polizei noch einmal eindringlich erklärt.

Schaudernd hatte Helmut Saurer im Internet vom Wüten des Todesschützen gelesen. Er hatte alle drei seiner ehemaligen Freunde mit einem Scharfschützengewehr erledigt, einen nach dem anderen. Karl Brandis, Kaspar Benedikt und Oskar Hofer. Und jetzt wollte er ihm auch noch an die Pelle rücken, so hatten sie allen Ernstes behauptet. Heinrich Walder, dieser lächerliche, kleine Bursche aus der Vergangenheit, hatte sich anscheinend in einen unerbittlichen Teufel verwandelt.

Helmut Saurer versuchte sich noch einmal an ihn zu erinnern. Es fiel ihm nicht leicht, es war so lange her. Längst hatte er dieses frustrierende Militärjahr verdrängt und vergessen. Nur ganz selten hatte er sich noch an seine Militärzeit erinnert. Angestrengt dachte er nach, und langsam trieben allmählich einige Erinnerungsfetzen an die Oberfläche seines Bewusstseins. Bruchstückhaft kam die Erinnerung zurück… nur widerwillig ließ er es zu.

Er sah einen schmächtigen, unscheinbaren Jungen, der es kaum gewagt hatte, ihm und seinen Freunden in die Augen zu schauen. Er war vor ihnen immer davongelaufen, wenn er sie rechtzeitig gesehen hatte. Und sie hatten ihm ihre Macht spüren lassen. Ja, sie hatten ihm übel mitgespielt, ihm und seinem ebenso blassen, unscheinbaren, fast unsichtbaren Freund, der sich dann erschossen hatte. Aber Saurer konnte sich beim besten Willen nicht vorstellen, dass ihre bösen Scherze ihn dazu gebracht hatten, sich umzubringen.

Ja, es stimmte, sie waren gelangweilt und frustriert gewesen, von diesem verdammten Militärdienst. Ja, sie hatten es bunt getrieben, und sie hatten ihren Spaß gehabt, wenn sie die Angst in den Augen dieser zwei Bürschchen gesehen hatten. Sie hatten Macht über sie gehabt, Macht, die sonst immer andere über sie selbst ausgeübt hatten, alle anderen, die über ihnen gewesen waren und sie herumkommandiert hatten. Es hatte gut getan ein paar andere Personen zu finden, die vor ihnen gekuscht hatten.

Helmut Saurer schüttelte den Kopf. Dieser Heinrich Walder, dieses damals so blasse, schüchterne Bürschchen sollte ein Mörder sein, ein kaltblütiger Mörder, der seine Opfer mit einem Scharfschützengewehr erledigte? Diese graue Maus, dieses Nichts? Wieder schüttelte Helmut Saurer den Kopf, und beschloss seine trüben Gedanken wie eine lästige Fliege beiseitezuwischen. Es war ihm oft gelungen Unangenehmes zu verdrängen und zu vergessen. Hol's der Teufel!

Sie würden ihn bald fassen, diesen Verrückten, bevor er noch mehr Unheil anrichten konnte. Er, Helmut Saurer fühlte sich sicher in seinem Haus. „Ein Helmut Saurer hat keine Angst, zeigt keine Angst", dachte er trotzig. Außerdem hatte er diesen verdammten Bullen versprochen, für immer zu verschwinden, wenn er hier in Bozen aufgeräumt, und seine Privatangelegenheiten geregelt hatte.

In den nächsten Tagen würde er sich mit seinem Anwalt treffen, mit seiner Frau und dem Notar und dem Makler, welcher seine Villa zu Geld machen würde. Zu gutem Geld, denn Interessenten für sein Haus gab es genug.

„Drei, vier Tage noch", dachte Saurer „und dann kann mir dieses verdammte Provinznest Bozen und dieser Verrückte gestohlen bleiben. Es ist alles nur mehr eine Frage von einigen Tagen, dann wird alles abgewickelt sein. Und dann werde ich für immer aus Bozen verschwinden."

Bozen, 01. Juli, Hörtenbergstraße, Kreuzung Oswaldweg

Nach einer langen Schönwetterperiode hatte es abends zu regnen begonnen. Es war 22.25 Uhr, und die Finsternis lag bereits über der Stadt. Es regnete immer noch in Strömen. Große, schwere Tropfen klatschten auf den silbergrauen Opel Astra, der nahe der Kreuzung halb auf den Gehsteig hin geparkt, dastand.

Hinter den halb beschlagenen Scheiben saßen eine schwarzhaarige Frau und ein junger blonder Mann. Ein Fußgänger, welcher durch die Straße ging, hätte die zwei Insassen für ein Liebespaar halten können.

Rechtsseitig des Oswaldweges stieg das Gelände jäh an und inmitten des Buschwaldes, welcher den Hang bedeckte, standen die Villen der Privilegierten und Reichen; hier war eine der besten Wohngegenden Bozens. Die Villen waren von hohen Eiseneinfriedungen umgeben. Auf den großzügigen Grünflächen und in den Gärten standen Magnolien, Zypressen, Zedern und Kaki-Bäume. Die Zufahrtswege zu den Villen waren allerdings eng, steil und verwinkelt. Bisher hatten die reichen Bewohner des Viertels vergeblich um breitere Zufahrtsstraßen gekämpft. Der Stadtrat hatte ihr Ansinnen stets abgelehnt, da einer Verbreiterung der Straßen zahlreiche uralte und seltene Bäume zum Opfer gefallen wären.

Kriminalassistent Bruno Ferrara starrte abwesend auf das Eingangstor der Villa, die sie überwachen sollten, und träumte mit offenen Augen. Er hätte es heute Nacht wahrlich schlechter treffen können. Nicht nur, dass er hier im Trockenen sitzen durfte, im Gegensatz zu seinen zwei Kollegen, welche die Rückfront des stolzen Anwesens im Auge behalten mussten. Sie mussten irgendwo im Buschwald unterhalb des Panoramaweges der Oswald-Promenade sitzen und waren den trommelnden Regenschauern fast schutzlos ausgesetzt. Nun, er, Ferrara durfte sich nicht beklagen, genoss er doch das Privileg den Abend und einen Teil der Nacht in Begleitung der schönsten Polizistin der Stadt zu verbringen, der Inspektorin Beatrice del Piero. Nur, das wusste er, war sie leider schon vergeben, aber trotzdem genoss er es ganz in ihrer Nähe zu sitzen. Gerade dachte er angestrengt nach, wie er ein etwas intimeres Gesprächsthema in Gang bringen könnte.

Die Finsternis hatte den Mörder ausgespuckt. Er hatte sich dem Opel lautlos von hinten genähert. Der prasselnde Regen schluckte seine Schritte und jeden Laut. Geduckt hockte er da, die Heckler & Koch in der Hand und lauschte.

Plötzlich schnarrte im Auto ein Funkgerät. „Riccabona und Di Centa hier. Bei uns ist alles ruhig. Wie sieht's bei euch aus? Kommen!"

Beatrice schnappte sich das Gerät. „Del Piero und Bruno Ferrara hier. Bei uns ist auch alles klar. Alles ruhig hier. Bis bald. Wir melden uns, Ende."

Die letzte Bestätigung für den Mörder. Das war kein Liebespaar, das waren die Polizisten, welche das Anwesen Saurers bewachen mussten. Ein Mann und eine Frau.

Mit ruhiger Hand nahm Heinrich Walder den Schalldämpfer der Heckler & Koch aus der Jackentasche und schraubte ihn auf den Lauf der Pistole. Dann lauerte er. Aus dem Wageninneren kam kein Laut mehr. Seine Muskeln und Sehnen spannten sich. „Jetzt! Schnell! Zuerst den Mann!", dachte er und lief geduckt auf das Seitenfenster des Wagens zu, hinter dem der Polizist saß. Er sprang auf, riss die Pistole hoch, und feuerte ohne zu zögern durch die Scheibe in das Wageninnere.

Ein scharfes Ploppen zischte durch die Nacht. Glassplitter prasselten ins Wageninnere. In Kriminalassistent Bruno Ferraras Gehirn zersprang das Bewusstsein.

Als Beatrice reagieren wollte, war es bereits zu spät. Durch das zerschossene Autofenster starrte sie in das kalte Auge des Pistolenlaufs.

Walders Stimme war ein leises Zischen. „Pistole fallen lassen oder du bist tot."

Wie betäubt schaute Beatrice auf ihre Hände, auf die Pistole, welche sie aus dem Halfter gerissen hatte. Sie sah das Blut auf ihren Händen. Überall war Blut und Gehirnmasse, auf ihren Händen, auf ihrem Gesicht, auf ihrer Bluse, auf den Armaturen und auf der Frontscheibe.

Bruno Ferrara war gegen sie gesunken und rührte sich nicht mehr.

„Pistole und das Funkgerät fallen lassen, Hände hoch! Aussteigen! Hände auf das Dach, sofort!"

Beatrices Herzschlag setzte für einen Moment lang aus. Sie war wie gelähmt. Dann reagierte sie mechanisch wie ein Roboter. Wie befohlen ließ sie die Pistole fallen, stieg langsam aus und legte ihre Hände auf das Wagendach. Walder war auf ihre Seite gehuscht und hielt die Pistole auf sie gerichtet. Hilflos fiel ihr Blick ins Wageninnere, auf Ferrara, der über ihrem Sitz zusammengebrochen war. Seine rechte Gesichtshälfte war ein einziger blutiger Brei.

„Er hat Ferrara erschossen", dachte sie gehetzt. „Mein Gott! Einfach erschossen. Es ist Walder. Er ist unberechenbar. Ein Monster. Er läuft Amok. Jetzt bringt er mich auch noch um, er erschießt mich von hinten... "

Ihre Gedanken rasten, Panik erfasste sie.

Und unermüdlich prasselte der Regen nieder.

„Umdrehen!" Walder zischte wie eine Schlange.

Langsam nahm Beatrice ihre Hände vom Wagendach und drehte sich um. Eine Straßenlaterne tauchte die Hörtenbergstraße in ein gespenstisches Licht. Vor ihr stand ein schmaler, bärtiger Mann. Die nassen Haare hingen ihm wirr ins Gesicht, Regentropfen perlten herunter. Plötzlich stieg ihr sein fauliger Geruch in die Nase. Er roch nach altem Schweiß, Erde, Essen, fauligem Mundgeruch und tagelang nicht geputzten Zähnen.

„Er sieht wie ein nasser Hund aus." Gleichzeitig wunderte sich Beatrice über ihre verrückt gewordene Wahrnehmung.

„In meiner Todesangst denke ich noch an nasse Hunde."

Walders Blick flackerte gefährlich.

„Du machst jetzt genau das, was ich dir sage. Wir gehen gemeinsam zum Haustor. Dann läutest du und sagst er soll aufmachen, weil ihr ihm etwas Wichtiges zu sagen habt. Du und dein Freund da."

Er deutete mit der Pistole auf den toten Ferrara. „Verstanden?"

„Ja", hauchte Beatrice.

„Also los, umdrehen und los!"

Walder stieß ihr die Pistole in den Rücken, und sie setzte sich mechanisch in Bewegung. Währenddessen schraubte er den Schalldämpfer vom Lauf seiner Waffe und ließ ihn zu Boden fallen. Das unhandliche Rohr würde ihn nur behindern und in Zukunft bestand kein Grund mehr leise zu sein. Sie überquerten den verlassenen Oswaldweg, und erklommen die vier Stufen hinauf zum Eisentor am Eingang zur Villa.

„Läuten. Jetzt!", befahl Walder, und verbarg seine Hand mit der Heckler & Koch in der Jackentasche. „Und halte ihm deinen Polizeiausweis vor die Kameralinse!"

Beatrice drückte auf den Klingelknopf. Ein Summen war zu hören, dann ein Knistern in der Sprechanlage. Saurers Stimme schnarrte aus dem Lautsprecher.

„Wer ist da?"

Aus ihrem ausgedörrten Hals kam nur ein Krächzen. Sie musste sich räuspern, dann brachte sie es schließlich heraus. „Kriminal-Inspektorin Del Piero hier und Kriminalassistent Ferrara." Sie hielt ihren Polizeiausweis vor die Linse der Kamera.

„Wir müssen kurz etwas mit Ihnen besprechen. Es ist sehr wichtig."

Saurers Stimme klang mürrisch. „So spät noch?"

Er erhielt keine Antwort.

„Na gut", murrte er, „kommen Sie herein und warten Sie bei der Eingangstür!"

Der elektrische Türöffner summte, und ein Flügel des zackenbewehrten Eisengatters schwang auf.

„Los!", raunte Walder, und sie gingen auf dem knirschenden Kiesweg auf das Eingangstor zu.

Hinter der Tür flammte Licht auf, und dann schwang sie auf. Plötzlich schubste Walder Beatrice beiseite. Er riss seine Pistole aus der Jackentasche und setzte sie Saurer auf die Stirn. Dessen Gesicht erstarrte zu einer verzerrten Maske. Seine Augen waren weit aufgerissen und stierten den bewaffneten Mann entgeistert an.

„Keine Bewegung, beide, oder ich schieße euch sofort nieder! Verstanden?"

Walder sprang ein paar Schritte zurück und schwang seine Pistole zwischen Saurer und Beatrice hin und her. Seine Linke tastete nach einem Kabelbinder in seiner Jackentasche und zog ihn heraus.

„Damit wirst du sie fesseln, Saurer! Du da, die Hände auf den Rücken, schnell!", zischte Walder Beatrice mit rauer Stimme an.

Beatrice Del Pieros Gehirn arbeitete fieberhaft und kam zu dem Entschluss, dass sie keine Chance hatte und tun musste, was er ihr befahl. Sonst würde er schießen, daran bestand kein Zweifel. Auf einen Mord mehr oder weniger kam es ihm nun auch nicht mehr an.

Saurers Blick war immer noch schreckensstarr, dann flackerten seine Augen. In ihm war nur mehr fassungslose Ungläubigkeit. Langsam schien er zu begreifen.

„Er ist tatsächlich gekommen, dieser Verrückte. Er ist wirklich gekommen."

Wieder herrschte ihn Walder an.

„Ich schieße dich noch hier nieder, sofort, wenn du nicht augenblicklich machst, was ich dir sage!"

Wie in Trance nahm Saurer den langen, farblosen Kabelbinder, und legte ihn um die Handgelenke Beatrices.

„Fest zuziehen, fester!"

Der Kabelbinder ratschte leise, als Saurer die Schlaufe zuzog.

„Und jetzt ins Haus, schnell! Du zuerst." Er deutete mit der Pistole auf Beatrice. Beide taten wie befohlen. Der bärtige Mann folgte ihnen, und das Tor fiel ins Schloss.

Draußen rauschte immer noch unaufhörlich der Regen auf die dunkle Stadt.

Carabiniere Luigi Riccabona fluchte. Wieder prasselte ein starker Regenschauer nieder. Wie aus Kübeln gegossen. Was für ein Sauwetter! Er und sein Kollege Di Centa standen sich im Buschwald hinter der Villa schon stundenlang die Beine in den Bauch, und starrten in die fast vollständige Dunkelheit. Die Lichter der nahen Stadt erreichten sie kaum.

„Wollte sich nicht diese flotte Commissaria Beatrice bald wieder melden? Inzwischen ist sicher eine Viertelstunde vergangen. Ob sie wohl gerade mit diesem Ferrara herummacht?"

Sein Kollege Di Centa war nicht zum Spaßen aufgelegt. „Na, dann melde du dich doch!", schnauzte er mürrisch zurück.

Seit Stunden schon dachte er an nichts anderes mehr als an die Ablösung, die irgendwann kommen musste, und an eine anständige Dusche und an einen heißen Tee.

Der Carabiniere drückte den Knopf des Funkgerätes und knurrte gereizt: „Riccabona und Di Centa hier. Hier ist alles in Ordnung. Wie sieht's bei euch aus?" Dann lauschte er. Wartete auf die Antwort seiner Kollegen. Nichts. Nur das Rauschen des Regens war zu hören.

Dann probierte er es wieder.

„Riccabona und Di Centa hier. Alles in Ordnung bei euch?"

Stille. Rauschen. Nichts.

Nach einigen Minuten probierte es der Mann ein drittes Mal. Wieder war nichts zu hören als das Rauschen des Regens, welcher nicht aufhören wollte.

„Verdammt, was sollen wir tun?", fragte Di Centa.

„Nichts. Nichts tun wir." Riccabona brummte gereizt. „Hast du's schon vergessen? Wir dürfen den Posten auf keinen Fall verlassen. Das hat doch diese Beatrice gesagt."

Danach überlegte er fieberhaft. Verdammt, da war doch etwas faul. Beatrice und Ferrara hätten sich längst schon wieder melden müssen. Sie mussten etwas tun. Irgendetwas. Andere Kollegen mussten da nachsehen was los war. Sie selbst durften ihren Posten auf jeden Fall nicht verlassen, unter keinen Umständen.

Wieder schnappte er sich das Funkgerät.

„An alle Streifenwagen. Hier Riccabona und Di Centa. Fahrt bitte in die Hörtenbergstraße, Kreuzung Oswaldweg. Die Kollegen Del Piero und Ferrara melden sich nicht mehr. Hier ist etwas faul. Wir können nicht weg von hier, wir dürfen unseren Posten nicht verlassen. Seht ihr bitte nach, was da los ist!"

Ein Rauschen war zu hören, und dann kam eine schnarrende Stimme aus dem Gerät.

„Verstanden Riccabona, hier Streifenwagen zwei. Wir sind unterwegs, und schauen vorbei. Danach melden wir uns. Kommen und Ende."

„Danke und Ende."

Da stimmte doch etwas nicht. Riccabona hatte ein verdammt komisches Gefühl in der Magengegend.

Der Anruf aus dem Kabinettsbüro, der Koordinierungsstelle der Bozner Quästur, erreichte Kommissar Fritz Permann um etwa 22.45 Uhr. Die Stimme des Anrufers klang sehr aufgeregt.

„Signore Commissario, da kam eben ein Funkspruch von Streifenwagen zwei aus der Hörtenbergstraße. Sie haben Kriminalassistent Bruno Ferrara gefunden. Er ist tot. Er ist erschossen worden."

Man hörte, wie der Mann schluckte und sich wieder sammeln musste.

„Er liegt allein und tot im Wagen. Bruno Ferrara und Beatrice del Piero haben zusammen den Vordereingang von der Villa Saurers überwacht. Und jetzt ist Ferrara tot und Beatrice del Piero verschwunden."

Ein kalter Schauer jagte dem Kommissar über den Rücken. Plötzlich fror ihm.

„Ferrara tot, erschossen und Beatrice verschwunden!", wiederholte er in Gedanken.

„Mein Gott! Heinrich Walder ist in der Stadt! Er hat wieder zugeschlagen!"

Wie in Trance wählte Permann die Nummer von Gianni Trincanato, dem Chef des mobilen Einsatzkommandos.

„Gianni, schnell, fahr mit deiner Truppe in die Hörtenbergstraße, Kreuzung Oswaldweg! Walder hält sich wahrscheinlich in der Villa von Saurer auf. Beatrice ist verschwunden! Wahrscheinlich hat er sie als Geisel genommen. Verstanden?"

„Ja, verstanden, Fritz." Gianni Trincanatos Stimme klang ernst und ruhig, und dann legte er auf.

„Hinüber zur Sitzgruppe", schnarrte Heinrich Walder Beatrice an. „Setz dich! Und du Saurer fesselst ihre Beine. Und zwar schnell!"

Wieder hielt Walder einen langen Kabelbinder in der Hand, den er aus der Tasche gezogen hatte. Saurer zögerte einen kleinen Moment, legte ihn dann aber um die Knöchel der Polizistin und zog zu.

„Setz dich neben sie!", herrschte der bärtige Mann Saurer an. Er ließ sich ihnen gegenüber auf einen Sessel fallen.

„Was willst du? Was willst du von mir?"

Saurer schien jetzt langsam seine Fassung wieder zu finden.

„Schnauze!", sagte Walder kalt. „Du redest nur, wenn du gefragt wirst. Kapiert?"

„Ja, aber ich frage dich nochmals. Was willst du von mir?"

Walder wurde puterrot vor Zorn und sprang auf. Die Waffe war nur einen halben Meter von Saurers Schädel entfernt. „Noch ein Wort, nur noch ein einziges Wort und ich knalle dich sofort über den Haufen!" Er schrie.

Saurer erkannte an seinem Blick, dass er schießen würde, daran bestand kein Zweifel, und er wurde still. Angst flackerte in seinen Augen. Er senkte den Kopf und in seinem Blick war jetzt etwas Hündisches.

„Was ich von dir will?" Walders Stimme klang jetzt leise und gepresst. „Es zu Ende bringen, Saurer. Das ist es, was ich jetzt will."

Er atmete tief durch.

„Damals hatte ich nicht die Kraft, um mich zu wehren. Aber jetzt bin ich hier, und ich werde alles zu Ende bringen. Irgendwann gleicht sich alles wieder aus, nicht wahr Saurer?"

„Warum, Walder? Warum erschießt du einen nach dem anderen? Warum diese verdammte Rache? Wir wollten uns doch nur einen Spaß machen, damals beim Militär. Wenn wir gewusst hätten, dass du so empfindlich bist, dann…"

„Halt die Schnauze, Saurer! Zum letzten Mal. Halt sofort deine Schnauze!" Walders Stimme war nur mehr ein heiseres Flüstern. Sein Finger krallte sich um den Abzug seiner Waffe, und einen Moment schien es so, als würde er abdrücken.

Seine Stimme war ein heiseres Krächzen, als er fortfuhr.

„Es geht weniger um mich. Ich habe die Sache damals überlebt, wenn auch schwer traumatisiert. Irgendwann aber habe ich danach mein Gleichgewicht wieder gefunden. Es war ein harter Kampf."

Walder schwieg eine ganze Weile, und dann fuhr er langsam wieder fort.

„Ihr habt damals meinen einzigen Freund in den Selbstmord getrieben. Robert aus dem Gadertal. Es war damals nur eine Frage der Zeit. Er oder ich. Er hat sich damals entschieden vor mir zu gehen. Nur deswegen habe ich überlebt. Später habe ich es oft bereut, dass ich nicht vor ihm gegangen bin. Dann wäre alles vorbei gewesen, und *er* hätte vielleicht überlebt."

Walder schluckte.

„Und dann habe ich ihn verraten. Ich habe nicht gegen euch ausgesagt, weil ich zu viel Angst hatte. Angst vor eurer Rache. Das konnte ich mir später nie mehr verzeihen. Er war tot, und ihr vier Mörder habt weitergelebt."

Dann schwieg er. Sein Blick schien in eine weite Ferne gerichtet. Die Stille, welche nun über dem Raum lastete, war fast unerträglich. Saurer schluckte.

Schließlich fuhr Walder noch einmal leise fort. „Irgendwann holt einen immer die Vergangenheit ein, und jetzt ist der Tag der Abrechnung gekommen, Saurer. Irgendwann muss man für alles bezahlen. Diese Zeit ist jetzt gekommen."

Saurer stöhnte auf. „Warum? Warum nur, nach fast vier Jahrzehnten, Walder?"

„Warum? Warum?" Walders Stimme äffte Saurer nach und klang wieder fester. Er bebte vor Zorn.

„Weißt du was, Saurer? Ich habe jetzt nicht mehr die geringste Lust mit dir zu reden!" Sein Blick nagelte Saurer fest.

„Absolut keine Lust mehr. Kapiert? Du würdest es doch nie verstehen. Du bist der charakterloseste Mensch, den ich je kennengelernt habe. Du bist ein armseliges Schwein. Ihr alle wart armselige Schweine."

Er nahm mit der Linken seinen Jägerrucksack von der Schulter, stellte ihn vor sich ab, und begann die Schnüre zu lösen. Griff hinein. Als er die Hand wieder herauszog, lag der Python-Revolver schwer in seiner Hand. Das Metall glitzerte kalt und tödlich wie eine Schlange. Dann stieß er den Rucksack mit einem Fuß zur Seite.

„Und jetzt spielen wir ein Spiel miteinander, Saurer. Ich gebe dir noch eine Chance. Eine letzte Chance. Und wenn du Glück hast, kannst du vielleicht deine armselige Haut retten."

„Vermutlich hat er sich im Haus verschanzt." Permann hielt inne. Sein Blick war gehetzt. „Aber ganz sicher können wir uns auch nicht sein. Die Rollos sind heruntergelassen, dahinter ist ein schwacher Lichtschein zu erkennen. In mehreren Räumen scheint Licht zu brennen."

In der Hörtenbergstraße und im Oswaldweg standen die Polizeiwagen. Gianni Trincanato, der Chef des mobilen Einsatzkommandos, stand bei Kommissar Permann. Er war schwarz vermummt. Die Stimme des großen Mannes klang hinter der Maske noch eine Nuance tiefer als gewöhnlich.

„Ja, verdammt. Er hat höchstwahrscheinlich Beatrice als Geisel genommen. Wir können das Haus jetzt nicht einfach stürmen. Wie wir wissen, ist Walder zu allem fähig. Er würde die Geiseln sofort erschießen, wenn wir das machen. Daran besteht kein Zweifel. Absolut keiner. Wir können dieses Risiko nicht eingehen. Wir müssen noch abwarten. Abwarten, bis etwas passiert."

Sein Blick streifte den toten Bruno Ferrara im silbergrauen Opel Astra.

Gassmanns Techniker standen im Hintergrund schon bereit, um die Spuren zu sichern. Aber noch war die Lage zu unsicher. Sie warteten auf ein Zeichen ihres Chefs.

Die Villa war umstellt. Trincanatos Männer lauerten hinter Autos und Bäumen und nahmen mit ihren automatischen Gewehren den Hauseingang ins Visier. Die Männer trugen Nachtsichtgeräte vor ihren Augen.

„Ja, mein Gott!" Die Stimme des Kommissars klang gehetzt. Er hob hilflos seine Hände. „Aber Beatrice? Sie schwebt in Lebensgefahr."

Gianni Trincanato legte Permann eine Hand auf die Schulter.

„Wir müssen noch warten, Fritz. Wir müssen abwarten was passiert. Auch, wenn es uns schwerfällt. Wir können im Augenblick nichts anderes tun."

Der Kommissar nickte. Das Warten war unerträglich. Aber sie konnten jetzt wirklich nichts tun, absolut nichts. Nur warten, bis etwas passierte. Irgendetwas.

Und noch immer prasselte der Regen auf die dunkle Stadt.

Heinrich Walder klappte die Trommel des Python heraus. Fünf Kammern waren leer. In einer aber blinkte golden das Metall eines Patronenkopfs. Im Zentrum, wie ein Auge, war das Zündplättchen erkennbar.

Walders Stimme war jetzt kalt wie Eis.

„Saurer, siehst du das? Der Revolver ist nur mit einer Patrone geladen. Mit einer einzigen Patrone."

Saurer ließ ächzend die Luft aus seinen Lungen entweichen.

Walder drehte die Trommel des Revolvers, und ließ sie wieder zurückklappen. Mit einem metallischen Klicken rastete sie ein.

„Die Vorderseite der Trommel habe ich mit Isolierband abgeklebt, so dass man von außen nicht sieht, in welcher Kammer die Patrone steckt. Wir machen ein Spiel. Wir lassen das Schicksal entscheiden, ob du davonkommst oder nicht. Einer von uns beiden wird beim Abdrücken früher oder später mit Sicherheit auf die geladene Kammer stoßen. Vielleicht kannst du ja dein armseliges Leben retten, und dann darfst du noch eine Weile weiterleben. Mir selbst ist das gleichgültig. Ich bin schon zu weit gegangen. Ich habe die Grenze weit überschritten. Ich will gar nicht mehr lebend aus der Sache herauskommen. Verstehst du? Ich finde das ist ein faires Angebot, Saurer."

Der Mann war leichenblass geworden. Die Angst hatte seine Augen geweitet. „Walder, verdammt, das kannst du doch nicht machen", ächzte er. „Du bist krank, du bist komplett durchgeknallt!"

„Ja, vielleicht", sagte Walder kalt und ungerührt.

„Ich fange an." Er wechselte die Pistole in die linke Hand. „Du behältst die Hände oben. Wenn du auch nur mit einer Wimper zuckst, schieße ich dich sofort über den Haufen. Dann ist das Spiel für dich vorbei. Kapiert?"

Dann suchte sein Blick den Python-Revolver auf dem Tischchen vor ihm. Er nahm ihn mit der Rechten und setzte ihn an seine Schläfe. Saurers Augen flackerten. Wilde Hoffnung keimte in ihnen auf.

Walder hielt seinen Blick starr auf den Mann gerichtet. Nicht eine Regung war zu erkennen, als er den Abzug durchzog. Der Hahn spannte sich und fiel mit einem metallischen Klicken nieder.

Nichts. Eine leere Kammer.

Walder legte den Revolver ruhig vor Saurer auf das Tischchen zwischen ihnen, und wechselte die Pistole wieder in die Rechte.

„Saurer, du bist dran", sagte er kalt. „Aufstehen! Wie gesagt, eine falsche Bewegung von dir, und ich knalle dich nieder wie einen Hund!"

Beatrices Herz hämmerte wild.

Saurer blieb schreckensstarr sitzen. Er regte sich nicht.

„Aufstehen! Sofort aufstehen, du Schwein!", zischte Walder. „Ich zähle bis drei, und dann schieße ich."

Saurers Augen schienen aus ihren Höhlen zu springen, als er langsam aufstand und den Revolver aufnahm.

Beatrice schloss die Augen. Sie konnte diesen Albtraum nicht mehr ertragen.

Zitternd setzte Saurer den Revolver an seine Schläfe. Walder sah, wie sich auf der Vorderseite seiner Hose rasch ein dunkler Fleck ausbreitete.

„Eins", zischte Walder. „Zwei... "

Ein gequältes Ächzen entwich Saurers Mund. Sein Gesicht war zu einer Fratze verzerrt, als er den Abzug durchzog.

Wieder ertönte das metallische Klicken... Nichts. Noch war nichts passiert.

Walder blieb ungerührt, als er leise ausstieß: „Setzen! Revolver auf den Tisch und Hände hoch!"

Wieder wechselte er die Pistole in seine Linke, blickte auf den Revolver, und nahm ihn mit seiner Rechten auf. Langsam setzte er den Python wieder an seine eigene Schläfe.

Sofort keimte in Saurers Augen wieder eine wilde Hoffnung auf.

Walders Augen schienen in eine weite Ferne gerichtet, als er den Abzug das zweite Mal durchzog.

„Wir müssen etwas tun! Verdammt, wir müssen doch etwas tun, Gianni. Wir können doch nicht hier tatenlos herumstehen. Wir werfen Blendgranaten in die Bude und gehen rein!" Fritz Permanns Stimme klang gepresst.

„Nein, Fritz! Nein, noch nicht. Er hat Beatrice und Saurer. Wenn wir stürmen, würde er sie sofort erschießen. Beide. Nein, wir müssen noch warten. Warten bis etwas passiert. Ich glaube nicht, dass er Beatrice einfach so erschießen wird."

„Wenn du dich da nur nicht täuschst, Gianni. Walder ist unberechenbar. Er ist vollkommen durchgeknallt. Ihm ist alles gleichgültig geworden, er hat nichts mehr zu verlieren. Er hat Ferrara erschossen. Einfach so. Einfach so, weil er an Saurer herankommen wollte."

Permann schwieg wieder. Ja, Walder hatte Ferrara kaltblütig erschossen. Er hatte Saurer, und Beatrice. Die Gedanken des Kommissars rasten.

Nein, nicht auch noch Beatrice! Bitte nicht! Aber ja, sie mussten noch warten.

In diesem Augenblick dröhnte ein Schuss aus dem Haus. Sie zuckten zusammen.

„Nein, nicht... ", ächzte der Kommissar.

Saurers Körper lag auf dem Teppich und ein Blutstrahl schoss wie ein Springbrunnen aus seinem Kopf.

Der Albtraum war wahr geworden. Beatrice hatte die Augen geöffnet, und starrte wie in Trance auf Saurers Körper, der auf dem Teppich zuckte, und aus dem alles Leben wich. Neben ihm lag der Python-Revolver.

Walder schwenkte seine Pistole herum und richtete sie auf die noch immer mit zwei Kabelbindern gefesselte Beatrice.

Würde sie jetzt... sterben müssen? Sie schloss ihre Augen, und dann rasten die Bilder in ihrem Gehirn wie im Zeitraffer dahin. Mutters Lächeln, die Wärme ihrer Umarmungen, der erste Schultag, die Angst vor dem Bocksprung beim Turnen. Der erste Kuss, Renato, der erste Freund, und der Schmerz. Die Angst um die Mutter und die grenzenlose Erleichterung, die Polizeischule, der erste Fall und die Gefahr, Roberto und wieder der Schmerz. Pieros strahlendes Lächeln und der Kuss beim Abschied an diesem Morgen...

Kam jetzt der Schuss? War jetzt alles vorbei? Sie wartete, wartete auf den Schlag, den Schmerz, das Nichts.

Nichts. Nichts passierte. Sie öffnete ihre Augen. Walder stand wie erstarrt da und schaute auf Saurers Leichnam, welcher jetzt in einer riesigen Blutlache still dalag.

„Ich muss etwas tun. Ich muss jetzt mit ihm reden", dachte sie gehetzt.

„Ich habe Ihr Tagebuch gelesen", begann sie leise, „und ich habe geweint dabei. Es tut mir alles so leid, so wie es gekommen ist."

Langsam wandte ihr Heinrich Walder den Kopf zu.

„Warum haben Sie sich erst jetzt, nach so vielen Jahren an den vier Männern gerächt? Warum haben Sie so lange damit gewartet?"

Walder schien einen Augenblick zu überlegen, ob er antworten sollte oder nicht. Langsam setzte er sich auf den Sessel, und legte seine Pistole vor sich auf das Tischchen. Er bedeckte sein Gesicht mit seinen Händen und begann leise zu reden. Es klang, als ob er mit sich selbst reden würde, so als würde er vor sich selbst Rechenschaft ablegen.

„Nach meiner Militärzeit ist mein Martyrium weitergegangen. Immer weiter und immer weiter. Ich hatte Albträume, und ich hatte schwere Angststörungen. Immer wieder überfiel mich plötzlich wie aus dem Nichts die Angst. Mein Herz raste, und dann kam die Panik, und ich dachte immer wieder, ich würde sterben müssen. Ich war unfähig zu arbeiten. Ich musste vom Sozialdienst leben. Ich war auf dem Boden. Alles war auf dem Boden, auch mein Selbstbewusstsein. Ich begann mich selbst zu hassen. Ich hasste mich selbst und die ganze Welt." Walder hielt inne. Er schien in Gedanken sehr weit weg zu sein.

„Dann starb Mutter, die einzige Person, die mich bisher geliebt hatte. Ich zog mich zurück, ich wurde ein Einsiedler. Ein Einzelgänger. Ich war verbittert. Ich hasste mich, weil ich meinen einzigen Freund verraten hatte, um mich selbst zu retten. Allein der Wille, dass ich den vier Peinigern nicht die Genugtuung gönnen wollte, mich auch noch in den Tod getrieben zu haben, erhielt mich am Leben. Ich vegetierte dahin, jahrelang.

Meine einzigen Freuden waren einsame Wanderungen in den Bergen und wenn ich auf die Jagd ging. Aber dann haben mir die Ärzte den Jagdschein genommen. Ich würde mit einer Waffe mich selbst und auch meine Mitmenschen gefährden, so lautete ihre Begründung. Sie dachten wohl, ich würde eines Tages durchdrehen und mit einer Waffe mich selbst oder andere Menschen töten. Amok laufen.

Niemand konnte mir helfen, die Psychologen nicht, und nicht die Pfarrer. Einmal habe ich nämlich versucht bei einem Geistlichen Rat und Hilfe zu finden. Alles was er von sich gegeben hat, war nur leeres, sinnloses Geschwätz."

Wieder hielt Walder für einen Moment inne. Er schluckte.

„Dann traf ich auf einer Wanderung in den Bergen Maria. Wir kamen miteinander ins Gespräch. Sie hat mich angesprochen. Neben meiner Mutter war sie der einzige Mensch, der mich je verstanden hat. Sie hat für eine Weile Sonne in mein Leben gebracht. Unsere Beziehung hat fast drei Jahre lang gedauert. Alles hätte gut werden können.

Aber dann wurde mir auch noch das Letzte genommen, für das es sich gelohnt hätte zu leben. Sie erkrankte schwer und starb."

Heinrich Walders Stimme versagte. Beatrice traute sich nicht etwas von sich zu geben; sie wollte ihn nicht in seinen Erinnerungen stören. Immer noch hielt er sein Gesicht in den Händen verborgen. Stille. Minutenlang Stille.

Walder atmete tief aus. Endlich sprach er leise weiter.

„Sie starb vor etwa einem halben Jahr im Bozner Krankenhaus. Qualvoll, nach einem monatelangen Kampf. Ich habe die letzte Nacht mit ihr im Sterbezimmer verbracht. Am Morgen hat sie mich verlassen. Ich habe noch stundenlang ihre Hand gehalten, bis sie kalt und starr war.

Schließlich hat man mich weggeschickt und ich musste wieder hinaus in die kalte Welt. Ich verließ die Station und fuhr mit dem Aufzug nach unten."

Wieder schwieg Walder eine ganze Weile, und Beatrice dachte schon, er würde nichts mehr sagen. Dann aber sprach er noch einmal leise weiter.

„Da öffnete sich die Tür des Aufzugs, und er stand plötzlich vor mir. Karl Brandis. Ich habe ihn sofort erkannt. Er schaute mich an, und ich sah, wie auch ihn plötzlich die Erkenntnis durchfuhr. Nach einer Weile hat er schweinisch gegrinst, und hat seinen Mittelfinger zu dieser eindeutigen Geste erhoben. Es war die gleiche Bewegung, die er schon oft in der Kaserne von Meran gemacht hatte, damals beim Militär. Jene Geste, mit der er mich schon damals erniedrigt hat, und mich als Schwulen diffamiert hat. Immer wieder. Das war es. In diesem Moment ist in mir etwas zerbrochen. Endgültig. In diesem Moment habe ich beschlossen, ihn zu töten. Ich beschloss alle zu töten, alle vier Männer. In diesem Augenblick hatten für mich alle vier das Recht verloren, noch weiterzuleben."

Dann schwieg Heinrich Walder endgültig.

Auch Beatrice schwieg. Eine Weile war nur das Ticken der Wanduhr zu hören. Walder saß da, regungslos und hatte sein Gesicht immer noch in seine Hände vergraben.

„Stellen Sie sich! Bitte." Beatrices Stimme war leise und eindringlich. „Die vier Männer sind tot. Sie haben sich gerächt. Und jetzt ist alles vorbei. Es hat alles keinen Sinn mehr. Geben Sie auf, bitte. Ich…"

Plötzlich nahm Walder seine Hände vom Gesicht, packte die Pistole, sprang auf, und richtete sie auf Beatrice. „Das werde ich nicht tun", schrie er.

Gianni Trincanato schaute durch das Nachtsichtgerät auf seinem Sturmgewehr auf das Eingangstor der Villa. Regenfäden rauschten wie in einem alten Stummfilm durch das unwirkliche Phosphor-Grün-Bild auf dem Bildschirm seines Nachtsichtgerätes.

Plötzlich knallten Schüsse. Das Tor wurde aufgerissen, und ein Mann mit einer Pistole in der Hand stürmte ins Freie. Den Schrei, den er dabei ausstieß, hatte nichts Menschliches an sich, und er fuhr den Männern durch Mark und Pein.

Heinrich Walder! Ja, er war es. Lichtblitze flammten aus der Mündung seiner Waffe.

„Feuer frei!", schrie Trincanato in sein Funkgerät.

Im selben Augenblick fingerten die blutigen Bahnen der Laserpointer durch die Nacht. Schüsse hallten durch die Straßen.

Walder lief im Zickzack auf dem Kiesweg, durch den Garten. Immer wieder blühten Feuerblumen aus dem Lauf seiner Waffe. Er lief auf das Eingangstor zu und riss es auf.

In diesem Moment schlug eine Kugel in das Bein des Mannes. Er strauchelte und stürzte kopfüber über die vier Stufen auf den

Oswaldweg hinab. Er rollte sich blitzschnell ab, und lief hinkend weiter durch die Nacht, die Hörtenbergstraße hinunter.

Geradewegs auf Fritz Permann zu.

Der Leiter des mobilen Einsatzkommandos, Gianni Trincanato brüllte etwas in sein Funkgerät.

„Halt, stopp, zu gefährlich. Friendly fire!"

Die Laserpointer erloschen. Es war zu gefährlich weiter zu schießen, überall waren Polizisten postiert, die durch die Kugeln aus den eigenen Reihen hätten getroffen werden können.

Der Kommissar aber riss seine Beretta hoch und feuerte. In diesem Augenblick durchfuhr es ihn glühend heiß. Etwas hatte sein rechtes Ohrläppchen gestreift.

Walder! Wie in Zeitlupe sah Permann den Mörder auf sich zulaufen. Er fletschte die Zähne, schrie, und dann wurde seine Brust von zwei Kugeln zerfetzt. Walder riss die Arme hoch, ließ die Pistole fallen, und ging zu Boden. In einer Wasserlache auf der Straße rollte er sich zweimal um seine eigene Achse, und blieb auf dem Rücken vor dem Kommissar liegen. Noch einmal zuckte sein Körper und dann sah Permann wie seine Augen brachen.

Regentropfen schlugen in seinen halboffenen Mund. Aus seiner Brust sickerte das Blut auf den Boden, und färbte die Wasserlache auf der Straße dunkel.

Permann beugte sich über ihn. Er sah, dass alles zu Ende war.

In diesem Augenblick war Gianni Trincanato bei ihm und schaute ihm ins Gesicht.

„Fritz, du blutest!"

Fritz Permann konnte den Sinn seiner Worte nicht aufnehmen. Plötzlich riss er sich los und hastete auf das Eingangstor der Villa zu.

Beatrice! Wo war sie? Mein Gott! Was war mit ihr? War sie... tot?

Bozen, 10. Juli, Wohnung von Kommissar Fritz Permann

Als der Kommissar die Treppe zu seiner Wohnung hochstieg, durchströmte ihn ein Gefühl plötzlichen Glücks. „Wie gern ich doch nach Hause komme," dachte er, „immer noch."

Jeden Tag. Jetzt schon über zwanzig Jahre lang, seit er Christa kannte. Mit allen Höhen und Tiefen, und trotz aller Krisen, die sie gemeinsam hatten bewältigen müssen. Dass dieses Glück nicht selbstverständlich war, und dass es sich von einem Moment auf den anderen in Nichts auflösen, brutal zerstört werden konnte, war dem Kommissar seit einiger Zeit schmerzhaft bewusst geworden.

Sie hatte die Herausforderungen, die ihre Krankheit mit sich brachte, tapfer angenommen und hatte vom ersten Tag an gekämpft. Mit ihrem unbändigen Willen.

Nur vier Tage lang hatte sie bei der Arbeit gefehlt, drei Tage nach ihrer Operation und am Tag ihrer ersten Chemotherapie, welche sie bereits vor einigen Tagen begonnen hatte. Sie hatte die damit zusammenhängende Übelkeit tapfer hingenommen, und sie war auch bereit den Haarausfall, welcher noch auf sie zukommen würde, tapfer zu ertragen. Sie hatten gemeinsam gekämpft, und sie würden noch mehr kämpfen müssen, in nächster Zeit.

„Na, mein Bärchen", flüsterte Christa in sein Ohr, als er an der Garderobe stand und seine Jacke aufhängte. Sie war aus der Küche gekommen und hatte ihn von hinten umarmt. Er drehte sich um, schlang seine Arme um sie und lächelte.

„Na, mein Panther." Er sah in ihre strahlend blauen Augen, die ihn festhielten und voller Güte waren. Auch sie lächelte.

Diese Augen waren das erste gewesen, was ihn so fasziniert hatte an ihr, als er sie das erste Mal in der Zahnarztpraxis gesehen hatte. Am Anfang waren es diese wundervollen Augen über dem Mundschutz gewesen und sie hatten ihn nie mehr losgelassen. Und später war mehr daraus geworden.

Der Kommissar lächelte. Er liebte diese Augenblicke voller Intimität und Wärme. Ja, er spürte es, ihre und seine Lebensfreude waren wieder zurückgekehrt.

Vor zwei Tagen hatte sie ihn mit einer neuen, pfiffig-frechen, asymmetrischen Frisur überrascht. Die Haare waren an der rechten Seite länger belassen als an der linken. Wenn sie ihren Kopf zur Seite neigte, schwangen sich ihre Haare auf wie ein Fächer.

„Solange ich noch meine eigenen Haare habe, will ich dir noch etwas bieten", hatte sie gelacht.

Am Abend hatte sie eine Überraschung für ihn parat gehabt. Als sie sich auszog und in ihrem Höschen vor ihm stand, flüsterte sie: „Schau mal, Bärchen!" Sie hatte eine Hand über ihre linke, wohlgeformte Brust gelegt und lächelte. Um die rechte Brust trug sie noch einen leichten Verband, aber sie war vollständig erhalten geblieben, denn der Tumor war zum Glück noch sehr klein gewesen.

„Aber hallo, ich kenne doch jeden Zentimeter Haut an dir", hatte er zurückgelächelt, „aber klar doch, natürlich, ich schaue immer wieder gerne hin." Und dann hatte sie ihre Hand, ganz langsam, Zentimeter für Zentimeter nach unten bewegt. Er war sprachlos gewesen. Unter ihren Fingern war auf ihrer Haut eine fünfblättrige, blaue Blume erschienen, welche sich emporrankte. Ein Tattoo!

„Für uns", hatte sie leise gesagt, „diese Blume blüht jetzt immer für uns, auch im Winter. Aber jetzt ist Sommer, und wir werden noch sehr viele Sommer gemeinsam verbringen."

Permann liebte sie für ihre Sensibilität, für ihre Spontaneität, ihre Lebensfreude und die Überraschungen, welche sie ihm immer wieder bereitete. Immer noch, nach all den Jahren.

Dem Kommissar war in den letzten Wochen so richtig bewusst geworden, wie gut er es mit Christa getroffen hatte und wie glücklich er mit ihr war. Das war nicht selbstverständlich, denn er sah, wie in seinem Bekanntenkreis immer wieder Ehen und Beziehungen zerbrachen.

Seine Frau Christa war sein Glücksfall. Ihre Beziehung hatte sich in letzter Zeit noch mehr gefestigt.

Sie würden auch diese Krise gemeinsam meistern, gemeinsam bewältigen, dessen war sich der Kommissar jetzt ganz sicher.

Bozen, Montag, 15. Juli, 10.00 Uhr

Die Stimmung im Sitzungssaal der Quästur war beinahe feierlich. Die gesamte Mannschaft hatte sich versammelt. Fast die gesamte Mannschaft, denn wo Kriminalassistent Bruno Ferrara immer gesessen hatte, klaffte eine hässliche Lücke. Jemand hatte ein gerahmtes Bild von ihm hingestellt. Auf dem Foto war die Zeit in einem fröhlichen Lächeln des blonden Mannes erstarrt. Und jetzt war er nicht mehr.

Jemand hatte eine Kerze angezündet.

Alle waren zur Schlussbesprechung des Falles „Heinrich Walder" gekommen. Kriminalassistentin Beatrice del Piero, der Chef der Kriminaltechnik Gassmann mit seinen Mitarbeitern, der Chef der squadra mobile, Gianni Trincanato, mit seiner Mannschaft, und Rocco Sanvita von der Digos, der Staatspolizei. Gerichtspsychologe Dr. Erhard Henning saß da und zupfte mit abwesendem Blick an seinem traurigen Schnurrbart. Sogar „die Mumie", Polizeidirektor Ventimiglia, war gekommen.

Als Fritz Permann den Sitzungssaal betrat, verstummten die leisen Gespräche. Ein kleines Pflaster zierte das Ohrläppchen des Kommissars. Die Wunde, welche die Kugel aus Heinrich Walders Pistole verursacht hatte, war noch nicht ganz verheilt.

Der Kommissar begann ohne Umschweife.

„Wir erheben uns zu einer Gedenkminute für unseren Kollegen Kriminalassistent Bruno Ferrara", sagte er ruhig. Stühle scharrten und alle erhoben sich. Eine Weile lastete die Stille wie ein schweres Gewicht über dem Raum.

„Danke", sagte Permann, setzte sich und fuhr fort. „Unser Albtraum ist also endlich vorüber. Es hat im Fall Heinrich Walder viele Tote gegeben, zu viele Tote, nämlich sechs. Wir konnten keinen einzigen Mord verhindern. Das ist bitter genug, sehr bitter, und damit müssen wir jetzt weiterleben."

Die Stimme des Kommissars drohte für einen Moment zu versagen. Er räusperte sich leise und sprach weiter.

„Auch den letzten Mord, die Hinrichtung des letzten Opfers, Helmut Saurer konnten wir nicht verhindern, obwohl wir ihn eindringlich gewarnt haben nach Südtirol zurückzukehren. Ich zähle die Namen der Opfer des Falles in der Reihenfolge auf, wie sie gestorben sind: Karl Brandis, Kaspar Benedikt, Oskar Hofer, Kriminalassistent Bruno Ferrara, Helmut Saurer und schließlich Heinrich Walder selbst, der unglückliche Mörder.

Walder hat uns sein beeindruckendes Tagebuch hinterlassen, und wir kennen sein Motiv für die Morde an den vier Männern aus seinen Aufzeichnungen recht genau. Die Aussagen unserer Kollegin, Beatrice del Piero, die bei der Hinrichtung von Helmut Saurer dabei sein musste, ergänzen das Bild, welches wir vom Mörder haben, sehr gut. Ja, Sie haben schon richtig gehört, denn ich möchte Walders Auftritt in der Villa und den Mord an Helmut Saurer als kaltblütige Hinrichtung bezeichnen. Beatrice hat in ihrem Protokoll sehr genau beschrieben, was Walder vor seinem Tod noch ausgesagt hat, und wir wissen auch, welches Ereignis seinen Rachefeldzug letztlich ausgelöst hat.

Ich bitte nun Herrn Doktor Erhard Henning das Täterbild von Heinrich Walder zu beschreiben, und die Beweggründe für seine Morde noch genauer zu erläutern. Unser Psychologe, Doktor Henning, hat alle Protokolle und Behandlungsakten studiert, welche im Krankenhaus von Bruneck zu finden waren. Heinrich Walder ist dort einige Zeit in psychologischer Behandlung gewesen."

„Hrrrmmm." Henning räusperte sich, stand langsam auf, schaute in die Runde, strich sich über die Enden seines traurigen Seehund-Schnauzbartes und begann. „Hrrrrmmm, nun ja, beginnen wir. Heinrich Walder war ein sehr tragischer Charakter. Er schien das Unglück geradezu anzuziehen. Ich möchte ihn als dünnhäutig, hypersensibel und extrem verletzlich bezeichnen. Er ist an den Zuständen in der Meraner Kaserne und am Mobbing durch seine vier Quälgeister Saurer, Benedikt, Hofer und Brandis zerbrochen. Der Täter selbst hat seinen Geisteszustand in seinem Tagebuch sehr anschaulich und ziemlich drastisch beschrieben. Seine Aufzeichnungen sind eine ziemlich traurige Lektüre, wenn ich das so ausdrücken darf. Hrrrmmm… "

Doktor Henning räusperte sich noch einige Male, bevor er fortfuhr.

„Der Selbstmord seines einzigen Freundes Robert aus dem Gadertal, der ebenfalls am sogenannten 'nonnismo', an der Quäl-Mentalität der langgedienten Soldaten in der Kaserne von Meran, also am Mobbing, zerbrochen ist, war ein großer Schock, eine sehr traumatische Erfahrung für ihn. Er hat sich davon zeitlebens nicht mehr erholt. Die Ereignisse in der Kaserne haben ihn äußerst gekränkt, herabgewürdigt und verbittert. Er war ständig beherrscht von dem Gefühl, dass das Schicksal nicht fair mit ihm umgegangen ist.

Noch dazu gekommen sind seine tiefen Schuldgefühle. Schuldgefühle seinem einzigen Freund Robert in der Meraner Kaserne gegenüber, den er in seinen Augen schändlich verraten hat. Diese Schuldgefühle haben ihn für den Rest seines Lebens geprägt und gequält. Die Behandlungs-Akten im Brunecker Krankenhaus sprechen dafür Bände. Er war schwerstens traumatisiert und geschädigt. Er litt unter einer massiven Angststörung, an Depressionen und unter mangelndem Selbstbewusstsein. Daraufhin hat er sich sozial völlig zurückgezogen und hat total resigniert. Das Leben ist ihm immer mehr zur Last geworden. Er wurde ein einsamer, verbitterter Wolf.

Wir Psychologen sprechen bei einem solchen Krankheitsbild von einer Posttraumatischen Verbitterungsstörung, abgekürzt wird das mit PTED, 'posttraumatic embitterment disorder'. Im Vordergrund des Krankheitsbildes steht ein andauernder Verbitterungsaffekt, verbunden mit Gefühlen der Hilflosigkeit, Vorwürfen gegen sich selbst und andere, sowie aggressiven Fantasien gegenüber sich selbst und anderen, bis hin zu Mord- und Selbstmordgedanken. Zum geschilderten Krankheitsbild kommt noch seine Antriebsblockade, die psychosomatische Erkrankung, latente Angstzustände und eine schwere Schlafstörung. Die Grundstimmung des Patienten Heinrich Walder war immer bedrückt, missmutig und dysphorisch, also traurig und verbittert. Bitterkeit ist eine diabolische Mischung aus Ohnmacht, Ungerechtigkeitsempfinden und Wut.

Massive Kränkungen, das wissen wir Psychologen nur zu gut, beschädigen die Seele und verursachen tiefe Narben. Dennoch schaffen es viele Menschen, sich mit unserer Hilfe wieder aus dem Tief herauszuwinden. Aber wer es nicht schafft, wird immer verbitterter. Der Betroffene ist ein Gefangener im eigenen Käfig. Walder hat offenbar das Erlittene immer und immer wieder durchlebt, und hat sich dadurch noch zusätzlich traumatisiert. Seine Wunde ist immer offengeblieben, und sie konnte deshalb nie verheilen.

Wie aus den Akten hervorgeht, hat Walder seine Behandlung im Krankenhaus von Bruneck im Jahre 1995 selbst abgebrochen, nachdem ihm auf Anraten des behandelnden Psychologen der Waffenschein nicht mehr verlängert wurde. Das hat eine zusätzliche Verbitterung in ihm ausgelöst. Walder war ja ein begeisterter Jäger gewesen.

Für die Zeit nach seiner psychologischen Behandlung haben wir nur mehr Heinrich Walders eigene Aussagen. Kriminalassistentin Beatrice Del Piero hat diese in ihrem Protokoll sehr anschaulich und detailliert festgehalten. Eine Zeit lang, das sind etwa drei Jahre gewesen, schien es, als könnte sich Walder wieder fangen, als könnte wieder etwas Freude und Lebensmut in sein Leben zurückkehren. Es war die Zeit, als er seine Freundin Maria kennen und lieben gelernt hat. Aber sie wurde ihm ja leider bald wieder durch eine schwere Krankheit genommen. Das Schicksal hat es wirklich nicht gut gemeint mit Heinrich Walder. Ganz und gar nicht gut gemeint." Die Stimme des Psychologen drohte zu versagen. „Hrrrrmmm ... nun ja, so ist das eben.

In seinen letzten Monaten, während der Krankheitszeit von Maria wurde er zum totalen Einsiedler, der praktisch überhaupt keinen Kontakt mehr zu seinen Mitmenschen hatte. Er fühlte sich sozusagen von Gott und den Menschen verlassen. Er wurde endgültig zum einsamen Wolf.

Heinrich Walder hat Frau Beatrice del Piero geschildert, wie ein einschneidendes Erlebnis letztlich die tragische Mordserie ausgelöst hatte. Er traf in einer emotional äußerst aufgeladenen Situation, nämlich unmittelbar nach dem Tod seiner geliebten Lebensgefährtin Maria, die ihm alles bedeutet hat, einen ehemaligen Peiniger, nämlich Karl Brandis aus Schlanders. Dieser hat ihn in dieser Situation noch einmal schwerstens verletzt und herabgewürdigt. Das war offensichtlich zu viel für Walder. Alle Dämme sind daraufhin vollends gebrochen. Er hat alle Brücken hinter sich zerstört, und ist Amok gelaufen. Es war aber ein sorgfältig geplanter und durchgeführter Amoklauf, so möchte ich das nennen."

Damit schloss Gerichtspsychologe Dr. Erhard Henning seine Ausführungen, und blickte mit seinen traurigen Augen fragend in die Runde. Niemand schien mehr eine Frage zu haben. Er setzte sich.

Daraufhin ergriff Kommissar Permann wieder das Wort. „Danke, Herr Doktor. Wir alle sind Ihnen großen Dank schuldig. Ich kann mit Fug und Recht behaupten, dass Sie uns, Herr Dr. Henning, in einer Situation, als wir mit unserem Fall nicht mehr weiterkamen, entscheidende Impulse in die richtige Richtung gegeben haben. Vielen Dank dafür."

Alle standen auf und klatschten. Für einen Augenblick hoben sich die Enden seines Seehund-Schnauzbartes zu so etwas wie einem flüchtigen, kurzen Lächeln. Er hob seine Hände und winkte bescheiden ab.

Kommissar Permann fuhr fort. „Ich habe im Fall Heinrich Walder noch über ein überraschendes Detail zu berichten. Bisher wissen nur die Kollegen von der Spurensicherung und ich davon."

Ein Murmeln erhob sich. Die Spannung im Besprechungssaal wuchs.

Auf dem Tisch lag, in einem Plastikbeutel, Walders Python-Revolver. Der Kommissar zog sich einen dünnen Stoffhandschuh an, und zog den Revolver am Griff vorsichtig aus dem Plastikbeutel.

„Das hier ist der Revolver von Heinrich Walder, Marke 357 Magnum Colt Python. Die Tatwaffe bei seinem letzten Mord. Ihr wisst, dass er Helmut Saurer dazu gezwungen hat, mit ihm eine Variante des brutalen Spieles russisches Roulette zu spielen. Als russisches Roulette bezeichnet man ein tödliches Glücksspiel, das meistens mit einem Revolver durchgeführt wird. Die Trommel der Waffe, in der sich nur eine Patrone befindet, wird so gedreht, dass den Beteiligten die Position der Patrone in der Trommel unbekannt ist. Der erste Spieler hält nun den Revolver an seine Schläfe und betätigt den Abzug. Je nach aktueller Position der Patrone kann dabei ein Schuss ausgelöst werden, was unweigerlich zum Tod des Spielers führt. Bei zwei Teilnehmern wie in unserem Fall wird derselbe Revolver so lange weitergereicht, bis der tödliche Schuss fällt."

Permann hob den Revolver und betrachtete ihn eingehend.

„Bei der näheren Untersuchung der Waffe hat die Spurensicherung allerdings herausgefunden, dass an ihr Markierungen vorgenommen wurden. Wenn man ganz genau hinblickt, sieht man, dass Walder außen auf der Trommel zwei winzige, kleine Zeichen angebracht hat."

Wieder erhob sich ein Murmeln, und viele traten näher. Der Kommissar hob den Revolver an und drehte ihn zum Licht.

„Wenn ihr ganz genau hinschaut, dann seht ihr hier auf der Trommel außen einen kleinen Punkt, und daneben, ganz in der Nähe, über der nächsten Kammer in der Trommel, ein Kreuzchen. Die Spurensicherung hat festgestellt, dass Walder die kleinen Zeichen mit einem schwarzen, wasserfesten Filzstift angebracht hat."

Alle schauten hin. Wenn man nicht ganz genau hinsah, war da, zumindest auf den ersten Blick, auf dem schwarz glänzenden Lack der Trommel gar nichts zu sehen.

„Die tödliche Patrone steckte unter dem markierten Punkt in der Kammer", fuhr Permann fort. „Warum hat er das Kreuzchen rechts daneben an der Trommel des Revolvers angebracht? Wenn sich die Patrone am Eingang zum Lauf befindet, sieht man von dem Punkt nichts mehr. Das Kreuzchen daneben rechts zeigte Walder genau an, wo sich die tödliche Patrone in der Trommel gerade befand. Heinrich Walder wollte Helmut Saurer, seinen schlimmsten Quälgeist, auf keinen Fall ungeschoren davonkommen lassen. Er hat ihm keine Chance gelassen seinem Tod zu entkommen. Walder wollte nicht vor Saurer sterben, er wollte ihn offensichtlich noch leiden machen und demütigen. Er wollte seine tödliche Angst in seinen Augen sehen, und das ist ihm offensichtlich auch gelungen."

Der Kommissar blickte Beatrice an. „Der Täter Heinrich Walder hat sich an seinem schlimmsten Quälgeist Helmut Saurer furchtbar gerächt. Er ist bereits vor dem tödlichen Schuss einige Male vor Angst gestorben."

Wieder warf der Kommissar einen Blick auf Beatrice. Sie saß ernst und bleich und still da. Sie nickte zustimmend.

Gianni Trincanato hob die Hand, und der Kommissar erteilte ihm das Wort. „Habe ich das richtig verstanden? Wenn also

Walder gesehen hätte, dass der nächste Schuss beim Roulette ihn selbst treffen würde, wenn er abdrückt, dann hätte er wohl das Projektil im Revolver auf Saurer abgefeuert?"

„Ja, das darf man annehmen", antwortete Permann. „Oder er hätte die Pistole auf ihn abgefeuert, mit der er ihn ja auch dauernd in Schach hielt. Auf jeden Fall hatte Helmut Saurer in seiner psychischen Ausnahmesituation und in seiner Angst keine Chance die winzig kleinen Markierungen auf der Trommel zu erkennen."

„Darf ich Herrn Dr. Henning doch noch eine Frage stellen?" Beatrice war aufgestanden und hatte ihre Stimme erhoben.

Dr. Erhard Henning nickte ihr wohlwollend zu.

„Walder war ein sehr sensibler, ja man könnte durchaus sagen, ein feinfühliger Mensch. Zumindest als junger Mann, vor seinen traumatischen Erlebnissen und bevor er zum Mörder wurde, hätte er ganz sicher keiner Fliege etwas zuleide tun können. Diesen Eindruck hatte zumindest ich, als ich seine frühen Tagebuchaufzeichnungen gelesen habe. Herr Doktor, wie ist es möglich, dass er am Ende so kaltblütig und entschlossen gehandelt hat? Diese Frage beschäftigt mich sehr."

„Hrmmmm, hrrmmm... " Dr. Henning räusperte sich wieder und antwortete langsam: „Nun ja. Das ist eine gute Frage. Ich möchte versuchen sie folgendermaßen zu beantworten. Ich bin der Meinung, dass fast jeder von uns, in einer bestimmten Lage, in einer zerstörerischen psychischen Situation, zum Mörder werden könnte. Nämlich dann, wenn wir gerade in diesem tragischen Moment eine Waffe zur Verfügung hätten.

Die menschliche Seele ist voller dunkler Abgründe. Walder war, besonders nach dem Tod seiner geliebten Freundin Maria, in einer absoluten psychischen Ausnahmesituation. Ein Mensch, der in seinen Augen schon sein bisheriges Leben völlig zerstört hatte, hat ihn in dieser dramatischen Situation noch einmal tödlich verletzt.

Das hat das seelische Fass in ihm, ich möchte das mangels besserer Ausdrucksmöglichkeiten so bezeichnen, hrrmmmm… endgültig zum Überlaufen gebracht. Vor seinem Rachefeldzug scheint in ihm jegliche menschliche Regung abgestorben zu sein. Seine empathischen Fähigkeiten in ihm scheinen nach diesem letzten traumatischen Erlebnis endgültig erloschen zu sein. Er wurde durch diese neuerliche brutale Verletzung zu einem gnadenlosen Killer, der anscheinend zu keinen Gefühlsregungen mehr fähig war. Nur noch brutale Rache zählte noch für ihn.

Am Ende wollte auch er sterben, und er hat deshalb seinen Tod in der Hörtenbergstaße vor der Villa Saurers regelrecht provoziert. Er ist in einen tödlichen Kugelhagel gelaufen, denn er wollte seinem tragischen Leben ein Ende setzen. Er wollte sterben. Er wollte von dieser Welt gehen. Er hatte keine Angst mehr vor seinem Tod. Er hatte mit allem abgeschlossen. So erkläre ich mir das. Aber letztlich, und das ist mir vollkommen bewusst, kann auch kein Psychologe die menschliche Psyche ganz verstehen. Er kann nur versuchen, sie zu verstehen. Hrrrmmm… "

Beatrice nickte traurig.

Sie war nach den tragischen Stunden in der Villa des letzten Opfers sehr still und nachdenklich geworden. Sie wusste, sie würde sehr viel Zeit brauchen, um das Geschehene zu verarbeiten. Sie würde viel Zeit brauchen, um alles aufarbeiten und vergessen zu können.

Rocco Sanvita zeigte auf.

„Woher hat Heinrich Walder seine drei Waffen, die man bei ihm gefunden hat? Es dürfte nicht so leicht sein, an eine Waffe wie dieses Scharfschützengewehr zu kommen."

„Dazu", antwortete Permann, „sind die Untersuchungen noch nicht abgeschlossen. Wir sind erst dabei, Licht in Walders Aktivitäten im Internet zu bringen. Ihr wisst ja, im Netz kann man für

Geld ja alles kaufen, was man sich nur vorstellen kann. Man kann sich dort natürlich auch Waffen besorgen, zum Beispiel im sogenannten Darknet, im dunklen, verborgenen Teil des World Wide Web, wo sich ein Benutzer, mit der entsprechenden Software, ziemlich anonym bewegen kann.

Übrigens, Walder hat im Alltag ein altes Tastentelefon benutzt, mit dem er nicht ins Internet gehen konnte. Vielleicht hat er das mit Absicht so gemacht, damit er keine Spuren hinterlässt. Einen Computer oder ein modernes Smartphone, von dem aus er ins Netz gelangt sein könnte, haben wir bisher nicht ausfindig machen können. Wir wissen aus seinen Tagebucheinträgen, dass er das Programm Google Street View benutzt hat, um seine zukünftigen Opfer aufzustöbern und auszuspionieren. Vielleicht hatte er ein modernes Gerät, und hat es dann zerstört. Wir wissen es nicht. Vielleicht ist er von einer öffentlichen Einrichtung aus, zum Beispiel von einer Öffentlichen Bibliothek ins Netz gelangt. Es gibt viele Möglichkeiten, um seine Aktivitäten im Netz zu verschleiern und zu verstecken. Walder hatte auf jeden Fall die Fähigkeiten dazu. Er war intelligent, relativ gebildet und belesen, das wissen wir.

Nochmals zu seinen Waffen: Walder ist Jäger gewesen. Vielleicht hatte er in Jägerkreisen irgendwelche Verbindungen, um an die Waffen zu gelangen. Wir arbeiten noch daran, wir wissen noch längst nicht alles über ihn.

Es könnte aber leider auch sein, dass Walder das Geheimnis, wie er an seine Waffen gelangt ist, für immer mit ins Grab genommen hat. Im schlimmsten Fall werden wir nie davon erfahren."

Es wurde still.

„Ja, dann möchte ich diesen traurigen Fall vorläufig abschließen", sagte der Kommissar. Und dann wurde er fast verlegen.

„Zum Schluss möchte ich noch einen Dank aussprechen. Einen Dank an alle, welche sich in diesen zermürbenden Fall hineingekniet und ihr Bestes gegeben haben, um ihn aufzuklären. Danke an alle, die mir menschlich beigestanden haben in dieser für mich nicht leichten Zeit. Wie manche wissen, waren die letzten Wochen ja auch für mich persönlich nicht ganz einfach."

Er blickte zu Beatrice. Die schlanke schwarzhaarige Frau stand bleich und still da. Aber dann huschte ein strahlendes Lächeln über ihr dunkles Gesicht.

„Mein Schutzengel lächelt mir gerade zu", dachte Permann und musste schlucken.

Auf dem Ritten, oberhalb von Bozen, abends, 22. August

Sie hatten Urlaub, seit zwei Wochen schon. Der albtraumhafte Fall war in dieser Zeit etwas verblasst, und der Kommissar spürte, dass sich seine Gedanken immer weniger mit ihm beschäftigten. Andere Fälle mussten bearbeitet werden. Das Leben, die Arbeit und der Alltag gingen weiter und das war gut so.

Am Abend waren sie mit der Seilbahn auf das Hochplateau oberhalb der Stadt Bozen, auf den Ritten gefahren. Er und seine Frau hatten gegessen, und saßen nun auf der Terrasse eines Restaurants nebeneinander und tranken Rotwein. Es war noch angenehm warm. Vor ihnen glühte der Schlern in der untergehenden Sonne in einem flammenden Rostrot.

„Fast schon unwirklich und kitschig, nicht." Christa nahm seine Hand und er spürte wie ihre Wärme auf ihn überging. Der Kommissar fühlte sich seiner Frau so nahe wie noch nie. Ihre Gedanken und Gefühle waren eins an diesem magischen Abend.

„Ja", sagte Fritz leise, und ein Schauer lief über seinen Körper, als er fortfuhr. „Ja, und ich darf in dieser Idylle neben dir sitzen, und es geht uns gut, vor allem dir. Ich hatte solche Angst vor dieser Krankheit." Er schluckte. „Wenn du gehen müsstest, ich weiß nicht, was ich dann machen würde. Ich wüsste nicht, wie ich dieses Leben allein bewältigen könnte."

Christas Augen wurden dunkel und ernst. „Sag das nicht, Fritz. Alles geht irgendwie weiter. Das Leben würde auch ohne mich weitergehen. Alles geht immer weiter, irgendwie. Es hätte auch für mich weitergehen müssen, wenn dich die Kugel aus der Pistole dieses Verrückten tödlich verletzt hätte. Aber genug damit."

Dann wurde ihre Stimme leiser, und in den Augen glitzerten die Tränen. „Aber jetzt ist ja alles gut. Ich spüre, dass alles gut wird. Heute genau vor zwei Monaten hatte ich diesen furchtbaren Traum."

Sie drückte seine Hand und sprach leise weiter.

„Fritz, das Schlimmste war die Angst. Sie packt einen immer am schwächsten Punkt. Ich weiß nicht, wie ich diese Angst besiegt hätte, allein, ohne dich. In den letzten Monaten war die Angst mein größter Feind, und sie hätte mich manchmal fast überwältigt. Wir haben sie gemeinsam bekämpft und sie gemeinsam vom wortlosen Dunkel ins Licht der Worte geholt. Nur so kann man sie besiegen. Wir haben die Angriffe erfolgreich abgewehrt. Wir zwei gemeinsam. Und nun liegt das Schlimmste hinter uns."

Dann kehrte ihr Lächeln zurück. „Es geht mir gut und ich werde leben, Fritz. Ich bin mir heute ganz sicher. Ich werde gesund und wir werden zusammenbleiben, bis du mich satthast."

Sie lachte befreit auf. „Ich habe nämlich beschlossen mit dir gemeinsam alt und grau zu werden, mein Bär."

Permann blickte sie ernst an. Sie war schön an diesem Abend, trug eine Perücke mit gelockten Haaren, die in der Abendsonne rötlich schimmerten.

„Ja, das werden wir, Christa. Jetzt bin auch ich voller Zuversicht, dank dir. Wir schaffen das. Zusammen."

Plötzlich spürte er das Verlangen, sie zu umarmen, und er tat es. Sie begann an seiner Schulter leise zu weinen, aber es waren keine Tränen, die durch Schmerz ausgelöst wurden, sondern durch Erleichterung und Entspannung.

„Du weißt, morgen kommt zu meiner Chemo- auch noch meine Strahlentherapie, Fritz. Aber auch das werde ich schaffen. Mit dir zusammen und dann wird alles gut."

Wie gut dieses Weinen tat. Auch seine Augen begannen sich mit Tränen zu füllen. Er ließ es zu und es tat gut. Er spürte, dass sich etwas in seinem Inneren zu lösen begann.

„Fritz, ich habe viel gelernt in diesen letzten Monaten." Christa flüsterte an seinem Ohr. „Ich kann jetzt meiner Krankheit auch etwas Positives abgewinnen. Ich schätze das Leben und die Gesundheit mehr und ich weiß mehr als je zuvor, dass nichts selbstverständlich ist. Ich war manchmal so unzufrieden und meinte ich müsste das und das noch haben, dieses und jenes würde mir fehlen. Ich musste erst krank werden, um zu sehen, dass ich eigentlich alles habe. Ich hatte so viele Wünsche, bevor meine Krankheit da war. Und jetzt habe ich nur noch einen einzigen Wunsch."

Dank

Danke sage ich meiner lieben Kollegin und ersten Probeleserin Lisa. Sie hat als geübte Leserin meine Arbeit kritisch begutachtet und mir kompetente Verbesserungsvorschläge gemacht, welche ich gerne angenommen habe.

Danke an meinen lieben Kollegen Markus für die Durchsicht und Korrektur des Manuskriptes. Besonders wertvoll war für mich seine Hilfe bei der Erstellung der Umschlagseiten des vorliegenden Buches.

Danke an meine liebe Kollegin Cinzia für ihre Hilfe bei der Recherche im Militärarchiv von Trient.

Und schließlich danke an all jene, die meine Schreibphase mit Zuspruch und Ermutigung begleitet haben.

Weitere Veröffentlichungen des Autors Konrad Steger:

„Als noch Kartoffelfeuer brannten. Eine Kindheit im Ahrntal"

Athesia-Tappeiner Verlag 2016

ISBN 978-88-6839-170-6

„Als wir noch Kinder waren. Geschichten aus dem Ahrntal"

Athesia-Tappeiner Verlag 2020

ISBN 978-88-6839-495-0